平家物語

日本の古典をよむ 13

市古貞次［校訂・訳］

小学館

写本をよむ

覚一《かくいち》本系 平家物語

一三世紀成立の『平家物語』を、南北朝時代（一四世紀）の平家琵琶の名手、覚一《かくいち》検校《けんぎょう》が筆録させたものの転写本の一つ。慶長年間（一五九六〜一六一五）頃の書写か。東京大学国語研究室蔵

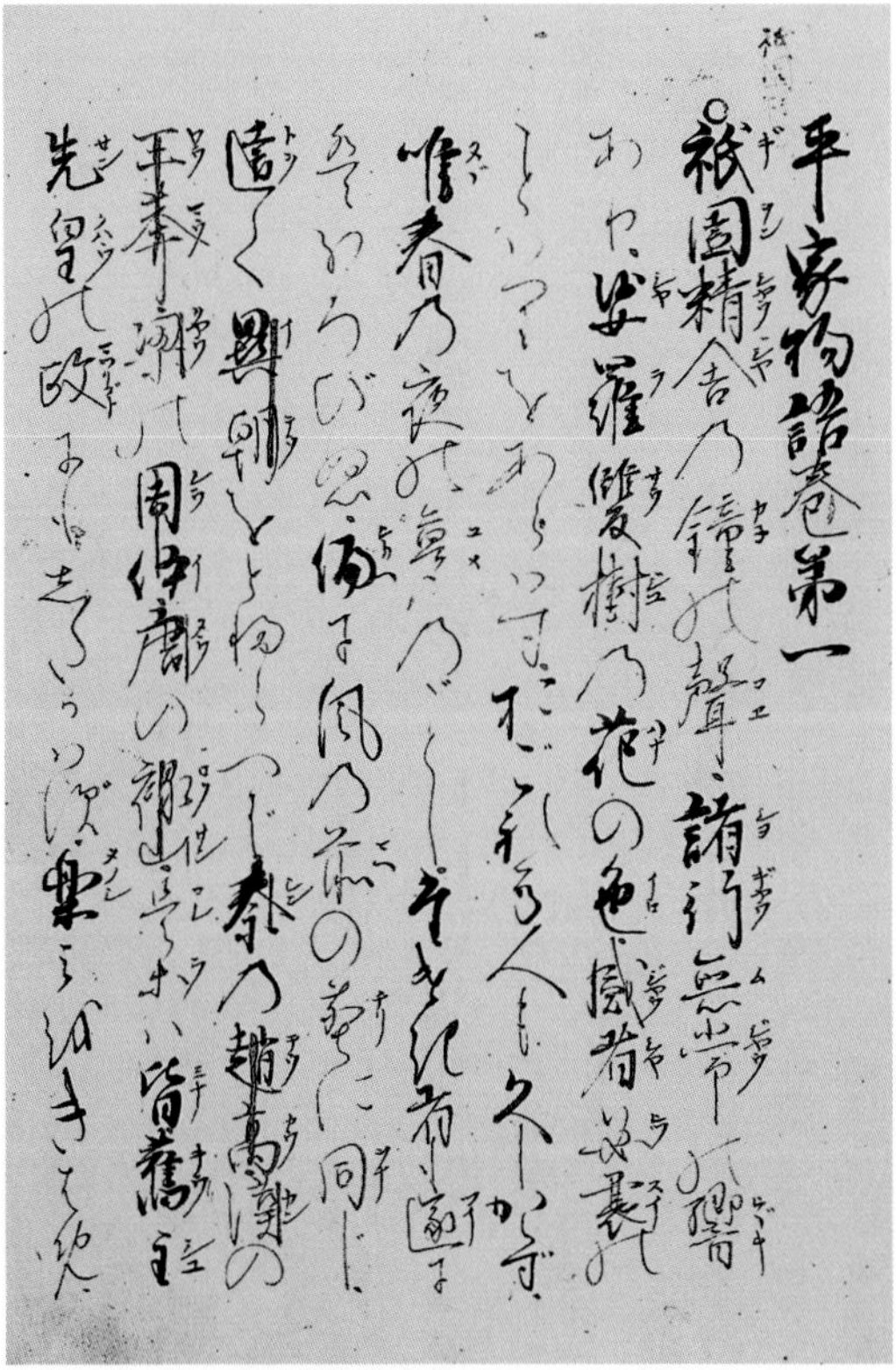

上は著名な冒頭部。一〜三行目の読みを記す。

祇園精舎《ぎをんしやうじや》の鐘の声、諸行無常《しよぎやうむじやう》の響《ひびき》あり。娑羅双樹《しやらさうじゆ》の花の色、盛者必衰《じやうしやひつすい》の理《ことわり》をあらはす。おごれる人も久しからず……。

（字体等は通行のものに改めた。続きは本文一四頁以下参照）

書をよむ

清盛の書

石川《いしかわ》九楊《きゅうよう》

平清盛は、どんな字を書いたのだろうか。彼の筆蹟として争いのない「平家納経願文《へいけのうきょうがんもん》」と、「紺紙《こんし》金字《きんじ》法華経《ほけきょう》」巻第一の巻頭十行から読みこんでみる。

長寛《ちょうかん》二年（一一六四）、「平家納経」（1）に副《そ》えて厳島《いつくしま》神社に奉納された「願文」（2）は、平安中期の三蹟《さんせき》（小野道風、藤原佐理、藤原行成）が確立した和《わ》様《よう》そのもので、当時抜群というわけではないが、能書の中には入ろう。おおらかないくぶんか無造作な書きぶりのなかに、いくらかの自信と野心ののぞける書と言っていいかもしれない。

しかしその書きぶりの最大の特徴は起筆にある。起筆というのは、対象である紙に対する斬りこみ方、いわば決断の象徴であるが、清盛のこの書では、その力が十分でないまま先に進むために、終筆部辺で見せる必要もない醜態が顔をのぞかせることになる。それは、「刂《りっとう》」の第二画がなめらかにはねられなかったり、「乚《おっこう》」ではらいがねばりついて太く硬くなることなどからも見てとれる。

それから六年後の「紺紙金字法華経」（3）についても同様の傾向が指摘されるが、その第三行に注目すると、驚くような文字に出合う。

二つの「匕」の間を広く離した「比」に「あれ?」と目を疑い、「人」字の起筆からいっきに横倒しに進む第一画と相対的に下方にまでいたる第二画の本格的中国風の姿に驚く。さらに、「比」と同様に二つの「匕」の間隔をあけた「皆」、和様では字形は方形（□）に収斂《しゅうれん》しがちだが、正三角形（△）に収斂するのびやかな「是」、扁《へん》と旁《つくり》の位置関係の絶妙な「阿」、「罒《あみがしら》」部の左右の幅を狭くし、結果的に縦長に書かれた「羅」、そしてスリムな旁の「漢」の絶妙の姿態に舌を巻く。

1

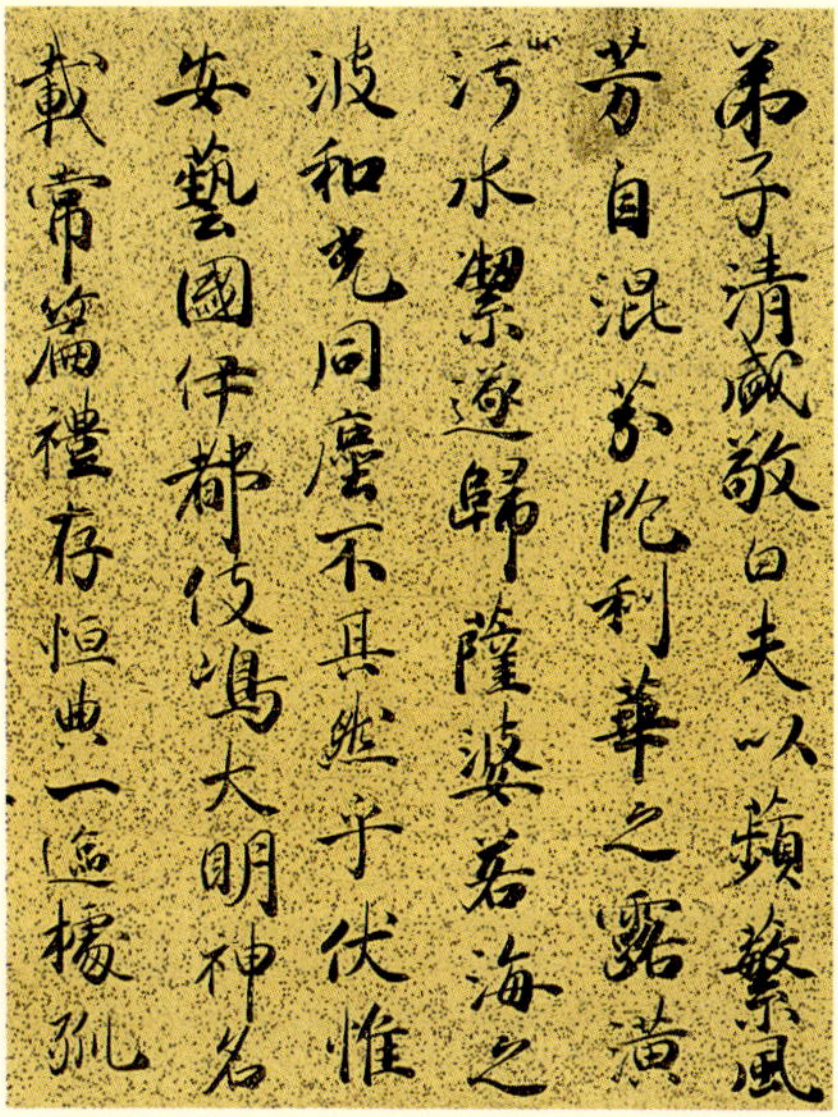

2

1 —— 平家納経 提《だい》婆《ば》達《だつ》多《た》品《ぼん》

見返し・部分・国宝・厳島神社蔵
長寛二年、清盛は一門の繁栄を祈願して豪華な装飾経を厳島神社に奉納した。

2 —— 平家納経 願文

部分・国宝・厳島神社蔵
清盛自筆で願意が記され、その書風は和様の流れを汲んでいるこれは和様からはるかに遠ざかった書きぶりであり、おそらく書の世界を渉猟《しょうりょう》した者が「皆是阿羅漢」の文字だけを見れば、北宋(十〜十三世紀)の詩人にして書家の黄庭堅《こうていけん》(一〇四五〜一一〇五)に代表される、北宋代の文字が下敷にあると推定するのではないだろうか(4参照)。北宋は中国文化の黄金時代であり、とくに美術・工芸分野は史上最高水準に達した。書においても、初唐代に成立した一対一の均衡を脱し、横画の左を長くするなど、新たな不均等均衡の美学閾《いき》が切り拓かれた。これにつれて、文字の外形枠も方形にとどまらず、長、短、三角形などの大胆な肢体を曝《さら》すようになった。その投影がここに確認できるのである。

日中交流について詳しい歴史家の王勇《おうゆう》氏は、中国から西への道を「シルクロード」、東への道を「ブックロード」と名づけたが、東アジア漢字文明圏において文化の眼目は書蹟であり書籍であった。平清盛も、今の神戸港内にあたる大輪田泊《おおわだのとまり》を修築して日宋貿易を行った。書の道《ブックロード》、書の道《ライティングロード》として、多数の文物が交易され、清盛の周辺でも、隋唐代とは異なる、宋代の新しい書が学ばれたであろうことは想像に難くない。

「紺紙金字法華経」に話を戻そう。第四行の「自」、第五行の「陳如」などは絶妙の文字だが、「諸」以降は、生彩を欠く。それどころか、第六行までは、抑制をきかせて字粒も小さく整えようとしているが、第七行の冒頭五字になると抑制を欠き、ついに第八行から第十行では、歯どめさえきかなくなっている。

この平家納経から一世紀ほど後、大陸では北宋は滅び、元《げん》の嵐が吹き荒れ、蘭渓道隆《らんけいどうりゅう》や無学祖元《むがくそげん》が来日(亡命)して、やがて京都・鎌倉五山《かまくらござん》を中心とする臨済《りんざい》の禅空間が日本に定着し、鎌倉幕府はその知識空間を背景に、武官としての力を確立した。

清盛の書からは、禅を背景とした大陸からの文物の亡命、つまり古代の終焉《しゅうえん》と新たな時代の足音が聞こえてくるように思えるのである。

(書家)

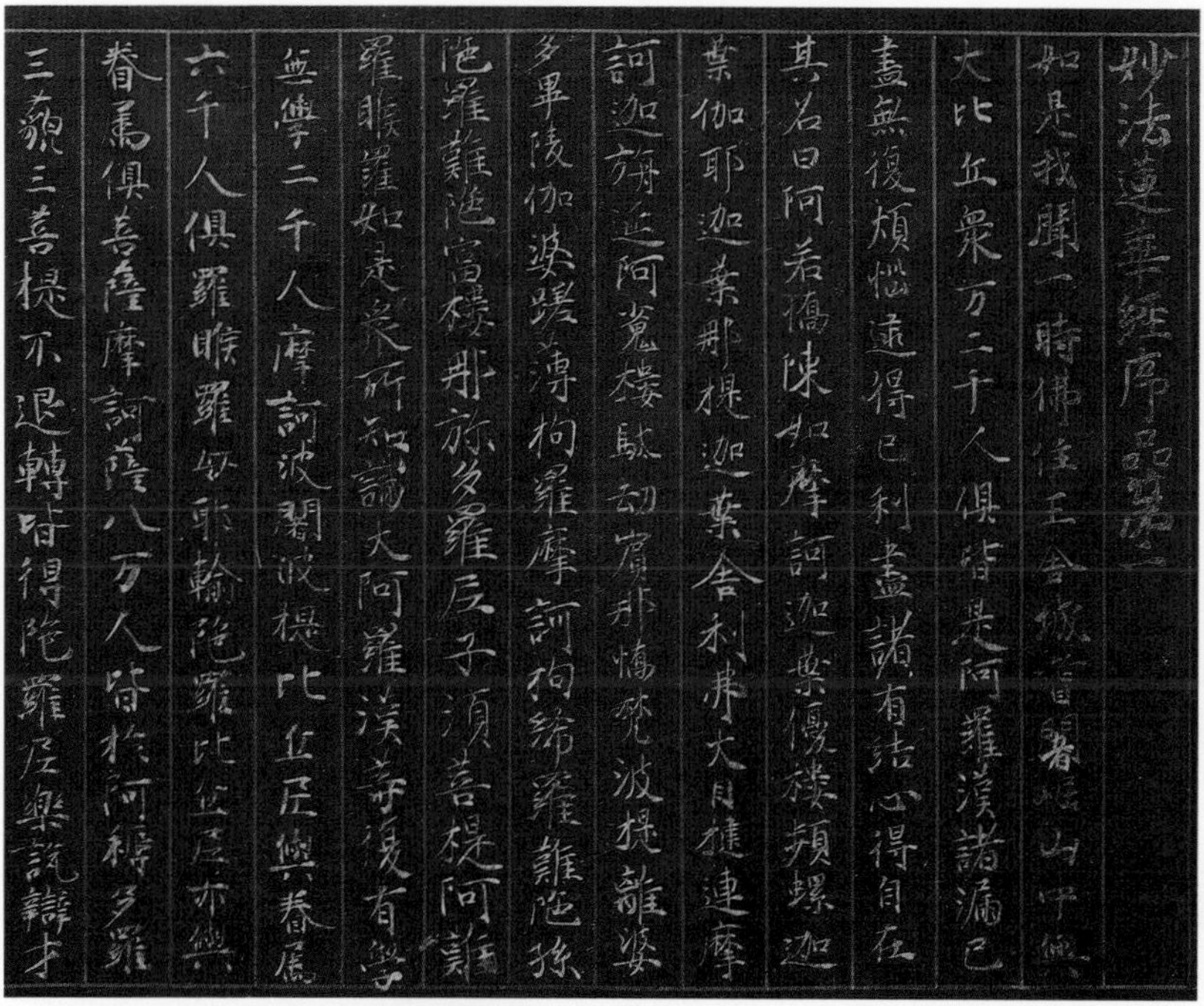

3

4

3——紺紙金字法華経

巻第一・部分・国宝・厳島神社蔵
嘉応二年（1170）筆。冒頭10行は清盛、11行目（無學……）からは頼盛の筆。

4——清盛の宋風の字

右の「皆是阿羅漢」は上の紺紙金字法華経3行目の清盛の字。左の「皆是河羅漢」（阿字は河字で代用）は北宋の書家・黄庭堅の字。酷似していることがわかる。

美をよむ

戦場の記憶

島尾《しまお》 新《あらた》

「平家物語を描いた傑作は？」と聞かれると、正直にいって返答に困る。あまりに知れ渡った物語を題材とする絵画は数多い。しかし、この長編に通底する諸行無常、栄枯盛衰のなかに入り乱れる登場人物たちの思いを見事に絵画化できたものは、残念ながら「無い」といったほうがいいだろう。

永青文庫の屏風（1）は、いわずと知れた「敦盛最《あつもりのさい》期《ご》」を描き出したもの。日の丸の扇を挙げて「戻られよ」と叫ぶ熊谷二郎直実《なおざね》の声に振り返る平敦盛。萌黄威《もえぎおどし》の鎧《よろい》を着けて葦毛《あしげ》の馬に跨《またが》る美少年は、薄化粧して黒く歯を染めた、物語の姿を髣髴《ほうふつ》とさせる（本書一九二頁）。

しかしその根本をなすテーマは描かれてはいない。息子のような敦盛の首を掻《か》き切らざるを得なくなった直実が「目もくれ心も消えはてて前後不覚」となるクライマックス。それへの序章としては成功しているのだが、絵が物語を超えて、あるいは言葉では言い尽くせぬところを担っているという感じはしない。敢えていえば、この絵は物語を知る人々の記憶を呼び覚ますに過ぎないのだ。

難しいことは確かである。長編の歴史物語というジャンルにあっては、絵は語りの掻き立てる想像力

1

1――宇治川・一の谷合戦図屏風
左隻・江戸時代・永青文庫蔵
熊谷直実(右)と敦盛(左)。二人を取り巻く金色の浜と雲そして真っ青な海。この無限定ともいえる空間を、二本の松が遠近感のあるものに変えている。シンプルでダイナミックな構図のなかに、来るべき悲劇への緊張感が漂う。

に、なかなかかなわない。『戦争と平和』のような小説の映画化に、成功したものが少ないように。そのような中で「比較的出来がいい」と思える絵は、合戦を描き出したものにほぼ限られる。結局のところ、絵画が担ったリアリティは、合戦という祝祭の華々しさと残虐だったようだ。
　だとすれば、平家物語の前史を描いたものではあるけれど、見ておくべきは「平治物語絵巻」ということになる。

2

2――平治物語絵巻　三条殿夜討ちの巻
部分・ボストン美術館蔵
Photograph © 2007 Museum of Fine Arts, Boston, Fenollosa-Weld Collection, 11.4000

かの「三条殿夜討《さんじょうでんようち》」の場面（2）。後白河院の仮御所に火をかけて蹂躙《じゅうりん》する義朝勢の軍兵たち。組み伏せられまさに首を刎《は》ねられんとする公卿《くぎょう》の姿（画面中央）、軍馬に踏みにじられる女房などが、実にリアルに描き込まれている。

　しかし現代に生きる私たちは、この光景を生々しく感じ取ることはできない。畢竟《ひっきょう》、戦場のイメージのリアリティは、直接の記憶の有無にかかっている。別の巻に描かれた、南都へ敗走の途中で自害し、墓から掘り起こされて首を取られる信西《しんぜい》の姿も、そのようなことが頻繁《ひんぱん》に起きていた時代の人々にとっては計り知れない鮮烈さをもつものだったろう。

　そして「平治物語」の画家は、絵を最後まで描き込むことをしなかった。画面には、顔料の塗られていない部分が残されている。この塗り残しは謎とされているのだが、仕上げきってはあまりに生々し過ぎるとのおもんぱかりのようにも思える。

（美術史家）

平家物語

装丁　川上成夫
装画　松尾たいこ
本文デザイン　川上成夫・千葉いずみ
解説執筆・協力　櫻井陽子（駒澤大学）
コラム執筆　佐々木和歌子
編集　土肥元子
編集協力　松本堯・戸矢晃一・兼古和昌・原八千代
校正　中島万紀・小学館クォリティーセンター
写真提供　近藤好和・鹿児島県観光連盟
小矢部市商工観光課・津幡町商工観光課
小学館写真資料室

はじめに――歴史に取材した「物語」

平安時代も終盤に差しかかる頃、驚天動地の出来事が起こりました。保元《ほうげん》の乱（一一五六）です。片や皇位継承に、片や摂関家の継承に不満を持つ崇徳《すとく》上皇と藤原頼長《よりなが》が兵を挙げ、源義朝《よしとも》・平清盛《きよもり》を味方につけた後白河《ごしらかわ》天皇側と交戦したのです。上皇側は瞬く間に敗れました。そして、上皇は讃岐《さぬき》に配流、頼長は横死という、今までの価値観を大いに揺るがす結末を迎えました。しかしもっと人々を驚かせたのは、ほんの四時間ほどで勝敗がついたとはいえ、京都の街中《まちなか》で合戦が行われ、多くの血が流されたことです。そして死刑が復活し、実際に処刑されました。こうした現実を目にした人々は、今までの平穏な日々が断ち切られたことを実感したことでしょう。

三年後に平治《へいじ》の乱（一一五九）が起こります。後白河上皇の寵《ちょう》深い藤原信頼《のぶより》が義朝をかたらい、やはり側近の信西《しんぜい》を排除しようと挙兵しました。信西は討たれたものの、清盛の活躍により信頼と義朝は殺され、乱は終結しました。

その後二十年程は平和が続きました。しかしそれは、朝廷と、武門平氏の清盛の権力の拡大との、微妙な力のバランスの中で培《つちか》われた平和でした。それが崩れた時に再び大事件が起こり、全国的な争乱（『平家物語』の語る源平の戦い）へと広がりました。元暦《げんりゃく》二年（一一八五）、平家一門の多くは壇浦《だんのうら》に沈み、安徳《あんとく》天皇も遂に都に戻ることなく入水《じゅすい》、天皇の正統性の象徴でもある三種の神器《じんぎ》の一つの宝剣も沈むという、異常な結末を迎えました。

その後、鎌倉幕府が成立し、幕府は少しずつ朝廷や貴族の既得権を剥《は》がしていきますが、朝廷は表面的には今までの日々に戻り、平和な、少なくとも流血の惨事などとは無縁の時を過ごします。が、またもや大事件が起こります。承久《じょうきゅう》の乱（一二二一）です。治天《ちてん》の君《きみ》、後鳥羽《ごとば》院《いん》が幕府を倒そうと決起しました。が、幕府の圧勝に終り、後鳥羽院と息子の二人の上皇（土御門院《つちみかどいん》・順徳院《じゅんとくいん》）を幕府が配流するという前代未聞の結果がもたらされました。

こうして大事件が起きるたびに、朝廷や貴族の基盤は揺らぎ、秩序の体系や価値観が変っていきます。変化の原因を探りたくなると、人々は歴史を振り返ります。それも、現在の社会体制を前提として、そこから遡《さかのぼ》って過去の事件を整理し、歴史を解釈するのです。

平清盛を中心として平家一門の興亡を描いた『平家物語』は、承久の乱の後、二十年程の間に生れたと考えられています。平家滅亡後、半世紀を越えて、事件の直接体験者も少なくなり、事件後の政治体制の変化（鎌倉幕府の誕生）も経験した上で、ようやく『平家物語』は作られました。平家一門が滅亡することは自明の結末であり、また物語の出発点でもあります。読者が結末をよく知っていることを大前提として、結果（盛者必衰《じょうしゃひっすい》、即ち平家滅亡）の告知から始まる物語が作られたのです。

滅亡するためには、それ相応の理由がなくてはなりません。それを「悪行《あくぎょう》」の積み重ねという形で提示していきます。清盛《きよもり》は悪人として造型されます。また、すべては予定調和的に書かれます。さまざまに起こる事件も怪異も天変地異も、すべて平家が滅亡する階梯《かいてい》や前触れとして位置づけられます。平家の滅亡は歴史の必然として描かれるのです。

ところが、悪行が限界まで達して滅亡が現実味を帯びた時から、その筆致が変ります。滅亡を運命として受け入れ、死に赴く平家の人々の個々に照明があたり、最期《さいご》の瞬間が次次と描かれます。感傷的な表現を挟まず、行動を、言葉を淡々と記し留めていくのです。そうした逸話の一つ一つに、私たち読者は胸をつまらせます。それは、悲惨な現実の生々しい描写の故《ゆえ》ではありません。登場人物の一人一人が、普通の人間の弱さ・悩み・葛藤《かっとう》、死の恐怖、殺生への罪悪感、死後の世界への畏《おそ》れを語り、あるいは体現しているからです。時代が変わっても状況が変わっても、等身大の人間の呻《うめ》き声は私たちの心を震わせます。

『平家物語』に描かれた、華々しく迫力ある合戦譚《たん》は、もちろん、私たち読者が『平家物語』を読む時の大きな楽しみの一つです。それと共に、様々な生と死が繰り広げられる『平家物語』の語る言葉に耳を傾けてください。人々の肉声が響いています。（櫻井陽子）

目次

巻第十一

巻第十二

灌頂巻

平家物語の風景

凡例

◎本書は、新編古典文学全集『平家物語』（小学館刊）の中から、各巻ごとに、著名な章段の現代語訳と原文を選び出し、全体の流れを追いながら読み進められるよう編集したものである。

◎『平家物語』全体および本書で採録した章段の目録については、三一〇頁に掲載した。

◎各巻の冒頭には、本書に収録していない内容も含め、巻全体の簡略なあらすじを示した。

◎本文は、現代語訳を先に、原文を後に掲出した。

◎現代語訳でわかりにくい部分には、（　）内に注を入れて簡略に解説した。

◎収録した箇所のうち、一部を中略した場合は、原文の中略箇所に（略）と記した。

◎あらすじがないとわかりにくい場合には、現代語訳の前後に、適宜あらすじを補った。

◎必要に応じて、現代語訳の後に、史実との食い違いを説明する注を、＊付きで掲載した。

◎本文中に文学紀行コラム『平家物語の風景』を、巻末に『解説』『平家物語章段一覧』『平氏・源氏・皇室系図』『平家物語主要人物一覧』を設けた。

◎巻頭の「はじめに——歴史に取材した『物語』」、各巻の「あらすじ」、巻末の「解説」は、櫻井陽子（駒澤大学）の書き下ろしによる。

平家物語

巻第一――灌頂巻

巻第一 ❖ あらすじ

仏教思想に基づく真理（諸行無常）と人間の生の哲理（盛者必衰）。格調高い巻頭の言葉は中国・日本の反逆者の例へと続き、平清盛《きよもり》の登場を導く。清盛という反逆者と平家一門の興亡の物語が始まる。

まず清盛の父、忠盛《ただもり》の公家社会への進出を、闇討計画を未然に防いだ話から語る。忠盛死後、熊野《くまの》の加護も受けて、清盛は太政大臣に至り、一族も昇進し、日本全土の過半を支配するようになる。

さて、永暦《えいりやく》元年（一一六〇）、二条《にじよう》天皇は父後白河院《ごしらかわいん》の反対を押し切って、故近衛《このえ》天皇后藤原多子《たし》を入内させ、朝廷内に軋《きし》みを生む。が、天皇は永万《えいまん》元年（一一六五）病没する。後継の皇子、六条天皇は仁安《にんあん》三年（一一六八）退位し、後白河院の寵妃で清盛の義妹の建春門院《けんしゆんもんいん》の生んだ皇子（高倉《たかくら》天皇）が即位する。

後白河院たちは清盛の権勢を疎ましく思うようになるが、嘉応《かおう》二年（一一七〇）の殿下乗合《てんがののりあい》事件（清盛の摂政への乱暴）は世が乱れ始めた根本である。これは身分秩序の侵犯であり、平家悪行の第一となった。

平家への反感は次第に具体化する。後白河院の寵臣藤原成親《なりちか》は切望した右大将に平宗盛《むねもり》が就いたことから平家を恨み、安元《あんげん》三年（一一七七）、俊寛の別荘に院の近臣を集め、平家打倒計画を練る（鹿谷《ししのたに》事件）。

一旦、延暦寺の衆徒の騒動に話が移る。後白河院近臣の西光法師の二人の子息が、加賀の白山の末寺で乱暴を働く。本山の延暦寺は二人の引渡しを朝廷に要求するが、拒絶される。業を煮やした延暦寺の衆徒は安元三年四月に強訴《ごうそ》し、要求に屈した朝廷は二人を処罰する。同月、大火が京を襲い、内裏も炎上する。

一　祇園精舎《ぎおんしょうじゃ》

祇園精舎（釈迦《しゃか》が説法したという大寺）の鐘の音は、諸行無常《しょぎょうむじょう》の響きをたてる。釈迦入滅《にゅうめつ》の時に、白色に変じたという沙羅双樹《さらそうじゅ》の花の色は、盛者必衰《じょうしゃひっすい》の道理を表している。驕《おご》り高ぶった人も、末長く驕りにふける事はできない、ただ春の夜の夢のようにはかないものである。勇猛な者もついには滅びてしまう、まったく風の前の塵《ちり》と同じである。

遠く外国の例を探してみると、秦《しん》の趙高《ちょうこう》、漢の王莽《おうもう》、梁《りょう》の朱异《しゅい》、唐の安禄山《あんろくざん》、これらの人々は皆、旧主先皇《きゅうしゅせんこう》の政治にも従わず、ぜいたくを極め、人の諫言《かんげん》も心にとめて聞き入れる事もなく、天下の乱れる事も悟らないで、民衆の嘆き憂いを顧みなかったので、末長く栄華を続ける事なしに滅びてしまった者どもである。

近くわが国にその例を探してみると、承平《しょうへい》の平将門《まさかど》、天慶《てんぎょう》の藤原純友《すみとも》、康和《こうわ》の源義親《よしちか》、平治《へいじ》の藤原信頼《のぶより》、これらの人々は驕り高ぶる心も、猛悪な事も、皆それぞれに甚だしかったが、やはり間もなく滅びてしまった者どもである。

ごく最近では、六波羅《ろくはら》（平家一門の邸《やしき》があった京都市東山区内の地）の入道前太政《にゅうどうさきのだいじょう》

大臣《だいじん》平 朝臣《たいらのあそん》清盛《きよもり》公と申した人の驕り高ぶり、横暴なありさまを伝え聞くと、なんとも想像もできず言葉に尽せないほどである。

その先祖を調べてみると、桓武《かんむ》天皇第五の皇子、一品式部卿《いっぽんしきぶきょう》葛原親王《かずらはらのしんのう》の九代の子孫にあたる讃岐守《さぬきのかみ》正盛《まさもり》の孫であり、刑部卿《ぎょうぶきょう》忠盛《ただもり》朝臣の嫡男《ちゃくなん》である。

あの葛原親王の御子《みこ》、高視王《たかみおう》は無位無官でお亡くなりになった。その御子高望王《たかもちおう》の時に、初めて平《たいら》の姓を賜って、上総介《かずさのすけ》におなりになったが、それ以後、すぐに皇族の籍を離れて人臣に連なった。

その子の鎮守府《ちんじゅふ》将軍良望《よしもち》はのちに名を国香《くにか》と改めたが、その国香から正盛までの六代の間は、諸国の受領《ずりょう》であったけれども、まだ宮中に昇殿を許されなかった。

祇園精舎《ぎをんしやうじや》の鐘の声、諸行無常《しよぎやうむじやう》の響《ひびき》あり。娑羅《しやら》双樹《さうじゆ》の花の色、盛者必衰《じやうしやひつすい》の理《ことわり》をあらはす。おごれる人も久しからず、唯《ただ》春の夜《よ》の夢のごとし。たけき者も遂《つひ》にはほろびぬ、偏《ひとへ》に風の前の塵《ちり》に同じ。

遠く異朝をとぶらへば、秦《しん》の趙高《てうかう》、漢《かん》の王莽《わうまう》、梁《りやう》の周伊《しうい》、唐《たう》の禄山《ろくさん》、是等《これら》は皆旧主先皇《きうしゆせんくわう》の政《まつりごと》にもしたがはず、楽しみをきはめ、諫《いさめ》をも思ひいれず、天下《てんか》の乱れむ事をさとらずして、民間の愁《うれ》ふる所を知らざッしかば、久しからずして、亡《ばう》じにし者どもなり。

近く本朝をうかがふに、承平《しようへい》の将門《まさかど》、天慶《てんきやう》の純友《すみとも》、康和《かうわ》の義親《ぎしん》、平治《へいぢ》の信頼《のぶより》、此等《これら》はおごれる心もたけき事も、皆とり〴〵にこそありしかども、まぢかくは六波羅《ろくはら》の入道前太政大臣平朝臣清盛公《にふだうさきのだいじやうだいじんたひらのあつそんきよもりこう》と申しし人の有様《ありさま》、伝へ承るこそ、心も詞《ことば》も及ばれね。

其先祖《そのせんぞ》を尋ぬれば、桓武天皇《くわんむてんわう》第五の皇子《わうじ》、一品式部卿葛原親王《いつぽんしきぶきやうかづらはらのしんわう》、九代の後胤《こういん》、讃岐守正盛《さぬきのかみまさもり》が孫《そん》、刑部卿忠盛朝臣《ぎやうぶきやうただもりのあツそん》の嫡男なり。彼親王《かのしんわう》の御子《みこ》、高視《たかみ》の王《わう》、無官無位にしてうせ給ひぬ。其御子《そのおんこ》、高望《たかもち》の王の時、始めて平《たひら》の姓《しやう》を給はッて、上総介《かづさのすけ》になり給ひしより、忽《たちま》ちに王氏《わうし》を出でて人臣につらなる。

其子鎮守府将軍良望《ちんじゆふのしやうぐんよしもち》、後には国香《くにか》とあらたむ。国香より正盛にいたるまで六代は、諸国の受領《じゆりやう》たりしかども、殿上《てんじやう》の仙籍《せんせき》をばいまだゆるされず。

二 殿上闇討《てんじょうのやみうち》

清盛の父、忠盛《ただもり》は、鳥羽院《とばいん》の御願寺を造営し、その褒賞として但馬国《たじまのくに》の国司《こくし》となり、晴れて殿上人《てんじょうびと》となった。これを嫉《ねた》んだ貴族たちは、新穀を祝う五節豊明節会《ごせちのとよのあかりのせちえ》の夜、闇《やみ》に紛れて殴って恥をかかせようと企む。事前に察した忠盛は短刀をわざと見せびらかし、腹心の家来家貞《いえさだ》は庭に控えた。不利をさとった貴族たちはいったん諦《あきら》めた。

忠盛が御前《ごぜん》に召されて舞を舞われたところ、人々は歌の拍子をかえて、「伊勢平氏《いせへいじ》はすがめだわい」とうたいはやされた（「伊勢産の瓶子《へいし》〈徳利〉は粗悪で酢甕《すがめ》にしかならない」に、「伊勢平氏は眇《すがめ》（斜視）」を掛けた）。平氏の人々は、ことばに出して言うのも畏《おそ》れ多いが、桓武《かんむ》天皇の御子孫とは申しながら、ひと頃は都に住むことからも遠ざかり、昇殿もせず地下《じげ》階級にばかりなっていて、伊勢国に長らく住んでいたので、その伊勢国の器物にかこつけて、「伊勢平氏」と申したのである。そのうえ、忠盛は眇でいらっしゃったので、このようにはやされたのであった。

忠盛はどうしようもなくて、管絃《かんげん》の御遊びもまだ終らないうちに、こっそりと御前を退出なさろうとして、横にさしておられた腰の刀を、紫宸殿《ししんでん》（内裏正殿）の北庇《きたびさし》、賢《けん》聖《じょう》の障子の背後の辺りで、そばの殿上人が見ておられた所で、主殿司《とのもづかさ》（殿上の雑用を務める女官）を呼んで預けておいて退出された。

家貞《いえさだ》が待ち受け申して、「さて、いかがでございました」と申したので、こうこうだとも宮中で受けた恥を言いたいと思われたけれども、もしそう言ったならば、すぐさま殿上までも斬《き》り上ろうとする者なので、「特別の事はなかった」と答えられた。

忠盛御前《ただもりごぜん》の召《めし》に舞はれければ、人々拍子《ひやうし》をかへて、「伊勢平氏《いせへいじ》はすがめなりけり」とぞはやされける。此《この》人々はかけまくもかたじけなく、柏原天《かしはばらのてん》皇《わう》の御末《おんすゑ》とは申しながら、中比《なかごろ》は都の住《すま》ひもうと〳〵しく、地下《ぢげ》にのみ振《ふる》舞《まひ》なッて、伊勢国《いせのくに》に住国《ぢゆうこく》ふかかりしかば、其国《そのくに》のうつは物に事寄せて、伊勢平氏とぞ申しける。其上《そのうへ》忠盛目《め》のすがまれたりければ、か様《やう》にははやされけり。

いかにすべき様《やう》もなくして、御遊《ぎよいう》もいまだ終らざるに、偸《ひそ》かに罷出《まかりい》でらるるとて、横だへさされたりける刀をば、紫宸殿《ししンでん》の御後《ごご》にして、かたへの殿上人《てんじやうびと》の見られける所にて、主殿司《とのもづかさ》を召して、預け置きてぞ出でられける。家貞《いえさだ》待ちうけ奉《たてま》ッて、「さて、いかが候ひつる」と申しければ、かくともいはまほしう思はれけれども、いひつるものならば、殿上までも頓而《やがて》きりのぼらんずる者にてある間《あひだ》、「別《べち》の事なし」とぞ答へられける。（略）

はたして五節《ごせち》の節会《せちえ》が終ってしまったあと、殿上人《てんじようびと》が口を揃《そろ》えて申されるには、「いったい剣を帯びて朝廷の宴会に列席し、随身《ずいじん》（護衛兵）を召し連れることを許されて宮中を出入りすることは、すべて法令によって定められた儀礼を守るべきで、勅命によって定められた由緒ある昔からの規定である。それなのに忠盛朝臣《ただもりのあそん》は、あるいは長年の家来と称して、（六位以下の）無紋の狩衣《かりぎぬ》の武士を殿上の小庭に召しておき、あるいは腰の刀を横たえさして、節会の座に列席している。この二つの事は、世にもまれな、まだかつて聞いたことのない乱暴な事である。事はすでに二つも重なっている。罪科はなんとしても免れることはできない。早く殿上の御札から彼の姓名を削除して、官職をやめさせ、任務をおとどめになるべきだ」と、めいめい訴え出られたので、鳥羽《とば》上皇はたいそう驚かれて、忠盛を御前に召してお尋ねになった。

忠盛が釈明して申すには、「まず家来が殿上の小庭に伺候《しこう》していたとの事は、まったく承知していないことです。ただし最近人々が計略をめぐらしておられる事に何かわけがあるとかいうことですので、長年の家来が、その事を伝え聞くとかして、そこで私が恥をかかされないように、私に知られぬよう、こっそり殿上の小庭に参り控えていましたのは、いたしかたのない次第です。もしそれでもなおお咎《とが》めがあるのでしたら、その家来の身を召して差し出すべきでしょうか。次に刀の件でございますが、主殿司《とのもづかさ》に預けておきました。これをお召し出しになり、本物の刀か否《いな》かによって、罪に値するかしないかをお決めになるべきかと存じます」と申した。

「忠盛の言うことはもっともだ」と、その刀を召し出して御覧になると、表面は鞘巻《さやまき》の黒く塗ったのであったが、中身は木刀に銀箔《ぎんぱく》をはりつけてあった（偽物の剣であった）。

「さしあたっての恥辱を免れるために、刀を帯びているように見せかけたけれども、後《ご》日《じつ》訴訟のある事を考えて、木刀を帯びていた、その用意の深さはまことに感心である。弓矢に携わる者のはかりごとは、何よりもこのようにありたいものだ。同様にまた家来が小庭に伺候していた事は、一方から考えてみると、武士の家来の常である。忠盛の罪ではない」といって、お咎めがなかったばかりでなく、かえっておほめにあずかったので、そうなった以上は、特に罪科に処するという命令もなかった。

案のごとく五節《ごせち》はてにしかば、殿上人《てんじやうびと》一同に申されけるは、「夫雄剣《それいうけん》を帯して公宴《くえん》に列し、兵仗《ひやうぢやう》を給はつて宮中を出入《しゆつにふ》するは、みな是格式《これきやくしき》の礼をまもる、綸命《りんめい》よしある先規《せんき》なり。しかるを忠盛朝臣《ただもりのあつそん》、或《あるい》は相伝《さうでん》の郎従《らうじゆう》と号《かう》して、布衣《ほうい》の兵《つはもの》を殿上《てんじやう》の小庭《こには》に召しおき、或《あるい》は腰の刀を横だへさいて、節《せち》会《ゑ》の座につらなる。両条希代《きたい》いまだ聞かざる狼籍《らうぜき》なり。事既《すで》に重畳《ちようでふ》せり。罪科尤《もツとも》ものがれがたし。早く御札《みふだ》をけづッて、闕官停任《けつくわんちやうにん》せらるべき」由、おの〳〵訴へ申されければ、上皇《しやうくわう》大きに驚きおぼしめし、忠盛を召して御尋《おんたづ》ねあり。

陳じ申しけるは、「まづ郎従小庭に祇候《しこう》の由、全《まツた》く覚悟仕らず。但《ただ》し近日人々あひたくまるる旨《むね》、子細《しさい》ある歟《か》の間、年来《ねんらい》の家人《けにん》事をつたへ聞くかによッて、其恥《そのはぢ》をたすけむが為《ため》に、忠盛に知られずして、偸《ひそ》かに参候《さんこう》の条、力及ばざる次第なり。若《も》しなほ其咎《とが》あるべくは、彼身《かのみ》を召し進ずべき歟《か》。

次に刀の事、主殿司《とのもづかさ》に預けおきをはッぬ。是を召し出《いだ》され、刀の実否《じつぷ》について、咎の左右《さう》あるべき歟」と申す。「此儀《このぎ》尤もしかるべし」とて、其刀を召し出《いだ》して叡覧《えいらん》あれば、うへは鞘巻《さやまき》の黒くぬりたりけるが、中は木刀《きがたな》に銀薄《ぎんばく》をぞおしたりける。「当座の恥辱をのがれんが為に、刀を帯する由あらはすといへども、後日《ごにち》の訴訟を存知《ぞんぢ》して、木刀を帯しける用意のほどこそ神妙《しんべう》なれ。弓箭《きゆうせん》に携《たづさは》らむ者のはかりことは、尤もかうこそあらまほしけれ。兼ねては又郎従小庭に祗候《しこう》の条、且《か》つうは武士の郎等《らうどう》のならひなり。忠盛が咎《とが》にあらず」とて、還而叡感《かへツてえいかん》にあづかッしうへは、敢《あ》へて罪科の沙汰《さた》もなかりけり。

三 鱸《すずき》

忠盛《ただもり》は刑部卿《ぎょうぶきょう》になって、仁平《にんぺい》三年（一一五三）正月十五日に、五十八歳で死んだ。清盛《きよもり》は嫡男であったので、その跡を継いだ。

保元《ほうげん》元年（一一五六）七月に、宇治左大臣頼長《うじのさだいじんよりなが》が世を乱された時（皇位継承に不満を持つ崇徳《すとく》上皇と藤原頼長が共謀して、後白河《ごしらかわ》天皇・源義朝《よしとも》・平清盛と交戦した保元の乱）、安芸守《あきのかみ》として天皇のお味方をして勲功があったので、播磨守《はりまのかみ》に移って、保元三年に大宰大弐《だざいのだいに》になった。

次いで平治元年（一一五九）十二月、藤原信頼《のぶより》卿が謀反《むほん》を起した時（勢力を伸ばす信《しん》西《ぜい》を討とうと藤原信頼と源義朝が挙兵した平治の乱）、天皇のお味方になって賊の連中を討ち平らげ、「勲功は一回だけではない、重く恩賞を与えるべきだ」というので、翌年正三位《しょうさんみ》に叙せられ、引き続き参議、衛府督《えふのかみ》、検非違使別当《けびいしのべっとう》、中納言、大納言と上がっていき、そのうえ大臣の位に至り、左右の大臣を経ないで、内大臣からすぐに太政大臣従一位《じゅいちい》に上がった。

大将ではないが、武器をもった兵を連れることを許されて随身《ずいじん》を召し連れていた。牛《ぎっ》車《しゃ》・輦車《れんしゃ》（人力で引く車）に乗ることを許すという宣旨《せんじ》をいただいて、車に乗ったままで宮中を出入りした。まったくもって政務を執《と》る重臣や摂政関白のような有様である。

忠盛、刑部卿《ぎやうぶきやう》になッて、仁平《にんぺい》三年正月十五日、歳《とし》五十八にてうせにき。清盛《きよもり》嫡男《ちやくなん》たるによッて其跡をつぐ。

保元《ほうげん》元年七月に、宇治《うぢ》の左府《さふ》代《よ》を乱り給ひし時、安芸守《あきのかみ》とて、御方《みかた》にて勲功ありしかば、播磨守《はりまのかみ》にうつッて、同《おなじき》三年太宰大弐《ださいのだいに》になる。次に平治《へいぢ》元年十二月、信頼卿《のぶよりのきやう》が謀叛《むほん》の時、御方《みかた》にて賊徒をうちたひらげ、「勲功一つにあらず、恩賞是《これ》重かるべし」とて、次の年正三位《じやうざんみ》に叙せられ、うちつづき宰相、衛府督《ゑふのかみ》、検非違使別当《けんびゐしのべつたう》、中納言《ちゆうなごん》、大納言《だいなごん》に経《へ》あがッて、剰《あまツさ》へ丞相《しようじやう》の位にいたり、左右《さう》を経ずして内大臣《ないだいじん》より太政大臣従一位《だいじやうだいじんじゆいちゐ》にあがる。大将《だいしやう》にあらねども、兵仗《ひやうぢやう》を給はつて随身《ずいじん》を召し具す。牛車輦車《ぎつしやれんじや》の宣旨《せんじ》を蒙《かうぶ》つて、乗りながら宮中を出入す。偏《ひとへ》に執政の臣のごとし。（略）

平家がこのように繁栄なさったのも、熊野《くまの》権現《ごんげん》のご利益《りやく》ということであった。

そのわけは、昔清盛公がまだ安芸守《あきのかみ》であった時、伊勢《いせ》の海から船で熊野へ参詣《さんけい》されたが、大きな鱸《すずき》が船の中に躍り込んできたのを、先導の修験者《しゆげんじや》が申すには、「これは熊野権現のご利益です。急いでお食べなさい」と申したので、清盛が言われるには、「昔、（悪逆非道の殷《いん》の紂王《ちゆうおう》を討とうとした）周《しゆう》の武王《ぶおう》の船に、白魚が躍り込んだそうだ。これは吉事である」といって、あれほど十戒《じっかい》（殺生などの十悪を禁ずる戒め）を守り、精《しよう》進潔斎《じんけっさい》を続けた道中ではあるが、料理して、家の子、侍《さぶらい》どもにふるまわれた。そのせいか、以後、吉事ばかり続いて、太政大臣という極位にまでお上りになった。

子孫の官位の昇進も、竜が雲に昇るよりも、いっそう速やかである。こうして先祖九代の先例をお超えになったのは、まことにめでたいことであった。

平家かやうに繁昌《はんじやう》せられけるも、熊野権現《くまののごんげん》の御利生《ごりしやう》とぞきこえし。其故は、古《いにしへ》清盛公《きよもりこう》、いまだ安芸守《あきのかみ》たりし時、伊勢《いせ》の海より船にて熊野へ参られけるに、大きなる鱸《すずき》の船に躍り入《い》りたりけるを、先達《せんだつ》申しけるは、「是《これ》は権現の御利生なり。いそぎ参るべし」と申しければ、清盛宣《のたま》ひけるは、「昔周《しう》の武王《ぶわう》の船にこそ、白魚《はくぎよ》は躍り入りたりけるなれ。是吉事《きちじ》なり」とて、さばかり十戒《じつかい》をたもち、精進潔斎《しやうじんけつさい》の道なれども、調味《てうみ》して、家子侍《いへのこさぶらひ》共《ども》に食《く》はせられけり。其故にや、吉事《きちじ》のみうちつづいて、太政大臣まできはめ給へり。子孫の官途《くわんど》も、竜《りよう》の雲に昇るよりは、猶《なほ》すみやかなり。九代《くだい》の先蹤《せんじよう》をこえ給ふこそ目出たけれ。

四　吾《わが》身《みの》栄《えい》花《が》

清盛は仁安《にんあん》三年（一一六八）、五十一歳で出家した。平家は「この一門でなければ人にはあらず」と言われるほどの繁栄ぶりである。

日本秋津島《にっぽんあきつしま》（日本の古称）は、わずかに六十六か国、その中で平家の支配した国は三十余か国で、ほとんど日本全国の半分以上である。そのほか荘園や田畑などはどれくらいという数もわからないほどたくさんであった。平家の邸宅には華美な服装の人々が大勢集まって、御殿の中は花のように美しい。門前には車馬が数多く集まって、市をなす繁栄ぶりである。楊州《ようしゅう》の金《こがね》、荊州《けいしゅう》の珠《たま》、呉郡《ごきん》の綾《あや》、蜀江《しょっこう》の錦《にしき》など、ありとあらゆる珍しい財宝が集まり、何一つ欠けているものはない。歌舞をする御殿の土台から、ぜいたくにふけり、いろいろな珍しい品物を好んでもてあそぶ様子は、おそらくは内裏《だいり》も院の御所も、これ以上ではあるまいと思われた。

――日本秋津島《にっぽんあきつしま》は、纔《わづ》かに六十六箇国《かこく》、平家知行《ちぎやう》の国、卅余箇国、既《すで》に半国《はんごく》にこえたり。其外庄園田畠《そのほかしやうゑんでんばく》、いくらといふ数を知らず。綺羅《きら》充満して、堂上《たうしやう》花の如《ごと》し。軒騎《けんき》群集《くんじゆ》して、門前市《いち》をなす。楊州《やうしう》の金《こがね》、荊州《けいしう》の珠《たま》、呉《ご》郡の綾《あや》、蜀江《しよくかう》の錦《にしき》、七珍万宝《しつちんまんぼう》、一つとして闕《か》けたる事なし。歌堂舞閣《かたうぶかく》の基《もとゐ》、魚竜爵馬《ぎよりようしやくば》の翫《もてあそび》もの、恐らくは帝闕《ていけつ》も仙洞《せんとう》も是《これ》には過ぎじとぞみえし。

五 鹿谷《ししのたに》

仁安《にんあん》三年（一一六八）、後白河《ごしらかわ》院皇子で、清盛の義妹、建春門院滋子《けんしゅんもんいんしげこ》の生んだ高倉《たかくら》天皇が即位する。嘉応《かおう》二年（一一七〇）、清盛の孫である資盛《すけもり》が、摂政藤原基房《もとふさ》の車ともめ事を起し、清盛が仕返しに武士を使って基房の一行に乱暴させたことから、世間の平家への反感は増していく。嘉応三年、清盛の娘の徳子《とくこ》が入内《じゅだい》。その頃、空いた大将の職をめぐって、さまざまな思惑が交錯する。

その頃の叙位《じょい》・除目《じもく》（位階を授け、官職を任命する儀）と申すのは、法皇と内裏《だいり》の御はからいでもなく、摂政関白のご裁決までもなく、ただひたすら平家の思うままだったので、徳大寺実定《とくだいじさねさだ》・花山院兼雅《かざんいんかねまさ》もお就《つ》きにならず、入道相国《にゅうどうしょうこく》（清盛）の嫡男小松殿《こまつどの》（重《しげ》盛《もり》）が大納言右大将でいらしたのが左大将となられ、中納言でいらした次男宗盛《むねもり》が数人の上位の貴族を飛び越し右大将にお加わりになったのは、ことばでは言い尽せない、あきれたことであった。なかでも徳大寺殿は筆頭の大納言で、摂関家に次ぐ家柄であり、学識にすぐれ、徳大寺家の嫡子でいらっしゃったが、官位昇進を宗盛に越されなさったのは残念至極なことである。「きっとご出家などなさるだろう」と、人々が内々は言い合っていたが、しばらく世の成行きでも見ようといって大納言を辞して、家に引き籠《こも》っているという噂《うわさ》であった。

新大納言成親《なりちか》卿が言われるには、「徳大寺や花山院に越されるのはしかたがないが、平家の次男に越されるのは本当に心外だ。これも万事平家の思うままになっていることから生じたのだ。なんとしてでも平家を滅し本望を遂げよう」と言われたのは恐ろしいことであった。父の家成《いえなり》卿は中納言までおのぼりになったが、その末子で、位は正二位《しょうにい》、官職は大納言に上り、最上級の国をたくさんいただいて、子息・従者まで皇恩を深くこうむり、栄え時めいていた。何が不足でこのような気持になられたのだろう。これはまったく天魔のなすところと思われた。平治の乱の時にも越後守《えちごのかみ》兼右中将として藤原信頼《のぶより》卿に味方したことから処刑されるはずだったのを、小松殿がさまざまにとりなして、首をおつなぎになったのだ。それなのに恩を忘れ、人目につかない所に兵具を揃《そろ》え、軍兵を語らい集め、平家を滅す合戦の準備のほかは何も考えなかった。

東山の麓《ふもと》の鹿谷《ししのたに》（京都市左京区鹿谷）という所は、背後は三井寺《みいでら》（園城寺《おんじょうじ》）に続いていて、絶好の城郭《じょうかく》であった。そこに俊寛僧都《しゅんかんそうず》（後白河院の近習の僧）の山荘がある。そこにいつも寄り集まり寄り集まり、平家を滅そうとする陰謀をめぐらしていた。

ある時、後白河法皇もおいでになった。（平治の乱で討たれた）故少納言入道信西《しんぜい》の子息の静憲《じょうけん》法印がお供をした。

その夜の酒宴で、法皇がこの陰謀について静憲法印に相談されたところ、静憲は、「まあ、あきれたことだ。人が大勢承っております。今にも漏れ聞えて、天下の大事になりましょう」と非常にあわて騒いだので、新大納言成親卿は顔色が変って、さっとお立ちになったが、御前にあった瓶子《へいじ》（徳利）を狩衣《かりぎぬ》の袖《そで》に引っ掛けて倒してしまわれた。それを御覧になって法皇が、「それはどういうことだ」と言われると、大納言は戻って来て、「平氏（瓶子）がふざけて倒れました」と申された。

法皇は機嫌よくお笑いになって、「者ども参って猿楽《さるがく》を致せ」と言われたので、平判《へいほう》官康頼《がんやすより》が参って、「ああ、あんまり平氏（瓶子）が多いので、酔ってしまいました」と言う。俊寛僧都が、「さてそれをどうしましょう」と申されると、西光《さいこう》法師（信西の乳母子《めのとご》。後白河院近臣）が、「首を取るのにこしたことはない」といって瓶子の首を取って席に戻った。

静憲法印はあまりにあきれたことなので、まったく何も申されない。かえすがえす恐ろしいことであった。

この陰謀に参加した者は誰々かというと、近江《おうみ》中将入道蓮浄《れんじよう》俗名成正《なりまさ》、法勝寺執行《ほつしようじのしゆぎよう》俊寛僧都、山城守基兼《やましろのかみもとかね》、式部大輔《しきぶのたいふ》雅綱《まさつな》、平判官康頼、宗判官信房《そうほうがんのぶふさ》、新平判官資行《しんぺいほうがんすけゆき》、摂津《つの》国《くに》の源氏多田蔵人行綱《ただのくらんどゆきつな》をはじめとして、北面《ほくめん》の者どもが大勢この計画に加わった。

しかし、鹿谷の陰謀は、西光法師の息子が加賀で起した他の事件のどさくさに紛れ、頓《とん》挫《ざ》する。

其比《そのころ》の叙位、除目《ぢもく》と申すは、院内《ゐんうち》の御《おん》ぱからひにもあらず、摂政関白《せつしやうくわんぱく》の御成敗《ごせいばい》にも及ばず、唯《ただ》一向平家のままにてありしかば、徳大寺《とくだいじ》、花山《くわさん》院《のゐん》もなり給はず、入道相国《にふだうしやうこく》の嫡男《ちやくなん》小松殿、大納言の右大将《うだいしやう》にておはしけるが左《ひだん》にうつりて、次男宗盛《むねもり》、中納言にておはせしが数輩《すはい》の上﨟《じやうらふ》を超越《てうをつ》して

右《みぎ》にくははられけるこそ申す計《はかり》もなかりしか。中にも徳大寺殿《とくだいじどの》は一の大納《だいな》言《ごん》にて、花族英雄《くわそくえいよう》、才学雄長《さいかくいうちやう》、家嫡《けちやく》にてましましけるが、加階《かかい》こえられ給ひけるこそ遺恨なれ。「さだめて御出家なゝどやあらむずらむ」と人々内々《ないない》は申しあへりしかども、暫《しばら》く世のならむ様《やう》をも見むとて、大納言を辞し申して、籠居《ろうきよ》とぞきこえし。

新大納《しんだいな》言成親《ごんなりちか》卿《のきやう》宣《のたま》ひけるは、「徳大寺《とくだいじ》、花山院《くわさんのゐん》に超《こ》えられたらむはいかがせむ、平家の次男に超えらるるこそやすからね。是《これ》も万《よろづ》思ふ様《さま》なるがいたす所なり。いかにもして平家をほろぼし、本望をとげむ」と宣ひけるこそおそろしけれ。父の卿は中納言までこそいたられしか、其末子《そのばつし》にて、位正二位《じやうにゐ》官大納言にあがり、大国《だいこく》あまた給はッて、子息所従《しよじゆう》、朝恩にほこれり。何の不足にかかる心つかれけん、是偏《ひとへ》に天魔《てんま》の所為《しよゐ》とぞみえし。平《へい》治《ぢ》にも越後《ゑちご》の中将《ちゆうじやう》とて、信頼卿《のぶよりのきやう》に同心のあひだ、既《すで》に誅《ちゆう》せらるべかりしを、小松殿やう〳〵に申して、頸《くび》をつぎ給へり。しかるに其恩を忘れて、外《ぐわ》人《いじん》もなき所に、兵具《ひやうぐ》をととのへ、軍兵《ぐんびやう》をかたらひおき、其営《いとなみ》の外《ほか》は他事なし。

東山の麓《ふもと》、鹿《しし》の谷《たに》と云《い》ふ所は、うしろは三井寺《みゐでら》につづいて、ゆゆしき城《じやう》郭《くわく》にてぞありける。俊寛僧都《しゆんくわんそうづ》の山庄《さんざう》あり。かれに常は寄りあひ寄りあひ、平家ほろぼさむずるはかりことをぞ廻《めぐ》しける。

或時《あるとき》法皇も御幸《ごかう》なる。故少納言入道信西《こせうなごんにふだうしんせい》が子息、静憲法印《じやうけんほふいん》御供《おんとも》仕る。其夜《よ》の酒宴に、此由《このよし》を静憲法印に仰せあはせられければ、「あなあさまし。人あまた承り候ひぬ。唯今《ただいま》もれきこえて、天下《てんか》の大事に及び候ひなんず」と、大きにさわぎ申しければ、新大納言けしきかはりて、さッとたたれけるが、御前《ごぜん》に候《さうら》ひける瓶子《へいじ》を、狩衣《かりぎぬ》の袖《そで》にかけて、引倒《ひきたふ》されたりけるを、法皇、「あれはいかに」と仰せければ、大納言立帰《たちかへ》つて、「平氏《へいじ》たはれ候ひぬ」とぞ申されける。

法皇ゑつぼにいらせおはしまして、「者ども参ッて猿楽《さるがく》仕れ」と仰せければ、平判官康頼《へいはうぐわんやすより》、参りて、「ああ、あまりに平氏のおほう候に、もて酔《ゑ》ひて候」と申す。俊寛僧都《しゆんくわんそうづ》、「さてそれをばいかが仕らむずる」と申されければ、西光法師《さいくわうほふし》、「頸《くび》をとるにしかじ」とて、瓶子のくびをとッてぞ入りにける。

静憲法印あまりのあさましさに、つや〳〵物も申されず。返す〴〵もおそろしかりし事どもなり。

与力《よりき》の輩《ともがら》誰々《たれたれ》ぞ。近江《あふみの》中将入道蓮浄《れんじやう》俗名成正《なりまさ》、法勝寺執行《ほつしようじのしゆぎやう》俊寛僧都、山城守基兼、式部大輔《しきぶのたいふ》雅綱《まさつな》、平判官康頼、宗判官信房《そうはうぐわんのぶふさ》、新平判官資行《しんぺいはうぐわんすけゆき》、摂《つ》津《の》国《くにの》源氏《げんじ》多《た》田《だの》蔵人《くらンど》行綱《ゆきつな》を始《はじめ》として、北面《ほくめん》の輩《ともがら》おほく与力したりけり。

平家物語の風景

厳島《いつくしま》神社

〈1〉

瀬戸内海の漫々たる青い波に、朱の大鳥居をそびやかす安芸《あき》の宮島。かつては「厳島」と呼ばれたように、神が「斎《いつ》く」島と信じられ、弥山《みせん》そびえる島そのものがご神体として崇《あが》められてきた。その神を祀《まつ》るのが厳島神社。平安時代には安芸国一宮となり、衰退したところを平家が修復した。平清盛はこの社に篤《あつ》く帰依《きえ》し、一門の繁栄と、重要な経済基盤である瀬戸内海の交易ルートの安全を祈願するために、当時の絵画・書跡・工芸の粋を極めた装飾経三十三巻、いわゆる国宝「平家納経」を献じたことはよく知られるところである。

なぜ平家が厳島神社を崇敬するようになったのか、巻第三「大塔《だいとう》建立」(本書では割愛)は記す。清盛が安芸守《あきのかみ》だった頃、命じられた高野山の大塔の修理を終えて参拝したところ、異相の老僧が現れた。いわく「厳島神社を修理すれば、あなたの官位昇進は誰も及びますまい」。そこで清盛は鳥居や社殿を造り替え、百八十間《けん》もの回廊を造った。しかし完成後に参拝した清盛の夢に童子が出てきて、剣を差し出して言うには「この剣で朝廷を守れ。……ただし、悪行をすれば栄華も子孫までには及ぼせないぞ」。これは平家滅亡の予言にも思われる。また、高倉院は、父後白河院を義父清盛が幽閉した時、これを憂えてはるばると厳島神社まで詣でてもいる。時の権力者たちが修繕を繰り返してきた大鳥居は、現在八代目。水泡となって消えた平家のかつての繁栄を静かに伝えている。

巻第二

❖ あらすじ

治承《じしょう》元年（一一七七）五月、西光《さいこう》法師の讒言《ざんげん》によって、後白河院は天台座主《てんだいざす》明雲《めいうん》を辞任・還俗《げんぞく》させ流罪に及ぶ。衆徒は明雲を奪還するが、衆徒や明雲にそれ以上の処罰はなかった。

山門の騒動のために成親《なりちか》たちの反平家運動は中断していた。一方、多田蔵人行綱《ただのくらんどゆきつな》は成親に武力を見込まれて計画に加わったが、悩んだ末に、五月末日夜に清盛に密告する。驚いた清盛は翌朝、西光、成親を捕え拷問《ごうもん》を加え、その全容を知る。西光への拷問は激しく、西光はついに口を裂かれて惨殺される。

西光の白状をもとに首謀者成親を始め、次々に捕えられる。成親は妹婿重盛《しげもり》の清盛への説得のおかげで一時、命拾いする。成親の息子成経《なりつね》も舅《しゅうと》教盛《のりもり》（清盛弟）の尽力で、一時釈放される。清盛は後白河院にまで追及の手をのばそうとするが、重盛は清盛に院の恩を説き、清盛を思い止まらせる。しかし成親は備前《びぜん》の児島《こじま》に流され、成経・平康《やす》頼《より》・俊寛《しゅんかん》は鬼界《きかい》が島《しま》に流される。成親は更に山深い有木《ありき》に移され、その地で密かに処刑される。

鬼界が島では、成経と康頼は島の地形を熊野《くまの》に見立てて熊野参詣《さんけい》をまねて帰京を祈り、吉夢を見る。康頼は千本の卒塔婆《そとば》を作って流す。その一本が安芸《あき》の厳島《いつくしま》神社に流れ着いて拾われ、都に伝えられる。

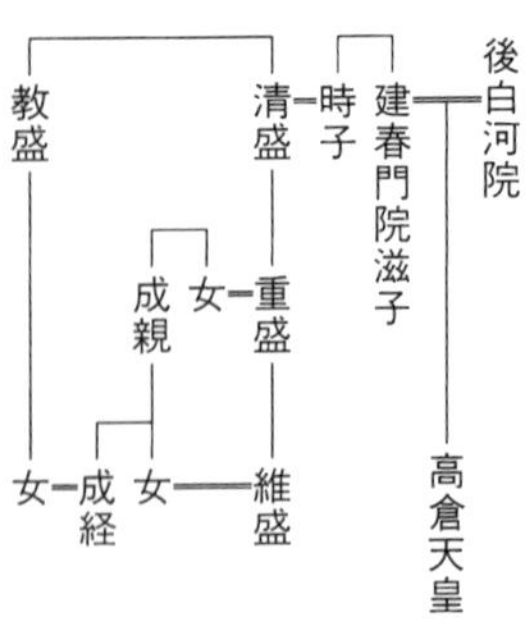

一　西光被斬《さいこうがきられ》

鹿谷《ししのたに》の平家打倒運動は、多田蔵人行綱《ただのくらんどゆきつな》の密告によって、五月末日夜、清盛の知るところとなる。清盛の怒りは凄まじく、その夜のうちに一門の人々と軍兵が招集された。

夜が明けると六月一日である。まだ暗かったのに、入道（清盛）は検非違使安倍資成《けびいしあべのすけなり》を呼んで、「至急、院（後白河法皇）の御所へ参れ。そして平信業《のぶなり》を呼び出して、申すのにはだな、『側近の人々がこの平家一門を滅して、天下を乱そうとする計画がある。一人一人召し捕って、尋問・処罰をいたします。それを君（法皇）も干渉なさらないでください』と申せ」と言われた。

資成は急いで御所へ駆けて参り、大膳大夫信業《だいぜんのだいぶ》を呼び出して、この事を申すと、顔色を変えた。法皇の御前へ参ってこの事を申し上げたところ、法皇は、「ああこれらの者が内々計画した事が、漏れてしまったのだな」とお思いになって茫然《ぼうぜん》とされた。「それにしても、これはなんということだ」とだけ言われて、はっきりしたご返事もなかった。

資成は急ぎ駆け戻って、入道相国《にゅうどうしょうこく》にこの事を申すと、「案の定、行綱はほんとうの事を言ったのだ。この事を行綱が知らせなかったら、浄海《じょうかい》（清盛の法名）は無事でいられようか」といって、飛騨守景家《ひだのかみかげいえ》・筑後守貞能《ちくごのかみさだよし》に仰せつけて、謀反の連中を逮捕すべき由を命じられた。そこで平家の武士二百余騎、三百余騎が、諸所方々に押し寄せて、謀反に加わった者を逮捕した。

あくれば六月一日なり。いまだくらかりけるに、入道、検非違使安倍資成《けんびゐしあべのすけなり》を召して、「きッと院の御所《ごしょ》へ参れ。信業《のぶなり》をまねいて、申さんずるやうはよな、『近習《きんじゅ》の人々、此《この》一門をほろぼして、天下を乱らんとするくはたてあり。一々《いちいち》に召しとッて、尋ね沙汰《さた》仕るべし。それをば、君もしろしめさるまじう候』と、申せ」とこそ宣《のたま》ひけれ。

資成いそぎ御所へはせ参り、大膳大夫《だいぜんのだいぶ》信業よびいだいて、此由申すに色をうしなふ。御前《ごぜん》へ参ッて此由奏聞《そうもん》しければ、法皇、「あは、これらが内々はかりし事のもれにけるよ」とおぼしめすにあさまし。「さるにても、こは何事ぞ」とばかり仰せられて、分明《ふんみやう》の御返事《おんぺんじ》もなかりけり。

資成いそぎ馳《は》せ帰ッて、入道相国に此由申せば、「さればこそ、行綱はまことをいひけり。この事行綱知らせずは、浄海安穏《じやうかいあんをん》にあるべしや」とて、飛驒守景家《ひだのかみかげいへ》、筑後守貞能《ちくごのかみさだよし》に仰せて、謀反《むほん》の輩《ともがら》からめとるべき由下知《げぢ》せらる。仍《よつ》て二百余騎三百余騎、あそここにおし寄せおし寄せからめとる。(略)

西光《さいこう》法師はこの事を聞いて、自分の身の上と思ったのだろうか、馬に鞭打《むちう》ち走らせて、法皇の御所、法住寺殿《ほうじゆうじどの》(後白河院が鴨川《かもがわ》の東に設けた院御所)へ参った。平家の侍《さぶらい》どもが、道で行き合い、「西八条(清盛邸)へお召しだぞ。すぐに参れ」と言ったので、「奏上すべき事があって、法住寺殿へ参るのだ。その後ですぐ参ろう」と言ったが、「にっくい入道だな。何事を法皇に奏上しようというのだ。そうは言わせないぞ」といって、馬から手取り足取り引きずり落とし、縛って中ぶらりんにぶらさげて、西八条へ参った。事のそもそもから首謀者として参画した者だったので、特に強く縛って、中庭のうちに引きすえた。

入道相国《にゆうどうしょうこく》は大床《おおゆか》に立って、「この入道を滅そうとするやつの、なれの果てのみじめな姿だわい。やつめをここへ引き寄せろ」といって、縁の際《きわ》に引き寄せさせ、ものを履いたままで、そいつの面《つら》をむずむずとお踏みになった。「もともときさまらのような卑しい下郎《げろう》の末を、君（法皇）がお召し使いになって、任ぜられるはずのない官職をお与えになり、父子ともに身分不相応なふるまい（西光法師の子息が加賀白山の末寺で乱暴を働いたことなど）をすると思っていたが、（子息を処罰したことを恨んで）さらに過失のない天台座主《てんだいざす》（比叡山延暦寺の最高位）明雲《めいうん》を流罪《るざい》に処し、天下の大事を引き起して、おまけにこの平家一門を滅そうという謀反に加担してしまったやつだな。ありのままに申せ」と言われた。

西光はもともとすぐれた大剛の者だったので、少しも顔色も変えず、悪びれた様子もない。居直って大笑いして申すには、「とんでもないこと。入道殿こそ身分に過ぎたことを言われる。他人の前ではいざ知らず、西光が聞いている所で、そんなことはとてもおっしゃれますまい。院に召し使われる身ですから、執事の別当の成親《なりちか》卿が院宣《いんぜん》といって軍兵を召された事に参画しないとは申すわけにゆきません。それには参画しました。ただし聞き捨てならぬことを言われるものですな。あなたは故刑部卿《ぎょうぶきょう》忠盛《ただもり》の子でいらしたが、十四、五までは朝廷に出仕もなさらず、故中御門《なかのみかど》藤中納言《とうちゅうなごん》家成《いえなり》卿の邸《やしき》辺りに出入りしていられたのを、口うるさい京童《きょうわらべ》は、高平太《たかへいだ》（高下駄をはいた平家の長男）

と言ったのでした。保延《ほうえん》の頃、大将軍に命ぜられ（一一三五年のこと）、海賊の張本人三十余人を捕えて差し出された褒美《ほうび》に、四位に上り四位の兵衛佐《ひょうえのすけ》と申したことをさえ、身分に過ぎたことと当時の人々は口々に言い合われたことでした。殿上の交わりをさえ嫌われた人（忠盛）の子で、太政大臣にまで成り上がったことこそ過分でしょう。侍《さぶらい》階級の者が受領《ずりょう》や検非違使《けびいし》になる事（西光の子息のこと）は、先例や慣例がないわけではない。どうして過分でしょうか」と、遠慮もしないで申したので、入道はあまりに腹が立って何もおっしゃらない。

しばらくたって、「そいつの首をすぐには簡単に斬《き》るな。よくよく縛っておけ」と言われた。松浦《まつら》太郎重俊《しげとし》が命を受けて、手足をはさみ、さまざまな手段で痛めつけ尋問した。西光はもともと抗弁しなかったし、おまけに尋問は厳しかったので、すっかり自白した。それが自白書四、五枚に記され、まもなく、「そいつの口をさけ」といって、口をさかれ、五条西朱雀《すざく》で斬られてしまった。

――西光法師此事《さいくわうほふしこのこと》きいて、我身《わがみ》のうへとや思ひけん、鞭《むち》をあげ、院の御所法住寺殿《ほふぢゅうじどの》へ馳《は》せ参る。平家の侍《さぶらひ》共、道にて馳《は》せむかひ、「西八条《にしはつでう》へ召さるるぞ。きッと参れ」といひければ、「奏《そう》すべき事があッて、法住寺殿へ参る。やがてこそ参らめ」と、いひけれども、「にッくい入道かな。何事をか奏すべかんなる。さないはせそ」とて、馬よりとッてひきおとし、ちうにくくッて、西八条へさげて参る。日のはじめより、根元与力《こんげんよりき》の者なりければ、殊《こと》につよういましめて、坪の内にぞひッすゑたる。

入道相国、大床《おほゆか》にたッて、「入道かたぶけうどするやつが、なれるすがたよ。しやつここへひき寄せよ」とて、縁《えん》のきはにひき寄せさせ、物はきながら、しやッつらをむず〳〵とぞふまれける。「本《もと》よりおのれらがやうなる下﨟《げらふ》のはてを、君の召しつかはせ給ひて、なさるまじき官職をなしたび、父子《ふし》共に、過分のふるまひすると見しにあはせて、あやまたぬ天台の座主《ざす》、流罪《るざい》に申しおこなひ、天下の大事ひき出《いだ》いて、剰《あまつさ》へ此《この》一門ほろぼすべき、謀反《むほん》にくみしてンげるやつなり。ありのままに申せ」とこそ宣《のたま》ひけれ。

西光《さいくわう》もとよりすぐれたる大剛《だいかう》の者なりければ、ちッとも色も変ぜず、わろびれたるけいきもなし、ゐなほりあざわらッて申しけるは、「さもさうず。入道殿こそ過分の事をば宣へ。他人の前は知らず、西光が聞かんところに、さやうの事をばえこそ宣ふまじけれ。院中に召しつかはるる身なれば、執事《しつし》の別当、成親卿《なりちかのきやう》の院宣とてもよほされし事に、くみせずとは申すべき様《やう》なし。それはくみしたり。但《ただ》し耳にとどまる事をも宣ふ物かな。御《ご》辺《へん》は、故《こ》刑部卿《ぎやうぶきやう》忠盛《ただもり》の子でおはせしかども、十四五までは出仕もし給はず、故《こ》中御門藤中納言《なかのみかどのとうぢゆうなごん》家成卿《かせいのきやう》の辺《へん》に、たち入り給ひしをば、京童部《きやうわらんべ》は、高平太《たかへいだ》とこそいひしか。保延《ほうえん》の比《ころ》、大将軍《たいしやうぐん》承り、海賊の張本《ちやうぼん》、卅余人からめ進ぜられし勧賞《けんじやう》に、四品《しほん》して四位《しゐ》の兵衛佐《ひやうゑのすけ》と申ししをだに、過分とこそ時の人々は申しあはれしか。殿上《てんじやう》のまじはりをだにきらはれし人の子で、太政大臣までなりあがッたるや過分なるらむ。侍品《さぶらひほん》の者の、受領《じゆりやう》、検非違使《けんびゐし》になる事、先例傍例《はうれい》なきにあらず。なじかは過分なるべき」と、はばかる所もなう申しければ、入道あまりにいかッて物も宣《のたま》はず。

しばしあッて、「しやつが頸《くび》、左右《さう》なうきるな。よく〳〵いましめよ」とぞ宣ひける。松浦太郎《まつらのたらう》重俊《しげとし》承って、足手《あして》をはさみ、さま〴〵にいため問ふ。もとよりあらがひ申さぬうへ、糺問《きうもん》はきびしかりけり、残りなうこそ

――申しけれ。白状《はくじやう》四五枚に記《き》せられ、やがて、「しやつが口をさけ」とて口をさかれ、五条西朱雀《にしのしゆしやか》にしてきられにけり。

二 大納言死去《だいなごんのしきよ》

西光《さいこう》の白状をもとに、首謀者成親《なりちか》をはじめ謀議に加わった人物が次々に捕えられる。成親は重盛《しげもり》の助命嘆願のおかげで死罪を免れ摂津《せつつ》へ流され、さらに備前《びぜん》の児島《こじま》へ流された。

さて法勝寺《ほつしようじ》の執行《しゆぎよう》俊寛僧都《しゆんかんそうず》、平判官康頼《へいほうがんやすより》とこの丹波《たんば》少将成経《なりつね》（成親の子）と、揃《そろ》って三人が、薩摩潟《さつまがた》（薩摩南方の海）の鬼界《きかい》が島へ流された。その島は都を出てはるばると海路で波を乗り越えて行く所である。並たいていでは船も通わない。島にも人は非常に少ない。たまに人はいるけれども、日本の本土の人にも似ず、色が黒くて、牛のようである。身体にはむやみに毛がはえて、言うことばを聞いてもわからない。男は烏帽子《えぼし》もかぶらず、女は髪も垂らしていなかった。衣服がないので、人らしくもない。食べる物もないので、ただ漁猟などばかりを第一としている。農夫が耕作をしないので、米穀の類もなく、桑を植えて養蚕《ようさん》をしないので、絹布の類もなかった。

島の中には高い山がある。永久に火が燃えており、硫黄《いおう》というものが充満していた。それゆえに、硫黄が島とも名づけている。雷がいつも上の方や下の方で鳴りつづけており、麓《ふもと》には雨がしきりに降っている。一日片時でも、とても生きていられそうにもなかった。

さて一方、新大納言（成親）は、平家の圧迫が多少ゆるやかになる事もあろうかと思っていられたが、子息の丹波少将成経も、もう鬼界が島へ配流になられたと聞いて、今はそうそう気強く何事を期待することができようといって、出家の志があるということを、何かのついでに小松殿（重盛）へ申されたので、この事を後白河法皇にお伺いして、出家のお許しが出た。そこですぐ出家なさった。栄花に誇った美しい公家《くげ》の装束とはうって変って、うき世を離れ住む僧侶の墨染《すみぞめ》の衣に身をおやつしになった。

さる程《ほど》に法勝寺《ほつしようじ》の執行俊寛僧都《しゆぎやうしゆんくわんそうづ》、平判官《へいはうぐわん》康頼《やすより》、この少将相具《あひぐ》して、三人薩摩潟《さつまがた》鬼界《きかい》が島《しま》へぞながされける。彼島《かのしま》は都を出ではるぐ〳〵と、浪路《なみぢ》をしのいで行く所なり。おぼろけにては舟もかよはず。島にも人まれなり。おのづから人はあれども、此土《このど》の人にも似ず、色黒うして、牛の如《ごと》し。身

には頻《しき》りに毛おひつつ、云《い》ふ詞《ことば》も聞き知らず。男は烏帽子《えぼし》もせず、女は髪もさげざりけり。衣裳《いしやう》なければ人にも似ず。食する物もなければ、只殺生《ただせつしやう》をのみ先とす。しづが山田を返さねば、米穀のるいもなく、薗《その》の桑をとらざれば、絹帛《けんぱく》のたぐひもなかりけり。

島のなかには、たかき山あり。鎮《とこしなへ》に火もゆ。硫黄《いわう》と云ふ物みちみてり。かるがゆゑに硫黄《いわう》が島とも名付《なづ》けたり。いかづち常になりあがり、なりくだり、麓《ふもと》には雨しげし。一日片時《へんし》人の命たえてあるべき様《やう》もなし。

さる程《ほど》に、新大納言は、すこしくつろぐ事もやと、思はれけるに、子息丹波少将成経《たんばのせうしやうなりつね》も、はや鬼界《きかい》が島へながされ給ひぬときいて、今はさのみつれなく、何事をか期《ご》すべきとて、出家の志《こころざし》候《さうらふ》よし、便《たより》に付けて小松殿へ申されければ、此由法皇へ伺ひ申して、御免《ごめん》ありけり。やがて出家し給ひぬ。栄花の袂《たもと》を引きかへて、浮世をよそにすみぞめの袖にぞやつれ給ふ。（略）

さて大納言入道殿（成親）を、治承元年（一一七七）八月十九日、備前・備中両国の境、庭瀬の郷《ごう》、吉備《きび》の中山（岡山市高松にある低山）という所で、とうとうお命をおとり申した。その最期のありさまは、さまざまに噂《うわさ》された。酒に毒を入れて勧めたけれども、うまくいかなかったので、二丈ぐらいの崖《がけ》の下に、菱《ひし》（先端のとがった菱形の鉄製武器）を植え並べて、崖の上から突き落し申したので、菱に貫かれて、お亡くなりになった。まったく情けないことである。あまり例のないことと思われた。

さる程《ほど》に大納言入道殿をば、同《おなじき》八月十九日、備前《びぜん》、備中《びツちゆう》両国の堺庭瀬《さかひにはせ》の郷吉備《がうきび》の中山と云《い》ふ所にて、つひにうしなひ奉る。其最後《そのさいご》の有様《ありさま》、やう〳〵に聞《きこ》えけり。酒に毒を入れてすすめたりけれども、かなはざりければ、岸の二丈《ぢやう》ばかりありける下に、ひしを植ゑて、うへよりつきおとし奉れば、ひしにつらぬかッて、うせ給ひぬ。無下《むげ》にうたてき事共なり。ためしすくなうぞおぼえける。

巻第三 ❖ あらすじ

治承《じしょう》二年（一一七八）、高倉《たかくら》天皇中宮徳子《とくこ》が懐妊したが、死霊《しりょう》や生霊《いきりょう》に苦しめられる。安産を願って大《たい》赦《しゃ》が行われ、鬼界《きかい》が島《しま》の三人のうち成経《なりつね》と康頼《やすより》の帰京が赦《ゆる》されたが、俊寛《しゅんかん》は赦されなかった。皮肉にも島で赦免の使いを迎えたのは俊寛だった。追いすがる俊寛を一人、島に置き去りにし、船は出て行く。

都では後白河院や清盛をはじめとする多くの人々の期待と祈りの中、十一月十二日に徳子は無事に皇子（のちの安徳《あんとく》天皇）を出産し、一門は悦《よろこ》びに包まれる。十二月八日、皇子は東宮《とうぐう》となる。

治承三年春、成経と康頼は無事に帰京する。俊寛に召し使われていた有王《ありおう》は、決死の覚悟で鬼界が島に渡る。俊寛は再会を喜ぶが、娘の手紙から家族の悲惨な末路を知り、食を止めて死を待ち、二十三日後に有王に見とられながら最期を迎える。平家への人々の怨《うら》みは募っていく。

五月、京に突風が吹き荒れる。高禄の家臣に凶事が起き、戦乱が続くと占われる。事情を察した重盛《しげもり》は熊野《くまの》参詣《さんけい》をし、自分の命と引き換えに清盛の悪心を和らげ、一族の繁栄が続くことを祈る。帰京の後、病の床に着くが、宋の名医の診察をも断り、治療も行わず八月一日、死す。四十三歳であった。

清盛は重盛を失った悲しみから福原《ふくはら》に籠《こも》っていたが、十一月十二日、朝廷を恨み、数千騎の軍勢をひきつれて都に入る。清盛は後白河院側の関白基房《もとふさ》・太政大臣師長《もろなが》を流し、四十三人の官職を止め、更に法皇を鳥羽《とば》の離宮に押し込め、院政を停止させる。清盛の独裁政治が始まる。悪行がまた一つ加わる。

一 足摺《あしずり》

治承《じしょう》二年（一一七八）、高倉中宮徳子《とくこ》が懐妊した。安産を祈って大赦《たいしゃ》が行われた。成経・康頼の赦免《しゃめん》の使いは、七月都を発ち、九月、鬼界《きかい》が島《しま》に到着した。

御使いは丹左衛門《たんざえもんのじょう》尉基康《もとやす》という者である。船から上陸して、「ここに、都からお流されになった、丹波少将《たんばのしょうしょう》成経殿・法勝寺執行《ほっしょうじのしゅぎょう》俊寛御房《ごぼう》・平判官《へいほうがん》入道康頼殿はいらっしゃいますか」と口々に尋ねた。

成経と康頼はいつものとおり熊野詣《くまのもうで》（島内の高山を熊野に見立て、一日も早い帰京を祈願していた）に出ていて、そこにはいなかった。俊寛僧都が一人残っていたが、これを聞いて、「日頃あまりに帰京の迎えが来ることを思いつづけているので夢を見ているのだろうか。また、魔王が自分の心をたぶらかそうとして言うのだろうか。現実《うつつ》とも思われぬことだ」と、あわてふためいて、走るともころぶともつかないような様子で、急いで御使いの前に駆けつけて、「何事だ。私こそ京都から流された俊寛だ」とお名のりになると、御使いは雑色《ぞうしき》（走り使いの者）の首にかけさせた文袋《ふぶくろ》から、入道相国《にゅうどうしょうこく》の赦免状を取り出して差し上げる。

開いて見ると、「重い罪科は遠流《おんる》によって赦《ゆる》す。早く帰京の準備をせよ。中宮御産に際してのお祈りのために、非常の赦を行われる。したがって、鬼界が島の流人、少将成経と康頼法師を赦免する」とだけ書かれて、俊寛という文字はない。礼紙《らいし》（上包みの紙）にきっとあるだろうと、礼紙を見ても見えない。赦免状の奥から端《はし》へ読み、また端から奥へと読んでみても、二人とだけ書かれて、三人とは書かれていない。

そのうちに、少将や判官入道も戻って来た。少将が赦免状をとって読んでも、康頼入道が読んだ時にも、二人とだけ書かれて、三人とは書かれていなかった。夢にはこんなことがあるものだ、夢か、と考えようとすると、現実のことである。では、現実のことかと思うと、また夢のようである。


御使《おつかひ》は丹左《たんざ》衛門尉《ゑもんのじよう》基康《もとやす》といふ者なり。舟よりあがッて、「是《これ》に都よりながされ給ひし、丹波少将殿《たんばのせうしやうどの》、法勝寺執行御房《ほつしようじのしゆぎやうごばう》、平判官入道殿《へいはうぐわんにふだうどの》やおはする」と、声々にぞ尋ねける。

二《に》人《にん》の人々は、例の熊野《くまの》まうでしてなかりけり。俊寛僧都一人《しゆんくわんそうづいちにん》のこッたりけるが、是を聞き、「あまりに思へば夢やらん。又天魔《てんま》波旬《はじゆん》の、我心《わがこころ》をたぶらかさんとていふやらん。うつつとも覚《おぼ》えぬ物かな」とて、あわてふためき、はしるともなく、倒《たふ》るるともなく、いそぎ御使のまへに走りむかひ、「何事ぞ。是こそ京よりながされたる俊寛よ」と名乗り給へば、雑色《ざつしき》が頸《くび》にかけさせたる文袋《ふぶくろ》より、入道相国《にふだうしやうこく》のゆるし文取出《ぶみとりいだ》いて奉る。

ひらいてみれば、「重科《ぢゆうくわ》は遠流《をんる》に免《めん》ず。はやく帰洛《きらく》の思《おもひ》をなすべし。中宮御産《ごさん》の御祈《おんいのり》によッて、非常の赦《しや》おこなはる。然《しか》る間《あひだ》鬼界が島の流人《るにん》、少《せう》将成経《しやうなりつね》、康頼法師《やすよりぼふし》、赦免《しやめん》」とばかり書かれて、俊寛と云ふ文字《もじ》はなし。礼紙《らいし》にぞあるらんとて、礼紙をみるにも見えず。奥より端《はし》へよみ、端より奥へ読みけれども、二人《ににん》とばかり書かれて、三人とは書かれず。

さる程に、少将や判官入道も出できたり。少将のとッてよむにも、康頼入道が読みけるにも、二人とばかり書かれて、三人とは書かれざりけり。夢にこそかかる事はあれ、夢かと思ひなさんとすればうつつなり。うつつかと思へば又夢のごとし。（略）

俊寛僧都《しゅんかんそうず》は少将の袂《たもと》にすがりついて、「俊寛がこうなるというのも、あなたの父上、亡くなられた大納言成親《なりちか》殿がおこしたつまらない謀反《むほん》のせいなのだ。だから、他人事《ひとごと》とお思いになってはいけない。お赦《ゆる》しがないから、都まではかなわないまでも、この船に乗せて、九州の地へ着けてくだされ。あなた方がここにおられた間こそは、春は燕《つばめ》、秋は田《た》の面《も》の雁《かり》が訪ねてくるように、自然と故郷の事も伝え聞いていた。が、今から後は、どうやって聞くことができよう」と、激しく身もだえなさるのであった。

少将は、「ほんとにそのようにお思いになるでしょう。我々が召し返されるうれしさはもちろんですが、あなたのご様子を拝見いたしますと、いっこうに帰る心地もしません。お乗せ申し上げてでも都に上りとうございますが、都の御使いも、できないと申しますうえに、お赦しもないのに、三人とも島を出たなどと都に聞えたら、かえってよくないことでしょう。私がまず上京して、人々にも相談し、入道相国《にゅうどうしょうこく》（清盛）の機嫌もうかがってから、迎えに人をさしあげましょう。その間は日々過していらしたような気持でお待ちください。なんとしても命は大事ですから、今度は赦免にお漏れになっても、最後にはどうして赦免のないことがありましょうか」とお慰めになったが、僧都は人目もはばからず泣きもだえていた。

少将《せうしやう》の袂《たもと》にすがッて、「俊寛《しゆんくわん》がかくなるといふも、御へんの父、故大納言殿、よしなき謀反《むほん》ゆゑなり。さればよその事とおぼすべからず。ゆるされなければ、都までこそかなはず共《とも》、此舟《このふね》に乗せて、九国《くこく》の地へつけて給《た》べ。おのおのの是《これ》におはしつる程《ほど》こそ、春はつばくらめ、秋は田のもの鴈《かり》の音づるる様《やう》に、おのづから古郷《こきやう》の事をも伝へ聞いつれ。今より後、何としてかは聞くべき」とて、もだえこがれ給ひけり。

少将、「まことにさこそおぼしめされ候《さう》らめ。我等が召しかへさるるうれしさはさる事なれども、御有様《ありさま》を見おき奉るに、さらに行くべき空も覚えず。うち乗せたてまツても、上《のぼ》りたう候が、都の御使《おつかひ》も、かなふまじき由《よし》申すうへ、ゆるされもないに、三人ながら島を出でたりなンど聞《きこ》えば、なかなかあしう候ひなん。成経《なりつね》まづ罷《まか》りのぼツて、人々にも申しあはせ、入道相国《にふだうしやうこく》の気色《きしよく》をもうかがうて、むかへに人を奉らん。其《その》間は此日ごろおはしつる様《やう》に思ひなして待ち給へ。何としても、命は大切《たいせつ》の事なれば、今度こそもれさせ給ふとも、つひにはなどか赦免《しやめん》なうて候べき」と、なぐさめ給へども、人目も知らず泣きもだえけり。

いよいよ船を出そうといって、人々が騒ぎあっていると、僧都は船に乗っては降り、降りては乗って、自分も船に乗って行きたいという様子をなさった。少将の形見としては夜具、康頼入道の形見としては法華経一部をあとに残した。

纜《ともづな》を解いて船を押し出すと、僧都はその綱にとりついて船にひきずられ、海水が腰まで来、脇まで来、背丈が立つまでは綱に引かれて出て行く。丈も立たなくなったので、船にとりついて、「では、やあ、あなた方、俊寛をとうとう捨てておしまいになるのか。こんなに薄情だとは思わなかった。いつもの情けも今は何にもならぬ。ただ道理をまげて、乗せてください。せめて九州の地まで」と繰り返し懇願なさったが、都からの御使いが、「どうしてもそれはできません」といって、船にとりついておられた手を引きのけて、とうとう船を沖へ漕ぎ出す。

僧都はどうしようもないまま、渚《なぎさ》にあがって倒れ伏し、幼児が乳母《うば》や母などの後を慕う時のように、足をすり、「これ、乗せて行け。連れて行け」とわめき叫んだが、漕ぎ行く船の常で、あとには白波が残るばかりである。

既に船出《いだ》すべしとて、ひしめきあへば、僧都《そうづ》乗ツてはおりつ、おりては乗ッつ、あらまし事をぞし給ひける。少将の形見《かたみ》には、よるの衾《ふすま》、康頼入道が形見には、一部の法花経《ほけきやう》をぞとどめける。ともづなといておし出《いだ》せば、僧都綱《つな》に取りつき、腰になり脇になり、たけの立つまではひかれて出づ。たけも及ばずなりければ、舟に取りつき、「さていかにおの〳〵、俊寛をば遂《つひ》に捨てはて給ふか。是程とこそ思はざりつれ。日比《ひごろ》の情《なさけ》も今は何ならず。ただ理《り》をまげて乗せ給へ。せめては九国《くこく》の地まで」とくどかれけれども、都の御使《おつかひ》、「いかにもかなひ候まじ」とて、取りつき給へる手を引きのけて、舟をばつひに漕《こ》ぎ出《いだ》す。

僧都せん方なさに、渚《なぎさ》にあがり倒《たふ》れふし、をさなき者の、めのとや母なンどをしたふやうに、足ずりをして、「是《これ》乗せてゆけ、具《ぐ》してゆけ」と、をめきさけべども、漕ぎ行く舟の習《ならひ》にて、跡は白浪《しらなみ》ばかりなり。

二　御産《ごさん》

十一月十二日、中宮徳子《とくこ》が産気づいたというので、六波羅《ろくはら》は大騒ぎである。六波羅の頼盛《よりもり》（清盛弟）の邸《やしき》が御産所となり、後白河法皇も御幸《ごこう》する。

法皇が言われたことは、「どんな物の怪《け》でも、この老法師がこうしてお側にいるからには、どうして中宮に近づき申すことができよう。なかでも今現れるところの怨霊《おんりょう》たちは、みなわが皇室の恩を受けて、一人前になった者どもなのだ。たとえ感謝報恩の気持をもたないにしても、どうして妨げをなしてよいはずがあろうか。さっさと退散しなさい」といって、「女人生産《にょにんしょうさん》しがたからん時に臨んで、邪魔遮障《じゃましゃしょう》し、苦忍《く》びがたからんにも、誠をいたして大悲呪《だいひじゅ》を称誦《しょうじゅ》せば、鬼神退散して安楽に生ぜん」と千手経《せんじゅきょう》をお読みになって、皆水晶《みなずいしょう》の御数珠《じゅず》をおしもまれてご祈禱《きとう》なさったので、御安産であったばかりでなく、お生れになったのは皇子（後の安徳天皇）でいらっしゃった。

頭中将重衡《とうのちゅうじょうしげひら》（清盛の五男）は、その時はまだ中宮の亮《ちゅうぐうのすけ》でいらっしゃったが、御簾《みす》の中からつっと出て、「御安産、皇子がご誕生ですぞ」と、声高く申されたので、法皇をはじめとして、関白殿以下の大臣、公卿《くぎやう》、殿上人《てんじやうびと》、それぞれの助修《じよしゆ》（修法の補助をする僧）、大勢の御験者《げんじや》、陰陽頭《おんようのかみ》、典薬頭《てんやくのかみ》（医薬をつかさどる）、その他すべての人々が声を揃《そろ》えて、ああと喜びあう、その声が門外まで響きわたって、しばらくはしずまりきらなかった。入道相国《にゆうどうしようこく》（清盛）はあまりのうれしさに、声をあげてお泣きになった。喜び泣きとはこのことをいうのであろうか。

法皇仰せなりけるは、「いかなる御物気《もののけ》なりとも、この老法師《おいぼふし》がかくて候《さうら》はんには、争《いか》でかちかづき奉るべき。就中《なかんづく》に今あらはるる処《ところ》の怨霊《をんりやう》共は、みなわが朝恩《てうおん》によツて、人となツし者共ぞかし。たとひ報謝《ほうしや》の心をこそ存ぜずとも、豈障碍《あにしやうげ》をなすべきや。速《すみ》やかにまかり退《しりぞ》き候へ」とて、「女人《によにん》生産《しやうさん》しがたからん時にのぞんで、邪魔遮障《じやましやしやう》し、苦《く》忍びがたからんにも、心をいたして大悲呪《だいひしゆ》を称誦《しようじゆ》せば、鬼神《きじん》退散して、安楽に生ぜん」と、あそばいて、皆水精《みなずいしやう》の御数珠《おんじゆず》、おしもませ給へば、御産平安《ごさんぺいあん》のみならず、皇子にてこそましましけれ。

頭中将重衡《とうのちゆうじやうしげひら》、其時《そのとき》はいまだ中宮の亮《すけ》にておはしけるが、御簾《ぎよれん》の内よりツッと出でて、「御産平安、皇子御誕生《ごたんじやう》候ぞや」と、たからかに申されければ、法皇を始め参らせて、関白殿以下の大臣、公卿殿上人、おのおのの助修《じよしゆ》、数輩《すはい》の御験者《おんげんじや》、陰陽頭《おんやうのかみ》、典薬頭《てんやくのかみ》、すべて堂上堂下《たうしやうたうか》一同にあツと悦《よろこ》びあへる声、門外《もんぐわい》までどよみて、しばしはしづまりやらざりけり。入道《にふだう》相国《しやうこく》あまりのうれしさに、声をあげてぞ泣かれける。悦泣《よろこびなき》とは是《これ》をいふべきにや。

三 医師問答《いしもんどう》

治承《じしよう》三年（一一七九）五月、京に突風が吹き荒れ、死者や建物の倒壊も多かった。あまりのすさまじさに占いをさせると、高禄の家臣に凶事が起り、戦乱が相次ぐ兆しであるという。

小松の大臣《おとど》（内大臣重盛《しげもり》）はこのような事などをお聞きになって、何事も心細く思われたのであろうか、その頃熊野《くまの》に参詣《さんけい》なさることがあった。本宮証誠殿《しようじようでん》の御前で、一晩中、神に申し上げられた事は、「わが父入道相国《にゆうどうしようこく》（清盛）

の様子を見ると、悪逆無道で、ともすると君（後白河法皇）をお悩まし申している。私、重盛は長男としてしきりに諌《いさ》めるが、私が至らぬ者であるために、父は私の諌言《かんげん》に従わない。そのふるまいを見ると、父一代の栄華でさえも危うい。まして子孫うち続いて、親を顕彰し、後世に名を残すことは困難だ。そこで、重盛、分《ぶん》不相応ながら思うには、なまじ重臣に列して、世間に浮き沈みすることは、全く良臣孝子の道ではない。名誉を捨て隠退し、今生《こんじょう》での名声・人望を投げ捨てて、来世の菩提《ぼだい》を求めるのにこしたことはない。ただし果報つたなき凡夫《ぼんぷ》で、善悪の判断に迷っているゆえ、なお出家の志を思うようにとげるわけにゆかない。南無《なむ》権現金剛童子《ごんげんこんごうどうじ》、願わくは、子孫の繁栄が絶えずして、朝廷に仕えて交わることができるようなら、入道の悪心を和らげて、天下の安全をもたらしてください。また栄華が父一代限りで、子孫が恥をうけるようになるのなら、重盛の命を縮めて、来世の苦しみをお助けください。この二つのお願いをして、ひたすら神のお助けをお願いする」と、心を尽して祈り念じておられると、灯籠《とうろう》の火のような物が、大臣のお身体から出て、ぱっと消えるようになくなってしまった。

――小松のおとどか様《やう》の事共を聞き給ひて、よろづ心ぼそうや思はれけん、其比《そのころ》熊野《くまの》参詣《さんけい》の事ありけり。

本宮証誠殿《ほんぐうしようじやうでん》の御前にて、夜もすがら敬白《けいひやく》せられけるは、「親父入道相国《しんぶにふだうしやうこく》の体《てい》をみるに、悪逆無道《あくぎやくぶたう》にして、ややもすれば君をなやまし奉る。重盛長子《ちやうし》として、頻《しき》りに諌《いさめ》をいたすといへども、身不肖《ふせう》の間、かれもッて服膺《ふくよう》せず。そのふるまひをみるに、一期《いちご》の栄花《えいぐわ》猶あやふし。枝葉《しえふ》連続して、親《しん》を顕《あらは》し、名を揚げん事かたし。此《この》時に当《あた》つて、重盛いやしうも思へり。なまじひに列して、世に浮沈《ふちん》せん事、敢《あ》へて良臣孝子《りやうしんかうし》の法《ほふ》にあらず。しかじ名を逃《のが》れ身を退《しりぞ》いて、今生《こんじやう》の名望《めいばう》を抛《なげす》て、来世の菩提《ぼだい》を求めんには。但《ただ》し凡夫《ぼんぶ》薄地《はくぢ》、是非《ぜひ》にまどへるが故に、猶心ざしを恣《ほしいまま》にせず。南無権現金剛《ごんげんこんがう》童子《どうじ》、願はくは子孫繁栄《しそんはんえい》たえずして、仕《つか》へて朝廷にまじはるべくは、入道の悪心を和《やはら》げて、天下《てんか》の安全《あんせん》を得《え》しめ給へ。栄耀《えいえう》又一期《いちご》をかぎッて、後昆《こうこん》恥に及ぶべくは、重盛が運命をつづめて、来世の苦輪《くりん》を助け給へ。両ケ《りやうか》の求願《ぐぐわん》、ひとへに冥助《みやうじよ》を仰《あふ》ぐ」と、肝胆《かんたん》を摧《くだ》いて祈念せられけるに、灯籠《とうろ》の火のやうなる物の、おとどの御身より出でて、ばッと消ゆるがごとくして失せにけり。（略）

熊野から帰洛後、日をおかずして重盛は病に倒れた。清盛はその頃来日していた宋の名医の診療を勧めるが、重盛は頑として受け入れない。

同年七月二十八日、小松殿は出家なさった。法名は浄蓮《じょうれん》とおつけになる。やがて八月一日、臨終正念のうちに、とうとう亡くなられた。御年は四十三。盛りの年頃と見えたのに、痛ましい事である。

同《おなじき》七月廿八日、小松殿出家し給ひぬ。法名《ほふみやう》は浄蓮《じやうれん》とこそつき給へ。やがて八月一日《ひとひのひ》、臨終正念《りんじゆうしやうねん》に住して、遂に失せ給ひぬ。御年四十三。世はさかりとみえつるに、哀れなりし事共なり。

四 法《ほう》皇《おう》被《なが》流《され》

清盛は重盛《しげもり》を失った悲しみから福原（神戸市兵庫区）の別荘に籠《こも》っていたが、突如、大軍を率いて上京し、朝廷への不満を述べる。それは、後白河院が重盛の所領を没収したこと、中納言の欠員に自分の推す人物ではなく、反対派の関白基房《もとふさ》の息子をあてたこと、鹿谷《ししのたに》の陰謀に加担していたことなどであった。ついに清盛は関白以下多数の公卿《くぎよう》を解任し、関白を配流するなど暴走を始める。

十一月二十日、院の御所の法住寺殿《ほうじゆうじどの》には、軍兵が四方を取り囲む。平治の乱で信頼《のぶより》が三条殿にしたように、（御所に）火をかけて人を皆焼き殺されるだろうというので、身分の高い女房、低い女房や女童《めのわらわ》たちが被衣《かずき》（外出時に女性が顔を隠すために被った衣服）をかぶることさえせず、あわて騒いで走り出る。法皇も、たいそう驚いていらっしゃる。

前右大将宗盛《むねもり》卿が、御車を寄せて、「早くお乗りになりますよう」と申し上げられたところ、法皇は、「これはいったい何事だ。私に科《とが》があるとも思わない。成親《なりちか》・俊寛《しゆんかん》のように、遠い国、はるかな島へでも、私を移しやろうとするのだな。主上《しゆじよう》（高倉天皇）があして（若くて）いらっしゃるから、政務に口をはさむだけだ。それもよくないなら、これからはそれもしないでいよう」と言われたので、宗盛卿は、「そのことではございません。世間を静める間、鳥羽殿《とばどの》（京都市伏見区にあった離宮）へおいでいただこうと、父の入道（清盛）が申しております」。「では、宗盛、このままお供に参れ」と法皇は言われたが、父の入道のご機嫌に恐れをなして、参られない。「ああ、これにつけても、兄の内大臣重盛には、ことのほか劣っている者だな。いつぞやも、こんな目にあうところだったのを、内大臣がわが身にかえて清盛を制しとどめたから（三四頁参照）、今日までも無事であった。もう諫《いさ》める者もないというので、清盛はこんなふうにするのだな。将来の事も、あてにできない」と、御涙をお流しになるのは畏《おそ》れ多いことであった。

その後、後白河院は鳥羽殿に幽閉されて、寂しく師走を迎える。

同廿日《おなじきはつかのひ》、院御所法住寺殿《ゐんのごしよほふぢゆうじどの》には、軍兵《ぐんびやうし》四面《めん》を打ちかこむ。平治《へいぢ》に信頼《のぶより》が三条殿《さんでうでん》にしたりし様《やう》に、火をかけて人をばみな焼き殺さるべしと聞えし間、上下の女房、めのわらは、物をだにうちかづかず、あわて騒いで走りいづ。法皇も大きにおどろかせおはします。

前右大将宗盛卿《さきのうだいしやうむねもりのきやう》、御車《おんくるま》を寄せて、「とう〳〵召さるべう候《さうらふ》」と奏《そう》せられければ、法皇、「こはされば何事ぞや。御《おん》とがあるべしともおぼしめさず。成親《なりちか》、俊寛《しゆんくわん》が様《やう》に、遠き国、遥《はる》かの島へもうつしやらんずるにこそ。主上《しゆしやう》さて渡らせ給へば、政務《せいむ》に口入《こうじゆ》する計《ばかり》なり。それもさるべからずは、自今以後《じごんいご》さらでこそあらめ」と仰せければ、宗盛卿、「其儀《そのぎ》では候はず。世をしづめん程、鳥羽殿へ御幸なし参らせんと、父の入道申し候」。「さらば宗盛やがて御供に参れ」と仰せけれども、父の禅門《ぜんもん》の気色《きしよく》に恐《おそれ》をなして参られず。「あはれ是につけても、兄の内府《だいふ》には、事《こと》の外《ほか》におとりたりける者かな。一年《ひととせ》もかかる御目にあふべかりしを、内府が身にかへて制しとどめてこそ、今日までも心安かりつれ。いさむる者もなしとて、かやうにするにこそ。行末《ゆくすゑ》とてもたのもしからず」とて、御涙をながさせ給ふぞ忝《かたじけな》き。

平家物語の風景 ②

硫黄島《いおうじま》

『平家物語』で俊寛《しゅんかん》らが流された鬼界《きかい》が島の所在地は諸説あるが、鹿児島県鹿児島郡三島村の硫黄島もそのひとつ。「島のなかには、たかき山あり。鎮《とこしなへ》に火もゆ」（四四頁）とあるように、今も噴煙をあげる硫黄岳があたかも島を支配しているかのようにそびえ、「硫黄《いわう》と云《い》ふ物みちみてり」とあるように、島中にたちこめる硫黄の独特の匂いは異界の空気を漂わせている。そしてなによりも奇景を生み出しているのは、赤く染められた海岸線。これは鉄分を多く含んだ温泉が海中から涌き出し、空気に触れて化学変化を起したもの。おどろおどろしいイメージだが、実際の硫黄島は良質の温泉に恵まれた自然豊かな島。

真文本『曾我《そが》物語』には、源頼朝が左足で青森の外が浜、右足で鬼界が島を踏む夢を安達盛長《あだちもりなが》が見たという話が載る。それは頼朝が日本を統治することを暗示したものと解釈されるが、中世日本の境界が、最北が外が浜、最南が鬼界が島だったと理解できよう。その辺境の地、常に雷が鳴り響き、言語の通じない島に、平家打倒の首謀者として俊寛、平康頼《やすより》、藤原成経《なりつね》の三人が流されたのである。やがて康頼、成経だけが赦《ゆる》され、俊寛ひとり島に残される。赦免の船を追いかける場面は、能や歌舞伎でも好んで演じられてきた。血を吐くような無念を抱き、この地で息をひきとった俊寛。島人は彼を偲《しの》んで庵跡に俊寛堂を建て、現在も静かに守り続けている。

巻第四

あらすじ

治承《じしょう》四年（一一八〇）二月、安徳帝《あんとくてい》は践祚《せんそ》、四月に即位する。清盛は帝《みかど》の祖父となり、栄華の絶頂を迎える。一方、後白河院の皇子、以仁王《もちひとおう》（高倉宮《たかくらのみや》）は三十歳になるが、冷遇され、日々を風雅の道に送っていた。そこに平家全盛の世に不満を抱く源頼政《よりまさ》が訪れ、平家打倒を勧める。以仁王は迷った末に蜂起を決意し、全国の源氏に平家打倒を呼びかける令旨《りょうじ》（命令書）を書く。熊野《くまの》に隠れていた源行家《ゆきいえ》が使者となり、東国に触れ回り、伊豆で頼朝に渡す。しかし、親平家方の熊野別当湛増《くまののべっとうたんぞう》は行家の動向を察知し、清盛に注進する。清盛は驚き、以仁王の捕縛を急ぐ。

平家方の動きを知った頼政は、五月十五日夜、急ぎ以仁王を三井寺《みいでら》（園城寺《おんじょうじ》）に逃がす。翌日夜には頼政一族も結集する。南都《なんと》（興福寺・東大寺）や延暦寺《えんりゃくじ》にも援軍を依頼する。興福寺は承諾したが、延暦寺からは返信がない。延暦寺には平家側からの懐柔もある。三井寺の僧たちも必ずしも一枚岩ではなく、六波羅《ろくはら》（平家）攻撃を試みるが未遂に終わる。身の危険を感じた以仁王は、興福寺の衆徒と合流しようと奈良に向かい、途中、平等院で休む。そこに平家方が追いつく。攻防の中、平家方は逆巻く宇治川を渡り、平等院に攻め入る。激しい攻防戦の結果、頼政父子は落命。以仁王は南都に向かう途中で矢を射られ、落馬して首を取られる。平家は不慮の結果とは言え、皇族殺害という悪行を重ねることとなる。

事件に加担した罪により五月二十七日に三井寺は平家軍に焼き払われ、寺の僧侶たちも処罰を受ける。

一 源氏揃《げんじぞろえ》

後白河院の第二皇子、高倉宮《たかくらのみや》と呼ばれる以仁王《もちひとおう》は、才学にあふれ文雅にも秀でていたが、後白河院に寵愛された高倉天皇生母の故建春門院《けんしゅんもんいん》（清盛の妻時子の妹）の妬《ねた》みを受けて、三条高倉で不遇をかこっていた。十五歳で秘かに元服し、治承四年（一一八〇）の今、三十歳になっていた。そこに、源頼政《よりまさ》が訪れた。

その頃、近衛河原《このえかわら》（京都市上京区近衛殿北口町）に住んでいた源三位《げんざんみ》入道頼政が、ある夜ひそかにこの宮の御所に参って申したことは、まことに大変なことであった。

「君《きみ》（以仁王）は天照大神《てんしょうだいじん》の四十八世の御子孫で、神武天皇から数えて第七十八代に当っておられます。皇太子にもなり、皇位にもおつきになるべきですのに、三十まで宮のままでいらっしゃる御事を、残念だとはお思いになりませぬか。今の世の様子を見ますと、うわべでは従っているようですが、内々は平家を憎まぬ者がありましょうか。ご謀《む》反《ほん》をお起しになって、平家を滅し、法皇のいつまでということなく鳥羽殿《とばどの》に押し込められておられる御心もお和らげ申し、君も皇位におつきになるべきです。これがご孝行の至りというものでございましょう。もしご謀反を思い立たれて、令旨《りょうじ》（命令書）をお下しになるのでしたら、喜んで馳《は》せ参ずる源氏どもは多くおります」といってことばを続けた。

「まず京都には、出羽前司《でわのせんじ》光信《みつのぶ》の子ども伊賀守《いがのかみ》光基《みつもと》、出羽判官《ほうがん》光長《みつなが》、出羽蔵人《くらんど》光重《みつしげ》、出羽冠者《かんじゃ》光能《みつよし》、熊野《くまの》には、故六条判官為義《ためよし》の末子が十郎義盛《よしもり》といって隠れています。摂津《つの》国《くに》には、多田《ただの》蔵人《くらんど》行綱《ゆきつな》がおりますが、新大納言成親《なりちか》卿の謀反の時、一味に加わりながら裏切って平氏に密告した不当者ですから、申すまでのことはありません。しかしその弟、多田二郎朝実《ともざね》、手島《てしま》の冠者高頼《たかより》、太田太郎頼基《よりもと》、河内国《かわちのくに》には、武蔵権守《むさしのごんのかみ》入道義基《よしもと》、子息石河《いしかわの》判官代《ほうがんだい》義兼《よしかね》、大和国《やまとのくに》には、宇野七郎親治《ちかはる》の子ども、太郎有治《ありはる》、二郎清治《きよはる》、三郎成治《なりはる》、四郎義治《よしはる》、近江国《おうみのくに》には、山本、柏木《かしわぎ》、錦古里《にしごり》、美濃《みの》・尾張《おわり》には、山田次郎重広《しげひろ》、河辺太郎重直《しげなお》、泉太郎重光《しげみつ》、浦野四郎重遠《しげとお》、安食《あじき》次郎重頼《しげより》、その子の太郎重資《しげすけ》、木太三郎重長《しげなが》、開田《かいでんの》判官代《ほうがんだい》重国《しげくに》、矢島《やしまの》先生《せんじょう》重高《しげたか》、その子の太郎重行《しげゆき》、甲斐国《かいのくに》には、逸見《へんみの》冠者《かんじゃ》義清《よしきよ》、その子の太郎清光《きよみつ》、武田太郎信義《のぶよし》、加賀見二郎遠光《とおみつ》、同じく小次郎長清《ながきよ》、一条次郎忠頼《ただより》、板垣三郎兼信《かねのぶ》、逸見兵衛有義《ありよし》、武田五郎信光《のぶみつ》、安田三郎義定《よしさだ》、信濃国《しなののくに》には、大内太郎維義《これよし》、岡田冠者親義《ちかよし》、平賀冠者盛義《もりよし》、その子の四郎義信《よしのぶ》、故帯刀《たてわきの》先生《せんじょう》義賢《よしかた》の次男、木曾《きそ》冠者義仲《よしなか》、伊豆国《いずのくに》には、流人《るにん》の前右兵衛佐頼朝《さきのうひょうえのすけよりとも》、常陸国《ひたちのくに》には、信太《しだ》三郎先生《せんじょう》義憲《よしのり》、佐竹冠者正義《まさよし》、その子の太郎忠義《ただよし》、同じく三郎義宗《よしむね》、四郎高義《たかよし》、五郎義季《よしすえ》、陸奥国《むつのくに》には、故左馬頭義朝《さまのかみよしとも》の末子の九郎冠者義経《よしつね》、これらはみな六孫王《ろくそんおう》経基の子孫であり、多田《ただの》新発意《しんぼち》満仲《まんじゅう》の子孫です。朝敵を平らげ、立身出世の望みをとげたことは、源平どちらも優劣がなかったのですが、今は雲泥の差が生じ、疎遠になって、平氏と源氏は主従の間柄よりいっそう差が開き源氏が劣っています。国にあっては国司《こくし》に従属し、荘園では管理する役人に使われ、公用雑用に追い立てられて、安穏にしてもいられません。どれほど残念に思っていることでしょう。君がもし謀反を思い立たれて、令旨を下さるものなら、彼らが昼夜兼行で都に馳《は》せ上り、平家を滅すことは、多くの日時を要しません。私、入道頼政も、年こそとっておりましても、子どもを召し連れて味方に参りましょう」と申した。

其比《そのころ》近衛《こんゑ》河原《かはら》に候ひける源三位《げんざんみ》入道頼政《にふだうよりまさ》、或夜《あるよ》ひそかに此《この》宮の御所に参ッて申しけることこそおそろしけれ。

「君は天照大神《てんせうだいじん》四十八世《せ》の御末《おんすゑ》、神武《じんむ》天皇《てんわう》より七十八代にあたらせ給ふ。

太子《たいし》にもたち、位にもつかせ給ふべきに、卅まで宮にてわたらせ給ふ御事《おんこと》をば、心うしとはおぼしめさずや。当世《たうせい》のていをみ候《さうらふ》に、うへにはしたがひたる様《やう》なれども、内々《ないない》は平家をそねまぬ者や候。御謀反《ごむほん》おこさせ給ひて、平家をほろぼし、法皇のいつとなく鳥羽殿《とばどの》におしこめられてわたらせ給ふ御心《おんこころ》をも、やすめ参らせ、君も位につかせ給ふべし。これ御孝行《ごかうかう》のいたりにてこそ候はんずれ。もしおぼしめしたたせ給ひて、令旨《りやうじ》を下させ給ふ物ならば、悦《よろこび》をなして参らむずる源氏どもこそおほう候へ」とて申しつづく。

「まづ京都には、出羽前司《ではのせんじ》光信《みつのぶ》が子共《こども》、伊賀守《いがのかみ》光基《みつもと》、出羽判官《ではのはうぐわん》光長《みつなが》、出《で》羽蔵人《はのくらんど》光重《みつしげ》、出羽冠者《ではのくわんじや》光能《みつよし》、熊野《くまの》には、故六条判官《ころくでうのはうぐわん》為義《ためよし》が末子《ばつし》、十郎《じふらう》義盛《よしもり》とてかくれて候。摂津国《つのくに》には、多田蔵人《ただのくらんど》行綱《ゆきつな》こそ候へども、新大納言《しんだいなごん》成親卿《なりちかのきやう》の謀反《むほん》の時、同心しながらかへり忠《ちゆう》したる不当人《ふたうじん》で候へば、申すに及ばず。さりながら其弟《そのおとと》、多田二郎《ただのじらう》朝実《ともざね》、手島《てしま》の冠者《くわんじや》高頼《たかより》、太田太郎頼《おほだのたらうより》基《もと》、河内国《かうちのくに》には、武蔵権守《むさしのごんのかみ》入道《にふだう》義基《よしもと》、子息石河判官代《いしかはのはうぐわんだい》義兼《よしかね》、大和国《やまとのくに》には、宇野七郎《うののしちらう》親治《ちかはる》が子共、太郎《たらう》有治《ありはる》、二郎《じらう》清治《きよはる》、三郎《さぶらう》成治《なりはる》、四郎《しらう》義治《よしはる》、近《あふ》江国《みのくに》には、山本《やまもと》、柏木《かしはぎ》、錦古里《にしごり》、美濃《みの》、尾張《をはり》には、山田次郎《やまだのじらう》重広《しげひろ》、河辺太《かはのべのた》郎重直《らうしげなほ》、泉太郎重光《いづみのたらうしげみつ》、浦野四郎重遠《うらののしらうしげとほ》、安食次郎重頼《あじきのじらうしげより》、其子太郎重資《そのこのたらうしげすけ》、木《き》太《だの》三郎重長《さぶらうしげなが》、開田判官代重国《かいでんのはうぐわんだいしげくに》、矢島先生重高《やしまのせんじやうしげたか》、其子太郎重行《そのこのたらうしげゆき》、甲斐国《かひのくに》には、逸見冠者義清《へんみのくわんじやよしきよ》、其子太郎清光《そのこのたらうきよみつ》、武田太郎信義《たけたのたらうのぶよし》、加賀見二郎遠光《かがみのじらうとほみつ》、同《おなじく》小次郎長清《こじらうながきよ》、一条次郎忠頼《いちでうのじらうただより》、板垣三郎兼信《いたがきのさぶらうかねのぶ》、逸見兵衛有義《へんみのひやうゑありよし》、武田五郎信光《たけたのごらうのぶみつ》、安田三郎義定《やすだのさぶらうよしさだ》、信濃国《しなののくに》には、大内太郎維義《おほうちのたらうこれよし》、岡田冠者親義《をかだのくわんじやちかよし》、平賀冠者盛《ひらかのくわんじやもり》義《よし》、其子四郎義信《そのこのしらうよしのぶ》、故帯刀先生義賢《こたてはきのせんじやうよしかた》が次男、木曾冠者義仲《きそのくわんじやよしなか》、伊豆国《いづのくに》には、流人前右兵衛佐頼朝《るにんさきのうひやうゑのすけよりとも》、常陸国《ひたちのくに》には、信太三郎先生義憲《しだのさぶらうせんじやうよしのり》、佐竹冠者《さたけのくわんじや》正義《まさよし》、其子太郎忠義《そのこのたらうただよし》、同三郎義宗《おなじくさぶらうよしむね》、四郎高義《しらうたかよし》、五郎義季《ごらうよしすゑ》、陸奥国《むつのくに》には、故左馬頭義朝《こさまのかみよしとも》が末子《ばつし》、九郎冠者義経《くらうくわんじやよしつね》、これみな六孫王《ろくそんわう》の苗裔《べうえい》、多田新発満《ただのしんぼつまん》仲《ぢゆう》が後胤《こういん》なり。朝敵をもたひらげ、宿望《しゆくまう》をとげし事は、源平いづれ勝劣《しようれつ》なかりしかども、今は雲泥《うんでい》まじはりをへだてて、主従《しゆじゆう》の礼にもなほおとれり。国には国司にしたがひ、庄《しやう》には預所《あづかつしよ》につかはれ、公事雑事《くじざふじ》にかりたてられて、やすい思ひも候はず。いかばかり心うく候らん。君もしおぼしめしたたせ給ひて、令旨《りやうじ》をたうづるものならば、夜を日についで馳《は》せのぼり、平家をほろぼさん事、時日《じじつ》をめぐらすべからず。入道も年こそよッて候とも、一子共ひき具して参り候べし」とぞ申したる。

二　橋《はし》合《がっ》戦《せん》

以仁王《もちひとおう》は逡巡《しゅんじゅん》の末に決意し、東国の源氏に平家打倒の令旨《りょうじ》を書く。しかし、その動きを知った清盛は、以仁王を捕えようとする。頼政《よりまさ》は以仁王を三井寺《みいでら》へ逃がす。以仁王は、興福寺の衆徒と合流するため、頼政とその一族、また、三井寺の衆徒らとともにさらに奈良へ向う。その途中、平等院に避難した。

高倉宮《たかくらのみや》（以仁王）は宇治《うじ》（京都府宇治市）と三井寺（滋賀県大津市の園城寺《おんじょうじ》）との間で、六度までも落馬なさった。これは昨夜、お眠りになれなかったせいだというので、宇治橋の橋板三間《さんげん》分をとりはずし、平等院にお入れ申し上げて、しばらくご休息になった。

六波羅《ろくはら》（平家方）では、「それ、宮が南都《なんと》（興福寺・東大寺）へ落ちて行かれるそうだ。追いかけてお討《う》ちしろ」といって、大将軍には、左兵衛督《さひょうえのかみ》知盛《とももり》、頭中将《とうのちゅうじょう》重衡《しげひら》、左《さ》馬頭《まのかみ》行盛《ゆきもり》、薩摩守《さつまのかみ》忠度《ただのり》、侍《さぶらい》大将には上総守《かずさのかみ》忠清《ただきよ》、その子上総太郎判官忠綱《ただつな》、飛騨守《ひだのかみ》景《かげ》家《いえ》、その子飛驒太郎判官景高《かげたか》、高橋判官長綱《ながつな》、河内判官秀国《かわちのほうがんひでくに》、武蔵三郎左衛門有国《ありくに》、越《えつ》中《ちゅう》次郎兵衛尉盛継《びょうえのじょうもりつぎ》、上総五郎兵衛忠光《かずさのごろうびょうえただみつ》、悪七兵衛景清《あくしちびょうえかげきよ》を先として、その軍勢は合計二万八千余騎、木幡山《こわたやま》を越えて、宇治橋のたもとに押し寄せた。

敵が平等院にいると見たので、鬨《とき》をつくること三度、高倉宮のほうでも鬨の声を合せた。先陣の兵が、「橋板を引きはずしたぞ、しくじるな。橋板を引きはずしたぞ、しくじるな」とあわて騒いだが、後陣の者はこれを聞きつけないで、我先にと先を争って進むうちに、先陣二百余騎は後から押されて橋の間に落され、水におぼれて流れた。

両軍は橋の両方のたもとにつっ立って、矢合せをする。高倉宮の御方では、大矢の俊長《しゅんちょう》、五智院《ごちいん》の但馬《たじま》、渡辺《わたなべ》の省《はぶく》・授《さずく》・続源太《つづくのげんた》が射た矢は鎧《よろい》でもとまらず、盾も支えきれずに、貫き通った。源三位《げんざんみ》入道頼政は、長絹《ちょうけん》の鎧直垂《よろいひたたれ》に、品革縅《しながわおどし》（歯朶《しだ》文様に染めた革で縅《おど》すこと）の鎧を着ていた。その日を最後と思われたのだろうか、わざと甲《かぶと》をお着けにならない。嫡子《ちゃくし》伊豆守仲綱は、赤地の錦の直垂に、黒糸縅の鎧である。弓を強く引こうというので、これ（仲綱）も甲は着けなかった。

さて五智院の但馬は、大長刀《おおなぎなた》の鞘《さや》をはずして、ただ一騎、橋の上に進んだ。平家のほうではこれを見て、「あれを射て取れよ、者ども」といって、すばらしい弓の名人どもが、矢先を揃《そろ》えて、弓につがえては引き、つがえては引き、矢継早《やつぎばや》にさんざんに射る。但馬は少しも騒がず、あがる矢をついとくぐり、さがる矢を躍《おど》り越え、向って来る矢を長刀で切って落した。敵も味方も見物する。それ以来、彼は、「矢切《やきり》の但馬」といわれたのであった。

宮は宇治と寺とのあひだにて、六度まで御落馬《おんらくば》ありけり。これは去《さん》ぬる夜《よ》、御寝《ぎよしん》のならざりしゆゑなりとて、宇治橋三間《さんげん》ひきはづし、平等院《びやうどうゐん》にいれ奉《たてま》ッて、しばらく御休息《ごきうそく》ありけり。

六波羅《ろくはら》には、「すはや宮こそ南都へおちさせ給ふなれ。おッかけてうち奉れ」とて、大将軍《たいしやうぐん》には、左兵衛督知盛《さひやうゑのかみとももり》、頭中将重衡《とうのちゆうじやうしげひら》、左馬頭行盛《さまのかみゆきもり》、薩《さつ》摩守忠度《まのかみただのり》、侍大将《さぶらひだいしやう》には、上総守忠清《かづさのかみただきよ》、其子上総太郎判官忠綱《かづさのたらうはうぐわんただつな》、飛驒守《ひだのかみ》景家《かげいへ》、其子飛驒太郎判官景高《ひだのたらうはうぐわんかげたか》、高橋判官長綱《たかはしのはうぐわんながつな》、河内判官秀国《かはちのはうぐわんひでくに》、武蔵三《むさしのさぶ》郎左衛門有国《らうざゑもんありくに》、越中次郎兵衛尉盛継《ゑつちゆうのじらうびやうゑのじようもりつぎ》、上総五郎兵衛忠光《かづさのごらうびやうゑただみつ》、悪七兵衛景清《あくしちびやうゑかげきよ》を先《さき》として、都合其勢二万八千余騎《にまんぱつせんよき》、木幡山《こはたやま》うちこえて、宇治橋のつめにぞおし寄せたる。

かたき平等院にとみてんげれば、時をつくる事三ケ度《さんがど》、宮の御方《おんかた》にも時の声をぞあはせたる。先陣が、「橋をひいたぞ、あやまちすな。橋をひいたぞ、あやまちすな」とどよみけれども、後陣《ごぢん》はこれをききつけず、われさきにとすすむほどに、先陣二百余騎、おしおとされ、水におぼれてながれけり。

橋の両方《りやうばう》のつめにうッたッて、矢合《やあはせ》す。宮御方《みやのおんかた》には、大矢《おほや》の俊長《しゆんちやう》、五智《ごち》院《ゐん》の但馬《たじま》、渡辺の省《はぶく》、授《さづく》、続《つづく》の源太《げんだ》が射ける矢ぞ、鎧《よろひ》もかけず、楯《たて》もたまらずとほりける。源三位《げんざんみ》入道《にふだう》は、長絹《ちやうけん》の鎧直垂《よろひびたたれ》に、しながはをどしの鎧《よろひ》なり。其日《そのひ》を最後とや思はれけん、わざと甲《かぶと》は着《き》給はず。嫡子伊豆守仲綱《なかつな》は、赤地《あかぢ》の錦《にしき》の直垂《ひたたれ》に、黒糸威《くろいとをどし》の鎧なり。弓をつようひかんとて、これも甲は着ざりけり。

ここに五智院の但馬、大長刀の鞘《さや》をはづいて、只一騎橋の上にぞすすんだる。平家の方《かた》にはこれをみて、「あれ射とれや者共」とて、究竟《くツきやう》の弓の上手どもが、矢さきをそろへて、さしつめひきつめ、さん〴〵に射る。但馬すこしもさわがず、あがる矢をばつい くぐり、さがる矢をばをどりこえ、

――むかッてくるをば、長刀できッておとす。かたきもみかたも見物す。それよりしてこそ矢切《やきり》の但馬とはいはれけれ。

堂衆《どうじゅ》の中で、筒井《つつい》の浄妙明秀《じょうみょうめいしゅう》は、濃紺の直垂《ひたたれ》に黒革縅《くろかわおどし》の鎧《よろい》を着て、五枚錣《ごまいしころ》の甲《かぶと》（首をおおう錣が五枚ある甲）をかぶり、黒い漆塗《うるしぬ》りの太刀《たち》をさし、黒ぼろ（黒色の鳥の毛）の矢二十四本さした箙《えびら》を背負い、塗籠籐《ぬりごめどう》（幹を籐で巻き漆を塗ったもの）の弓に、自分の好みの白柄《しらえ》の大長刀を添えて持ち、橋の上に進んだ。

大声をあげて、名のったことには、「日頃は噂《うわさ》にも聞いているだろう。今はじかにその目でも御覧あれ。三井寺《みいでら》では広く知れわたっているぞ。堂衆の中で、筒井の浄妙明秀という、一人当千《いちにんとうせん》の僧兵だぞ。我こそはと思う人々は、寄り集れ、相手になろう」といって、箙に二十四本さした矢を、弓につがえては引き、つがえては引き、さんざんに射た。すぐその場で十二人射殺して、十一人に負傷させたので、箙に矢一本だけ残った。弓をからりと投げ捨て、箙も紐《ひも》を解いて捨ててしまった。毛皮の沓《くつ》をぬいではだしになり、橋の行桁《ゆきげた》をさらさらさらと走り渡った。

人は恐れて渡らないが、浄妙房の心地では、一条、二条の広い大路とばかりに行動した。長刀で、向ってくる敵を五人なぎ倒し、六人目の敵に会って、長刀を真ん中から折ったので、捨ててしまった。その後は太刀を抜いて戦ったが、敵は大勢だ、蜘蛛手《くもで》・かくなわ・十文字・とんぼ返り・水車《みずくるま》と秘術を尽し、八方に隙間《すきま》なく切りまくった。その場でたちどころに八人切り倒し、九人目の敵の甲《かぶと》の鉢《はち》に、あまり強く太刀を当てすぎて、太刀の目貫《めぬき》のところからはったと折れ、ぐいと抜けて、川へざぶんと入ってしまった。頼みとするのは腰刀だけ、ただ一途に死のうとばかりに死にもの狂いで戦った。

僧兵の中に、乗円房の阿闍梨《あじゃり》慶秀《けいしゅう》が召し使っていた一来《いちらい》法師という大力の早業《はやわざ》の僧がいた。浄妙房に続いて、後ろで戦っていたが、行桁は狭いし、側を通り抜けることもできない。浄妙房の甲《かぶと》の吹返しに手をおいて、「失礼します、浄妙房」と声をかけて、肩をずいと躍《おど》り越えて戦った。一来法師は討死にしてしまった。浄妙房ははうようにして戻って、平等院の門前の芝生《しばふ》の上で、鎧・甲をぬぎ捨てて、鎧に立った矢きずを数えたところ、六十三か所、鎧の裏まで通った矢は五か所あった。けれども大変な傷ではないので、所々に灸《きゅう》をすえて治療して、頭を布でひっくるみ、白い僧衣を着て、弓を切って杖《つえ》につき、平足駄《ひらあしだ》をはき、「南無阿弥陀仏《なむあみだぶつ》」と唱えて、奈良の方へ下って行った。

浄妙房が渡ったのを手本にして、三井寺の衆徒や渡辺党が走り続き走り続きして、我も我もと行桁を渡った。あるいは首や武具を取って帰る者もあり、あるいは痛手をうけて腹を切り、川へ飛び込む者もある。橋の上の戦《いくさ》は壮烈で、火が出るくらい激しく戦った。

その後、平家は川を渡って平等院に攻め入り、頼政《よりまさ》は以仁王《もちひとおう》を逃がして自害した。以仁王は奈良へと向う途中、平家方に追いつかれて落命した。平家方は三井寺を焼き払い、僧たちを処罰した。

堂衆《だうじゆ》のなかに、筒井《つつゐ》の浄妙明秀《じやうめうめいしう》は、かちの直垂《ひたたれ》に、黒皮威《くろかはおどし》の鎧《よろひ》着て、五《ご》枚甲《まいかぶと》の緒をしめ、黒漆《こくしつ》の太刀《たち》をはき、廿四さいたる黒ぼろの矢おひ、塗籠《ぬりごめ》籐《どう》の弓に、このむ白柄《しらえ》の大長刀《おほなぎなた》とりそへて、橋の上にぞすすんだる。大音声《だいおんじやう》をあげて、名のりけるは、「日ごろはおとにもききつらむ、いまは目にもみ給へ。三井寺《みゐでら》にはそのかくれなし。堂衆のなかに、筒井の浄妙明秀といふ、一人当千《いちにんたうぜん》の兵者《つはもの》ぞや。われと思はむ人々は、寄りあへや、見《げ》参《ざん》せむ」とて、廿四さいたる矢を、さしつめひきつめさんぐ〵に射る。や

にはに十二人射ころして、十一人に手おほせたれば、箙《えびら》に一つそのこッたる。弓をばからと投げすて、箙もといてすててンげり。つらぬきぬいではだしになり、橋のゆきげたを、さら〳〵さらとはしりわたる。

人はおそれてわたらねども、浄妙房が心地《ここち》には、一条二条の大路《おほち》とこそふるまうたれ。長刀でむかふかたき、五人なぎふせ、六人にあたるかたきにあうて、長刀なかよりうち折ッて、すててンげり。その後《のち》太刀をぬいて、たたかふに、かたきは大勢《おほぜい》なり、くもで、かくなは、十文字、とンばうかへり、水車《みづくるま》、八方《はつぱう》すかさずきッたりけり。やにはに八人きりふせ、九人にあたるかたきが甲《かぶと》の鉢《はち》に、あまりにつようちあてて、目貫《めぬき》のもとよりちやうど折れ、くッとぬけて、河《かは》へざぶと入りにけり。たのむところは腰《こし》刀《がたな》、ひとへに死なんとぞくるひける。

ここに乗円坊《じようゑんばう》の阿闍梨《あじやり》慶秀《けいしう》が召しつかひける、一来法師《いちらいほふし》といふ、大力《だいぢから》のはやわざありけり。つづいてうしろにたたかふが、ゆきげたはせばし、そばとほるべきやうはなし。浄妙房が甲《かぶと》の手さきに手をおいて、「あしう候、浄妙房」とて、肩《かた》をづんどをどりこえてぞたたかひける。一来法師打死《うちじに》してんげり。浄妙房はふ〳〵かへッて、平等院の門のまへなる芝《しば》のうへに物《ものの》具《ぐ》ぬぎすて、鎧にたッたる矢目《やめ》をかぞへたりければ、六十三、うらかく矢五所。されども大事《だいじ》の手ならねば、ところ〴〵に灸治《きうぢ》して、頭《かしら》からげ浄衣《じやうえ》着て、弓うちきり杖《つゑ》につき、ひらあしだはき、阿弥陀仏申して、奈良の方《かた》へぞまかりける。

浄妙房がわたるを手本《てほん》にして、三井寺の大衆、渡辺党《わたなべたう》、はしりつづきはしりつづき、われも〳〵とゆきげたをこそわたりけれ。或《あるい》は分《ぶん》どりしてかへる者もあり、或はいた手《で》おうて腹かききり、河《かは》へ飛び入る者もあり。橋のうへのいくさ、火いづる程ぞたたかひける。

平家物語の風景

3

三井寺《みいでら》

近江《おうみ》八景の一つとして知られる「三井の晩鐘」。三井寺、つまり園城寺《おんじょうじ》の金堂前に吊り下げられた鐘は毎夕五時ごろ、その一四〇〇年の歴史を慈しむように、暮れゆく琵琶湖《びわこ》に柔らかな音を響かせ、染み渡らせてゆく。その創建は大友皇子《おおとものみこ》の発願とも、七世紀末の当地の豪族・大友村主《おおとものすぐり》氏の氏寺《うじでら》とも言われる。貞観《じょうがん》元年(八五九)に延《えん》暦寺《りゃくじ》の智証大師《ちしょうだいし》円珍《えんちん》が再興して天台別院となると、その門徒約千人が慈覚大師《じかくだいし》円仁《えんにん》の門徒と対立して比叡山《ひえいざん》を下り、この寺に入る。これを寺門《じもん》派と称し、対して延暦寺の円仁門徒は山門《さんもん》派と称され、このののち数百年にわたって長い抗争が続くのである。

後白河院の第二皇子である以仁王《もちひとおう》は、平家への謀反の企てに失敗し、この園城寺に逃げ込んだ。女房姿に変装し、山の悪路に足を血で染めながらの逃避行である。反平家勢力であった園城寺は喜び勇んで迎え、山門(比叡山)と奈良の興福寺に共同戦線を呼びかけるが、やはり山門は拒否、園城寺は宇治川《うじがわ》の合戦で平家に敗れる。報復として清盛は寺を焼き払ってしまった。「三井寺炎上」(本書では割愛)によると、堂塔六三七棟、大津の民家一八五三軒、経典七千余巻、仏像二千余体、すべて灰塵《かいじん》に帰したという。そのほか山門に焼かれること七回、南北朝の争乱でも焼かれ、豊臣秀吉にいたっては寺自体を廃し、ついに壊滅の危機に至る。しかし徳川家の保護を受けて江戸初期には堂宇《どうう》も再建され、現在の美しい寺観が蘇《よみがえ》った。

巻第五

❖ あらすじ

治承《じしよう》四年（一一八〇）六月、清盛は突然福原遷都《ふくはらせんと》を決行する。平安京遷都以来四百年間、天皇でさえも行い得なかった暴挙であり、清盛の王法に対する悪行の頂点であった。その後、不吉な怪異が起こる。

九月二日、相模国《さがみのくに》の大庭三郎景親《おおばのさぶろうかげちか》から伊豆《いず》の流人源頼朝《よりとも》の挙兵の報せが福原に届く。八月十七日に挙兵し、伊豆国の目代《もくだい》和泉判官《いずみのほうがん》兼隆《かねたか》を討ち、その後石橋山《いしばしやま》に立て籠《こも》り、やがて安房《あわ》に逃げたという。

頼朝に謀反を決意させたのは荒聖文覚《あらひじりもんがく》（俗名遠藤盛遠《もりとお》）であった。十九歳で出家し、修行を重ねる。後に京都の高雄《たかお》に住み、神護寺《じんごじ》再興を志したが後白河院の怒りを買い、伊豆に流される。そこで頼朝を訪れ、清盛打倒を勧めた。また院から清盛追討の院宣《いんぜん》を戴き、再度頼朝に蜂起を促し、決意させたのであった。

九月十八日、大将軍平維盛《これもり》、副将軍忠度《ただのり》を始め三万余騎で頼朝追討軍が出発する。道々七万余騎に膨張し、源氏軍二十万余騎と富士川を隔てて陣を取る。しかし合戦前夜の十月二十三日、平家軍は富士川を飛び立つ水鳥の音に怖じ気づき、我先に逃げ去ってしまった。後方に憂いを残す頼朝は一旦、鎌倉に戻る。

一方、諸寺社や諸卿の訴えに屈した清盛は十二月二日に突然都を京に戻す。平家は再び騒動を起こした興福寺を鎮めようとするが、事態は悪化する。二十八日、清盛の命により、大将軍平重衡《しげひら》、副将軍通盛《みちもり》以下四万余騎が発向する。夜軍《よいくさ》となり、明かりをとるために付けさせた火が瞬く間に燃え広がり、東大寺、興福寺、大仏殿まで焼き滅ぼす。仏法に対する最大の悪行を犯したのである。

一　都遷《みやこうつり》

治承《じしょう》四年（一一八〇）六月三日、福原（神戸市兵庫区）へ帝《みかど》（安徳天皇）が行幸《ぎょうこう》なさるというので、京中騒然としている。ここ数日、遷都《せんと》が行われそうだという噂《うわさ》があったけれども、いきなり今日明日のこととは思っていなかったのに、これはなんとしたことだと、上も下も騒ぎ合っている。そのうえ、三日と決められていた予定が、もう一日繰り上げて、二日となったのであった。

二日の午前六時頃に、もう行幸の御輿《みこし》をさし寄せたので、帝は今年三歳で、まだ幼くていらっしゃったから、何もわからぬままにお乗りになった。帝がご幼少でいらっしゃる時のご同乗の者としては、母后《ぼこう》が参られるものなのに、今度はそういうことはない。御乳母《めのと》の平大納言時忠卿《へいだいなごんときただ》の北の方、帥《そつ》の典侍《すけ》殿が、同じ御輿にお乗りになった。先帝（高倉上皇）の中宮建礼門院《けんれいもんいん》（徳子）、一院《いちいん》（後白河法皇）、高倉《たかくら》上皇も御幸《ごこう》なさる。摂政殿（基通《もとみち》）をはじめとして太政大臣以下の公卿《くぎょう》・殿上人《てんじょうびと》は、我も我もとお供なさる。三日に福原へお入りになる。池の中納言頼盛《よりもり》卿（清盛の弟）の宿所が皇居になる。同月四日、頼盛は宿所を皇居にさしだした賞として、正二位《しょうにい》になられる。九条殿《くじょうどの》（兼実《かねざね》）の御子、右大将良通《よしみち》卿は、頼盛に追い越されておしまいになった。摂政の臣のご子息が、凡人（摂関家以外の人）の（忠盛の）次男に位を越えられなさることは、これが初めだということだった。

ところで、入道相国《にゅうどうしょうこく》（清盛）はようやく考えなおして、法皇を鳥羽殿《とばどの》からお出し申し上げて、都へお入れ申されたが、高倉宮《たかくらのみや》（以仁王《もちひとおう》）のご謀反《むほん》のために、また大いに憤激して、福原へお移し申し上げ、四面に板をめぐらし、入口を一つだけ開けた中に、三間四方の板屋を造って、そこへ押し込め申し上げ、守護の武士としては、原田の大夫種直《たねなお》だけが控えていた。人が容易に参上し通うこともなかったから、童部《わらわべ》は籠《ろう》（牢）の御所と申した。聞くだけでも不吉な、恐ろしいことであった。法皇は、「今は、世の政治をとろうなどとは、全く思いもよらない。ただ山々寺々を修行してまわり、心のままに慰みたいものだ」と仰せられた。おしなべて平家の悪行についてはすべて頂点に達した。

治承《ぢしよう》四年六月三日《みつかのひ》、福原《ふくはら》へ行幸《ぎやうがう》あるべしとて、京中ひしめきあへり。此日《このひ》ごろ都《みやこ》うつりあるべしときこえしかども、忽《たちま》ちに今明《きんみやう》の程とは思はざ

りつるに、こはいかにとて、上下《じやうげ》さわぎあへり。あまッさへ三日とさだめられたりしが、いま一日《いちにち》ひきあげて二日になりにけり。

二日の卯刻《うのこく》に、すでに行幸の御輿《みこし》を寄せたりければ、主上《しゆしやう》は今年《こんねん》三歳《ざい》、いまだいとけなうましましければ、なに心《ごころ》もなう召されけり。主上をさなうわたらせ給ふ時の御同輿《ごとうよ》には、母后《ぼこう》こそ参らせ給ふに、是《これ》は其儀《そのぎ》なし。御めのと、平大納言時忠卿《へいだいなごんときただのきやう》の北の方、帥《そつ》のすけ殿《どの》ぞ、一つ御輿《おんこし》には参られける。中宮《ちゆうぐう》、一院《いちゐん》、上皇《しやうくわう》、御幸《ごかう》なる。摂政殿《せつしやうどの》をはじめ奉《たてま》ッて、太政大臣以下《じんいげ》の公卿殿上人《くぎやうてんじやうびと》、我も〳〵と供奉《ぐぶ》せらる。

三日《みつかのひ》福原へいらせ給ふ。池《いけ》の中納言頼盛卿《ちゆうなごんよりもりのきやう》の宿所皇居《くわうきよ》になる。同四《おなじきよつか》日《のひ》、頼盛家《いへ》の賞《しやう》とて正二位《じやうにゐ》し給ふ。九条殿《くでうどの》の御子《おんこ》、右大将良通卿《うだいしやうよしみちのきやう》こえられ給ひけり。摂禄《せつろく》の臣の御子息、凡人《ぼんにん》の次男に加階《かかい》こえられ給ふ事、これはじめとぞきこえし。

さる程に法皇を、入道相国《にふだうしやうこく》やう〳〵思ひなほッて、鳥羽殿《とばどの》をいだし奉り、都へいれ参らせられたりしが、高倉宮御謀反《たかくらのみやごむほん》によッて、又大きにいきどほり、福原へ御幸なし奉り、四面《しめん》にはた板《いた》して、口《くち》一つあけたるうちに、三間《げん》の板屋をつくッて、おしこめ参らせ、守護の武士には、原田の大夫種直ばかりぞ候《さうら》ひける。たやすう人の参りかよふ事もなければ、童部《わらはべ》は籠《ろう》の御所《ご》とぞ申しける。聞くもいまく〵しうおそろしかりし事共《ことども》なり。法皇、「今は世の政《まつりごと》しろしめさばやとは露《つゆ》もおぼしめしよらず。ただ山々寺々修行《しゅぎやう》して、御心のままになぐさまばや」とぞおほせける。凡《およ》そ平家の悪行《あくぎやう》においては悉《ことごと》くきはまりぬ。（略）

ああ旧都はすばらしい都であったよ。王城を守護する鎮守の神は四方に光を和らげて現れ、霊験あらたかな寺々は、上京《かみぎよう》にも下京《しもぎよう》にも甍《いらか》を並べて建てられ、すべての人民は苦しみもなく、五畿七道《ごきしちどう》にも交通の便のよい所である。けれども今は、辻々をみな掘り返してしまって、車などが容易に往来することもない。たまに行く人も、小さい車に乗り、回り道をしてようやく通った。軒を並べていた人々の住居も、日が経《た》つにつれて荒れてゆく。家々はとり壊して賀茂川《かもがわ》・桂川《かつらがわ》に投げ入れ、筏《いかだ》に組んで浮べ、資財・雑具は船に積んで、福原へと運び下す。花の都がどんどんさびれて、田舎《いなか》になってゆくのは悲

しい。

旧都《きうと》はあはれめでたかりつる都ぞかし。王城守護《わうじやうしゆご》の鎮守《ちんじゆ》は、四方に光をやはらげ、霊験殊勝《れいげんしゆしよう》の寺々は、上下《じやうげ》に甍《いらか》をならべ給ひ、百姓万民《ひやくしようばんみん》わづらひなく、五畿《き》七道《だう》もたよりあり。されども今は辻々《つじつじ》をみな掘りきッて、車なンどのたやすうゆきかふ事もなし。たまさかにゆく人も、小車《こぐるま》に乗り、路をへてこそとほりけれ。軒《のき》をあらそひし人の住ひ、日をへつつあれゆく。家々は、賀茂河《かもがは》、桂河《かつらがは》にこぼちいれ、筏《いかだ》にくみうかべ、資財雑具《しざいざふぐ》舟につみ、福原へとてはこび下す。ただなりに花の都ゐなかになるこそかなしけれ。

二 早馬《はやうま》

福原遷都後、さまざまな怪異が起る。巨大な頭や無数の髑髏《どくろ》が現れて清盛を睨《にら》みつけたり、ある侍《さぶらい》が平家から源氏へと権力が移る夢を見たりした。そして、その兆《きざ》しが現実のものとなったのである。

同年九月二日、相模国《さがみのくに》の住人、大庭《おおば》三郎景親《かげちか》が、福原へ早馬をつかわして申すには、「去る八月十七日、伊豆国《いずのくに》の流人、右兵衛佐頼朝《うひょうえのすけよりとも》が、舅《しゅうと》の北条《ほうじょう》四郎時政《ときまさ》を派遣して、伊豆国の目代《もくだい》、和泉《いずみ》判官兼高《かねたか》を山木《やまき》の館《たち》（静岡県伊豆の国市韮山の辺り）で夜討ちをかけて討ちとりました。その後、土肥《とい》・土屋・岡崎をはじめとして三百余騎が、石橋山《いしばしやま》（神奈川県小田原市）に立て籠《こも》っておりますところに、景親が平家方に志を寄せる者ども一千余騎を率いて押し寄せ、攻めましたので、兵衛佐頼朝の軍勢は討たれて七、八騎にされ、大童《おおわらわ》になって戦い、土肥の椙山《すぎやま》へ逃げ籠りました。その後畠山《はたけやま》が五百余騎で、こちらの味方をしております。三浦大介義明《よしあきら》の子どもらは、三百余騎で源氏の味方をし、由《ゆ》比《い》・小坪《こつぼ》の浦で戦ううちに、畠山が戦いに敗れて、武蔵国《むさしのくに》へ退却する。その後畠山の一族の河越《かわごえ》・稲毛《いなげ》・小山田《おやまだ》・江戸《えど》・葛西《かさい》、すべてそのほかの武蔵七党の兵どもが三千余騎を率いて、三浦の衣笠城《きぬがさじょう》に押し寄せて、攻め戦う。大介義明は討たれました。息子どもは、久里浜《くりはま》の浦から船に乗り、安房《あわ》・上総《かずさ》へ渡りました」と報告した。

同《おなじき》九月二日《ふつかのひ》、相摸国《さがみのくに》の住人、大庭三郎景親《おほばのさぶらうかげちか》、福原へ早馬《はやうま》をもッて申しけるは、「去《さんぬる》八月十七日、伊豆国流人右兵衛佐頼朝《いづのくにのるにんうひやうゑのすけよりとも》、しうと北条四郎《ほうでうのしらう》

時政《ときまさ》をつかはして、伊豆の目代《もくだい》、和泉判官兼高《いづみのはうぐわんかねたか》を、やまきが館《たち》で夜《よ》うちにうち候ひぬ。其後《そののち》土《と》肥《ひ》、土屋《つちや》、岡崎《をかざき》をはじめとして三百余騎、石橋山《いしばしやま》に立籠《たてごも》ッて候《さうらふ》ところに、景親、御方《みかた》に心ざしを存ずる者ども、一千余騎を引《いん》率《ぞつ》して、おし寄せせめ候程に、兵衛佐七八騎にうちなされ、大童《おほわらは》にたたかひなッて、土肥の椙山《すぎやま》へにげこもり候ひぬ。其後畠山《はたけやま》五百余騎で御方《みかた》を仕る。三浦大介義明《みうらのおほすけよしあきら》が子共《こども》、三百余騎で源氏方《げんじがた》をして、湯井《ゆゐ》、小坪《こつぼ》の浦でたたかふに、畠山いくさにまけて、武蔵国《むさしのくに》へひきしりぞく。その後畠山《はたけやま》が一族、河越《かはごえ》、稲毛《いなげ》、小山田《をやまだ》、江戸《えど》、笠井《かさゐ》、惣じて其外七党《そのほかななたう》の兵《つはもの》ども、三千余騎を相具《あひぐ》して、三浦衣笠《みうらきぬがさ》の城《じやう》におし寄せてせめたたかふ。大介義明《おほすけよしあきら》うたれ候ひぬ。子共はくり浜《ばま》の浦より舟に乗り、安房上総《あはかづさ》へわたり候ひぬ」とこそ申したれ。（略）

入道相国《にゅうどうしょうこく》（清盛）のご憤慨のさまは、並たいていではない。「頼朝をもう少しで死刑にするはずだったのに、亡くなった池禅尼殿《いけのぜんにどの》（忠盛《ただもり》の後室。清盛の継母）が、しきり

に嘆願なさったので、流罪に減じたのだ。それなのにその恩を忘れて、平家に向って弓を引くというのだな。神仏もどうしてお赦《ゆる》しになるはずがあろうか。今すぐに頼朝は天罰を受けるにちがいない」と言われた。

入道相国《にふだうしやうこく》いかられける様《やう》なのめならず。「頼朝《よりとも》をばすでに死罪《しざい》におこなはるべかりしを、故池殿《こいけどの》のあながちになげき宣《のたま》ひしあひだ、流罪《るざい》に申しなだめたり。しかるに其恩《そのおん》忘れて、当家《たうけ》にむかッて弓をひくにこそあんなれ。神明三宝《しんめいさんぼう》も、いかでかゆるさせ給ふべき。只今天《てん》の責《せめ》かうむらんずる頼朝なり」とぞ宣《のたま》ひける。

三 福原院宣《ふくはらいんぜん》

そもそも頼朝に挙兵を促したのは、文覚《もんがく》という荒聖《あらひじり》であった。文覚は、後白河院御所での傍若無人な振舞から院の機嫌を損ねて伊豆《いず》へ流されていた。物語は一旦、時間を遡《さかのぼ》らせ、頼朝が挙兵を決意した経緯を語る。

文覚は、近藤四郎国高《くにたか》という者に身柄を預けられて、伊豆国奈古屋《いずのくになごや》（静岡県伊豆の国市韮山の東北）の奥に住んだ。そのうちに兵衛佐《ひょうえのすけ》殿（頼朝）の所へいつも参上して、昔や今の話などを申し上げて気晴しをしていたが、ある時、文覚が申すことには、「平家の中では小松《こまつ》内大臣殿（重盛《しげもり》）は剛胆で智略もすぐれておられたが、平家の運命が終りになったのだろうか、去年の八月に亡くなられた。今は源平両氏の中で、あなたほど将軍にふさわしい人相をもった人はない。早く謀反《むほん》を起して、日本国を征服なさい」。

兵衛佐頼朝は、「思いもよらぬことを言われるお坊様だな。私は亡くなった池の尼御《あまご》前《ぜん》（池禅尼《いけのぜんに》。清盛の継母）に、先の望みもない命をお助けいただきましたから、その後《ご》世《せ》を弔うために、毎日法華経をひととおり転読する以外、他の事は考えていない」と言われた。

文覚が重ねて申すことには、「天が与えるものを受け取らないと、かえってその咎《とが》めを受ける。よい時機が来ても実行しなければ、かえってその災いを受けるという金言がある。こんなことを申すと、あなたの心を試そうとして申すのだなどとお思いですか。私があなたに深く心を寄せているしるしを御覧なさい」といって、ふところから白い布に包んだ髑髏《どくろ》を一つ取り出す。

兵衛佐が「それはなんだ」とおっしゃると、「これこそ、あなたの父上、故左馬頭《さまのかみ》殿（義朝《よしとも》）の首ですよ。平治の乱の後、獄舎の前の苔《こけ》の下に埋もれて、後世を弔う人もなかったのを、文覚は思うところあって、牢《ろう》番人に頼んで貰《もら》ってきて、この十余年、首にかけて山々寺々を参拝して歩いて供養したので、今は長い間の苦しみからも救われなさったでしょう。ですから文覚は故左馬頭殿の御ためにも尽した者でございますよ」と申したので、兵衛佐殿は、確かに義朝の首だと信じたわけではないけれども、父の首と聞いて懐かしさに、何より先に涙をお流しになったのであった。

近藤四郎国高《こんどうしらうくにたか》といふ者に預けられて、伊豆国奈古屋《いづのくになごや》がおくにぞ住みける。さる程に兵衛佐殿《ひやうゑのすけどの》へ常は参ッて、昔今《むかしいま》の物語ども申してなぐさむ程に、或《ある》時文覚《ときもんがく》申しけるは、「平家には小松のおほいとのこそ心も剛《かう》に、はかり事《こと》もすぐれておはせしか、平家の運命が末になるやらん、こその八月薨《こう》ぜられぬ。いまは源平のなかに、わとの程将軍の相《さう》もッたる人はなし。はや〳〵謀反《むほん》おこして、日本国《につぽんごく》したがへ給へ」。
兵衛佐《ひやうゑのすけ》、「思ひもよらぬ事宣《のたま》ふ聖御房《ひじりのごばう》かな。われは故池《こいけ》の尼御前《あまごぜん》に、か

ひなき命をたすけられ奉《たてま》ッて候へば、その後世《ごせ》をとぶらはんために、毎日に法花経《ほけきやう》一部転読《てんどく》する外《ほか》は他事なし」とこそ宣ひけれ。

文覚かさねて申しけるは、「天のあたふるをとらざればかへッて其《その》とがをうく。時いたッておこなはざればかへッて其殃《わざはひ》をうくといふ本文《ほんもん》あり。かう申せば御辺《ごへん》の心をみんとて申すなンど思ひ給ふか。御辺に心ざしのふかい色を見給へかし」とて、ふところより白いぬのにつつんだる髑髏《どくろ》を一つとりいだす。

兵衛佐、「あれはいかに」と宣へば、「これこそわとのの父故左馬頭殿《こさまのかうのとの》のかうべよ。平治《へいぢ》の後《のち》獄舎《ごくしや》のまへなる苔《こけ》のしたにうづもれて、後世《ごせ》とぶらふ人もなかりしを、文覚存ずる旨あッて、獄守《ごくもり》にこうてこの十余年頸《くび》にかけ、山々寺々をがみまはり、とぶらひ奉れば、いまは一劫《いちごふ》もたすかり給ひぬらん。されば文覚は故頭殿《こかうのとの》の御《おん》ためにも奉公の者でこそ候へ」と申しければ、兵衛佐殿一定《いちぢやう》とはおぼえねども、父のかうべときくなつかしさに、まづ涙をぞながされける。（略）

頼朝は、父の髑髏《どくろ》を見てからは文覚《もんがく》を信頼したが、罪が赦《ゆる》されないのに蜂起することはできないと渋った。文覚は早速、福原に向った。そこで幽閉されている後白河院より、清盛追討の院宣《いんぜん》をもらい受け、伊豆《いず》の頼朝のもとに届けた。

兵衛佐《ひょうえのすけ》は院宣と聞いて畏《おそ》れ多く思い、口をすすぎ手をきよめ、新しい烏帽子《えぼし》と白衣を着て、院宣を三度拝んでお開きになった。

近年以来、平氏は皇室をないがしろにして、政道についてもはばかるところがない。仏法を破滅させ、皇室の権威を滅そうとしている。そもそもわが国は神国である。皇祖の廟《びょう》の伊勢大神宮・石清水八幡《いわしみずはちまん》が相並んで、神の霊験《れいげん》はまことにあらたかである。それゆえ、朝廷が開かれた後数千年の間、天皇の政道を妨げ、国家を危機に陥れようとする者は、すべて敗れ去らぬことはない。よってすなわち、神のご助力にすがり、一方では勅宣の趣旨を守って、はやく平氏の一族を誅《ちゅう》して、皇室の敵を退けよ。代々の武士の家の武略を継ぎ、先祖以来仕えてきた忠勤を励んで、自分の身を立て家をも興すべきである。それゆえ、院宣は以上のとおりである。よってこれを取り次ぐ事右のとおりである。

前右兵衛督光能《さきのうひょうえのかみみつよし》が奉《うけたまわ》り

治承四年七月十四日

謹上《きんじょう》 前右兵衛佐《さきのうひょうえのすけ》殿へ

と書かれてあった。この院宣を、錦《にしき》の袋に入れて、石橋山の合戦（治承四年八月、石橋山で頼朝軍が平氏方の大庭景親《おおばかげちか》に敗れた戦い）の時も、兵衛佐殿は首にかけておられたという。

*史実では、頼朝が旗揚げの際掲げたのは、以仁王《もちひとおう》の令旨《りょうじ》（七〇頁参照）である。文覚は治承二年に赦されており、頼朝旗揚げの時、伊豆にいたかどうかも不明である。院宣は頼朝の挙兵の正当性を保証するものとして設けられた、物語の虚構であろう。

兵衛佐《ひやうゑのすけ》、院宣《ゐんぜん》ときくかたじけなさに、手水《てうづ》うがひをして、あたらしき烏《え》帽子《ぼし》、浄衣《じやうえ》着て、院宣を三度拝《はい》して、ひらかれたり。

頃年《しきりのとし》より以来《このかた》、平氏王皇蔑如《わうくわうべつじよ》して、政道《せいたう》にはばかる事なし。仏法を破滅して朝威《てうゐ》をほろぼさんとす。夫我朝《それわがてう》は神国なり。宗廟《そうべう》あひならんで神徳これあらたなり。故《かるがゆゑ》に朝廷開基《てうていかいき》の後《のち》、数千余歳《すせんよさい》のあひだ帝猷《ていいう》をかたぶけ、国家をあやぶめんとする者、みなもッて敗北《はいほく》せずといふ事なし。然《しか》れば則《すなは》ち且《かつ》は神道《しんたう》の冥助《みやうじよ》にまかせ、且《かつ》は勅宣《ちよくせん》の旨趣《しいしゆ》をまもツて、はやく平氏の一類を誅《ちゆう》して、朝家《てうか》の怨敵《をんでき》をしりぞけよ。譜代《ふだい》弓箭《きゆうせん》の兵略《へいりやく》を継《つ》ぎ、累祖《るいそ》奉公の忠勤《ちゆうきん》を抽《ぬきん》でて、身をたて家をおこすべし。ていれば院宣かくのごとし。仍《よつ》て執達《しつたつ》如件《くだんのごとし》。

治承四年七月十四日　前右兵衛督光能《さきのうひやうゑのかみみつよし》が奉《うけたまは》り

謹上《きんじやう》前右兵衛佐殿《さきのうひやうゑのすけどの》へ

とぞ書かれたる。此《この》院宣をば、錦《にしき》の袋《ふくろ》にいれて、石橋山《いしばしやま》の合戦の時も、兵衛佐殿頸《くび》にかけられたりけるとかや。

四　富士川《ふじがわ》

ところで福原では、頼朝方に勢が加わらぬうちに急いで討手《うつて》を下すべきであると公《く》卿《ぎよう》の会議で決まって、大将軍として小松権亮少将維盛《こまつごんのすけしようしようこれもり》、副将軍には薩摩守忠度《さつまのかみただのり》、合計その軍勢は三万余騎、治承《じしよう》四年（一一八〇）九月十八日に都（福原）を出発して、十九日には旧都に着き、すぐ二十日に、東国へ向けて出発なさった。

大将軍権亮少将維盛は二十三歳、容姿ふるまいは、絵に描いても及ばぬほどすばらしい。代々伝わる鎧《よろい》の唐皮《からかわ》という着背長《きせなが》（革で縅した大鎧）を、唐櫃《からびつ》に入れてかつがせておられる。道中は、赤地の錦《にしき》の直垂《ひたたれ》に萌黄縅《もえぎおどし》の鎧を着て、連銭葦毛《れんぜんあしげ》（灰白色の斑点のある葦毛）の馬に金覆輪《きんぷくりん》（鞍《くら》の前後の輪形の部分が金でふちどってある）の鞍を置いて乗っておられた。副将軍薩摩守忠度は、紺地の錦の直垂に黒糸縅の鎧を着て、黒い、太ってたくましい馬に、沃懸地《いかけじ》の鞍（漆塗りに金銀粉をちりばめた鞍）を置いて乗っておられた。馬・鞍・鎧・甲《かぶと》・弓矢・太刀《たち》・刀に至るまで、光り輝くほど装いをこらされたので、すばらしい見ものである。

さる程に福原《ふくはら》には、勢《せい》のつかぬ先に、いそぎ打手《うつて》をくだすべしと、公卿僉議《くぎやうせんぎ》あッて、大将軍《たいしやうぐん》には小松権亮少将《こまつごんのすけぜうしやうこれもり》維盛、副将軍には薩摩守忠度《さつまのかみただのり》、都合其勢《そのせい》三万余騎、九月十八日に都をたッて十九日には旧都《きうと》につき、やがて廿日東国へこそうッたたれけれ。

大将軍権亮少将維盛は、生年《しやうねん》廿三、容儀《ようぎ》体拝《たいはい》絵にかくとも筆も及びがたし。重代《ぢゆうだい》の鎧唐皮《よろひからかは》といふ着背長《きせなが》をば、唐櫃《からひつ》にいれてかかせらる。路《みち》うちには赤地《あかぢ》の錦《にしき》の直垂《ひたたれ》に、萌黄威《もえぎをどし》の鎧着て、連銭葦毛《れんぜんあしげ》なる馬に黄覆輪《きンぷくりん》の鞍《くら》おいて乗り給へり。副将軍薩摩守忠度は、紺地《こんぢ》の錦《にしき》の直垂《ひたたれ》に、黒糸威《くろいとをどし》の鎧着て、黒き馬のふとうたくましいに、沃懸地《いツかけぢ》の鞍《くら》おいて乗り給へり。馬、鞍、鎧、甲《かぶと》、弓矢、太刀《たち》、刀《かたな》にいたるまで、てりかかやく程にいでたたれたりしかば、めでたかりし見物《けんぶつ》なり。（略）

平家の軍勢は援軍を得ながら東国へ向い、十月十六日、駿河国《するがのくに》の富士川に達した時には七万騎であった。対する頼朝軍は二十万騎にものぼるとの噂《うわさ》である。維盛《これもり》が、東国をよく知る斎藤別当実盛《さいとうべつとうさねもり》に東国武者の戦い方を尋ねると、実盛は、その勇猛さを語り、土地勘があるため背面から攻撃してくる可能性を示唆する。

そのうちに十月二十三日となった。明日は源氏と平家が富士川で矢合せをすると決めていたのだが、夜になって平家のほうから、源氏の陣を見渡すと、伊豆・駿河の人々が、合戦を恐れて、あるいは野へ逃げ山へ隠れ、あるいは船に乗って海や川に浮び、煮炊きする火が見えたのを、平家の兵士どもは、「ああ、なんとおびただしい源氏の陣の遠火の多さだ。なるほど、ほんとうに野も山も、海も川も、皆、敵でいっぱいなのだな。どうしよう」とあわてた。

その夜の夜半頃に、富士川の沼に数多く群がっていた水鳥どもが、何に驚いたのか、ただ一時にばっと飛び立った羽音が、大風か雷などのように聞えたので、平家の兵士たちは、「そりゃ、源氏の大軍が寄せてきたぞ。斎藤別当実盛《さいとうべっとうさねもり》が申したように、きっと背後にも回っていよう。取り籠《こ》められてはかなうまい。ここを退却して、尾張川《おわりがわ》（木曾川）、洲俣《すのまた》（美濃《みの》と尾張《おわり》の国境）を守れや」といって、とる物もとりあえず、我先にと落ちて行った。

あまりにあわて騒いで、弓を取った者は矢を見つけず、矢を持った者は弓を見つけない。他人の馬には自分が乗り、自分の馬は他人に乗られる。ある者はつないだままの馬に乗って、駆けさせようとするので、杭の周囲を際限もなく巡る。近くの宿場宿場から呼んできて遊んでいた遊女どもは、あるいは逃げる兵士に頭を蹴《け》り割られ、あるいは腰を踏み折られたりして、わめき叫ぶ者が多かった。

翌二十四日の午前六時頃、源氏の大軍二十万騎は、富士川の岸に押し寄せて、天にも響き大地も揺れ動くほどに、鬨《とき》の声を、三度あげた。

さる程に十月廿三日にもなりぬ。あすは源平富士河《ふじがは》にて矢合《やあはせ》とさだめたりけるに、夜に入ッて、平家の方より源氏の陣を見わたせば、伊豆《いづ》、駿河《するが》の人民百姓《にんみんひやくしやう》等がいくさにおそれて、或《あるい》は野に入り山にかくれ、或は舟にとり乗ッて、海河《うみかは》にうかび、いとなみの火の見えけるを、平家の兵《つはもの》ども、「あなおびたたしの源氏の陣の遠火《とほび》のおほさよ。げにもまことに野も山も、海も河も、みなかたきでありけり。いかがせん」とぞあわてける。

その夜の夜半《やはん》ばかり、富士の沼《ぬま》に、いくらもむれゐたりける水鳥《みづとり》どもが、なにかおどろきたりけん、ただ一度《いちど》にばッと立ちける羽音《はおと》の、大風《おほかぜ》いかづちなンどの様《やう》にきこえければ、平家の兵《つはもの》ども、「すはや源氏の大勢《おほぜい》の寄するは。斎藤別当《さいとうべつたう》が申しつる様《やう》に、定めて搦手《からめて》もまはるらん。とりこめられてはかなふまじ。ここをばひいて、尾張河洲俣《をはりがはすのまた》をふせげや」とて、とる物もとりあへず、我さきにとぞ落ちゆきける。

あまりにあわてさわいで、弓とる者は矢を知らず、矢とる者は弓を知らず。人の馬にはわれ乗り、わが馬をば人に乗らる。或はつないだる馬に乗ッてはすれば、杭《くひ》をめぐる事かぎりなし。ちかき宿々《しゆくじゆく》よりむかへとッてあそびける遊君遊女《いうくんいうぢょ》ども、或《あるい》は頭《かしら》けわられ、腰《こし》ふみ折られて、をめきさけぶ者おほかりけり。

あくる廿四日卯刻《うのこく》に、源氏大勢廿万騎、富士河《ふじがは》におし寄せて、天もひびき大地《だいぢ》もゆるぐ程に、時《とき》をぞ三ケ度《さんがど》、つくりける。

五 奈良炎上《ならえんじょう》

富士川の合戦における維盛《これもり》の失態に清盛は怒るが、結局、維盛は処罰どころか勧賞にあずかる。さて、この度の遷都《せんと》への非難の声は高く、十二月二日、ついに清盛は都を京に戻す。奈良では、以仁王《もちひとおう》の蜂起《ほうき》以来、僧徒の反抗が絶えなかったが、興福寺が追討されるとの噂《うわさ》が立ったことからさらに対立が激化していた。ついに十二月末、清盛は、重衡《しげひら》を大将軍に四万の軍勢で奈良を攻めた。

夜の戦闘になって、あまりに暗いので、大将軍の頭中将《とうのちゅうじょう》重衡が、般若寺《はんにゃじ》（奈良市般若寺町）の門前につっ立って、「火をつけろ」と言われるやいなや、平家の軍勢の中の、播磨国《はりまのくに》の住人で福井庄の下司《げし》（荘園の事務職）である二郎大夫《たいふ》友方《ともかた》という者が、楯《たて》を割って松明《たいまつ》を作り、あたりの民家に火をかけたのであった。十二月も末の二十八日の夜であったから、風は激しかったし、火元は一か所だったけれども、あちこち吹き回る風なので、多くの寺に火を吹きかけた。

恥を思い、名誉を惜しむくらいの者は、（昼間の戦《いくさ》で）奈良坂（奈良山を越えて山城へ出る坂）で討死にし、または般若寺で討たれてしまっていた。歩ける者は、吉野（吉野郡吉野町）・十津川（吉野郡十津川村）の方へ逃げて行く。歩くこともできぬ老僧や、すぐれた修学僧や稚児《ちご》たち、女や子どもは大仏殿（東大寺の本堂）の二階の上や、山階寺《やましなでら》（興福寺）の中へ我先に逃げて行った。大仏殿の二階の上には、千余人が登って、敵があとからやって来るのを上げまいとして、梯子《はしご》をはずしてしまっていた。そこへまっこうから猛火は押し寄せた。わめき叫ぶ声は、焦熱・大焦熱・無間地獄《むげんじごく》の炎の下の罪人の声もこれ以上ではあるまいと思われた。

興福寺は、淡海公《たんかいこう》（藤原不比等《ふひと》）の御願によって建てられた藤原氏代々の氏寺《うじでら》である。東金堂《とうこんどう》に鎮座なさる、仏法が初めて日本へ渡ってきた時の釈迦の像、西金堂に鎮座なさる、自然にこの世へ現れ出た観世音、瑠璃《るり》を並べたようであった四方の廊下、朱・丹《に》をまぜて塗られていた二階建ての楼、九輪が空に輝いていた二つの塔、それらすべてがたちまち煙となってしまうのは悲しいことである。

東大寺には、常在不滅の実報《じっぽう》・寂光《じゃっこう》の二土《にど》に通じる生身《しょうじん》の御仏《みほとけ》にかたどりあそばされて、聖武《しょうむ》天皇がご自分の手で磨きたてられた、金銅造りで高さ十六丈の盧遮那仏《るしゃなぶつ》がおいでになる。御仏の烏瑟《うしつ》（仏像の肉髻《にくけい》）は高々と見えては半天の雲に隠れ、白毫《びゃくごう》（仏の眉間にある白い巻毛）をあらたかに、天皇は拝まれておられた。満月のようなあの尊い仏のお姿も、今は御頭は焼け落ちて地上にあり、御身体は溶けくずれて山のようである。八万四千の相があるという仏の御容貌は、秋の月がたちまち雲に隠れるように五逆重罪に沈み、四十一地の瓔珞《ようらく》は、夜の星が風に漂うようにむなしく十悪の中に捨てられている。

煙は天に満ち満ち、炎は空中に隙《すき》もなく満ちている。眼の前に拝する者はとても眼もあてられない。遠くにいて伝え聞く人は動転した。法相宗《ほっそうしゅう》・三論宗《さんろんしゅう》の法文・経典（法相宗は興福寺が、三論宗は東大寺が伝えていた）は、まったく一巻も残らない。わが国ではもちろん、天竺《てんじく》（インド）・震旦《しんたん》（中国）でも、これほどの法滅があろうとは思われない。

夜《よ》いくさになッて、くらさはくらし、大将軍頭中将《とうのちゆうじやう》、般若寺《はんにやじ》の門の前にうッたッて、「火をいだせ」と宣《のたま》ふ程こそありけれ、平家の勢《せい》のなかに、播磨国住人《はりまのくにのぢゆうにん》、福井庄下司《ふくゐのしやうのげし》、二郎大夫友方《じらうたいふともかた》といふ者、楯《たて》をわり、たい松にして、在家《ざいけ》に火をぞかけたりける。十二月廿八日の夜なりければ、風ははげしし、ほもとは一つなりけれども、吹きまよふ風に、おほくの伽藍《がらん》に吹きかけたり。

恥《はぢ》をも思ひ、名をも惜しむほどの者は、奈良坂《ならざか》にてうちじにし、般若寺にしてうたれにけり。行歩《ぎやうぶ》にかなへる者は、吉野十津河《よしのとつかは》の方《かた》へ落ちゆく。あゆみもえぬ老僧《らうそう》や、尋常《じんじやう》なる修学者《しゆがくしや》、児《ちご》ども、をんな童部《わらんべ》は、大仏殿《だいぶつでん》の二階の上、山階寺《やましなでら》のうちへわれさきにとぞにげゆきける。大仏殿の二階の上には、千余人のぼりあがり、かたきのつづくをのぼせじと、橋《はし》をばひいてンげり。猛火《みやうくわ》はまさしうおしかけたり。をめきさけぶ声、焦熱大焦熱《せうねつだいせうねつ》、無間阿毘《むけんあび》のほのほの底《そこ》の罪人《ざいにん》も、これには過ぎじとぞ見えし。

興福寺《こうぶくじ》は淡海公《たんかいこう》の御願《ごぐわん》、藤氏《とうじ》累代《るいたい》の寺《てら》なり。東金堂《とうこんだう》におはしますは仏法最《さい》初《しよ》の釈迦《しやか》の像《ざう》、西金堂《さいこんだう》におはしますは自然涌出《じねんゆじゆつ》の観世音《くわんぜおん》、瑠璃《るり》をならべし四《し》面《めん》の廊《らう》、朱丹《しゆたん》をまじへし二階《にかい》の楼《ろう》、九輪《くりん》そらにかかやきし二基《き》の塔《たふ》、たちまちに煙《けぶり》となるこそかなしけれ。

東大寺《とうだいじ》は常在不滅《じやうざいふめつ》、実報寂光《じつぽうじやくくわう》の生身《しやうじん》の御仏《おんほとけ》とおぼしめしなずらへて、聖武皇帝《しやうむくわうてい》、手づから身づからみがきたて給ひし、金銅《こんどう》十六丈《ぢやう》の盧遮那仏《るしやなぶつ》、烏瑟《うしつ》たかくあらはれて、半天《はんでん》の雲にかくれ、白毫《びやくがう》新《あらた》にをがまれ給ひし、満《まん》月《ぐわつ》の尊容《そんよう》も、御《み》くしは焼けおちて大地《だいぢ》にあり。御身《ごしん》はわきあひて山のごとし。八万四千の相好《さうがう》は、秋の月はやく五重《ごぢゆう》の雲におぼれ、四十一地《ぢ》の瓔珞《やうらく》は、夜の星むなしく十悪《じふあく》の風にただよふ。

煙《けぶり》は中天《ちゆうてん》にみち〳〵、ほのほは虚空《こくう》にひまもなし。まのあたりに見奉る者、さらにまなこをあてず。はるかにつたへきく人は、肝《きも》たましひをうしなへり。法相《ほつさう》、三論《さんろん》の法門聖教《ほふもんしやうげう》すべて一巻《くわん》のこらず。我朝はいふに及ばず、天竺震旦《てんぢくしんだん》にもこれ程の法滅《ほふめつ》あるべしともおぼえず。

巻第六 ✥ あらすじ

治承《じしょう》五年（一一八一）一月、新年の諸行事も中止され、南都《なんと》・興福寺の僧たちが処分される中で、十四日に高倉《たかくら》院が崩御する。数々の平家の悪行に対する心痛が生来の病弱に拍車をかけた。二十一歳であった。高倉院の心優しい人柄を偲ばせる逸話が数々語られる。中でも、清盛の妨害にあって引き裂かれた小督《こごう》との悲恋は、清盛の暴挙によって高倉院を死に至らしめた話と特筆される。

清盛は後白河院との妥協を図り、娘を院に進める。一方、木曽《きそ》では義仲《よしなか》が挙兵する。さらに河内《かわち》、九州、伊予《いよ》、そして熊野《くまの》でも反乱が起きる。二月、宗盛《むねもり》が東国に発向することとなったが、急遽《きゅうきょ》延期された。

清盛が突然高熱を発した。数日間苦しんだ挙げ句に、閏二月四日に悶絶死する。頼朝の首を望みながら。清盛の常ならね様が次々と語られる。経《きょう》の島《しま》築港に関する偉業、慈恵《じえ》僧正の再誕という話、白河院の落胤《らくいん》という生誕にまつわる秘話。清盛の異常な出世、様々な破格の行動はその血統によるものだったのか。

清盛腹心の貴族、藤原邦綱《くにつな》も同月二十日に病死する。邦綱は高運の人であった。その逸話も語られる。

清盛死後、総帥《そうすい》となった宗盛は、まず法皇の幽閉を解き、三月には大仏殿の再建にかかる。しかし、一旦上がった反平家の火の手は消すことができない。東国は源氏に靡く。義仲追討のために発向した越後守城助長《じょうのすけなが》は怪死する。戦勝祈願を諸々行うが、その度に不吉な事件が起る。寿永《じゅえい》元年（一一八二）九月、助長の弟助茂《すけもち》が再び義仲追討に出発するが、敗れる。寿永二年、平家に従う者はなくなっていた。

● 小督《こごう》

明けて治承《じしよう》五年（一一八一）一月、高倉院が崩御した。院の生前の逸話が物語られる。小督は冷泉大納言隆房《れいぜいのだいなごんたかふさ》の恋人であった。ところが、高倉帝を慰めるために召し出され、寵愛《ちようあい》される。帝の中宮も、隆房の妻も、清盛の娘である。清盛は二人の娘婿を取ったと、小督を憎む。清盛を恐れる小督は、嵯峨野《さがの》（京都市右京区嵯峨辺り）に姿を消した。しかし帝は小督をあきらめきれず、仲国《なかくに》に行方を捜させる。琴の名人小督ゆえ、月の美しさに誘われて弾いていようと、琴の音を頼りに仲国は出かける。

「牡鹿《おじか》鳴くこの山里」と詠んだという、嵯峨の辺りの秋の頃は、さぞかししみじみとあわれ深くも思われたことであろう。片折戸《かたおりど》（片開きの一枚扉）した家を見つけては、この内におられるだろうかと、馬を引きとめ引きとめて耳を傾けたが、琴をひく所もなかった。御堂などへ参られることもあろうかと、釈迦堂《しやかどう》をはじめとして、いくつかの仏堂を見回ったけれども、小督殿はおろか小督殿に似た女房さえ、お見えにならない。このままむなしく帰って行くのは、捜しに来ないよりもかえってわるいだろう。いっそここからどちらへでもさまよって行ってしまいたいと思うが、さて王地（天皇の土地）でない所がどこにあろうか、身を隠すべき家もない。どうしようと考え悩んでいたが、ほんにそういえば法輪寺《ほうりんじ》（西京区嵐山虚空蔵山町）は道のりが近いから、月の光に誘われて、小督殿が参られているかもしれないと、その方へ向って馬を進めた。

亀山《かめやま》（小倉山《おぐらやま》の東南端の山）のあたり近く、松が一群《ひとむら》立っている方で、かすかに琴の音が聞えた。峰を吹きわたる嵐の音か、松風の音か、それとも尋ねる人（小督）の弾く琴の音であろうか、おぼつかなくは思ったが、馬を急がせて行くうちに、片折戸した家の内に、誰かが琴を心を澄まして弾いておられた。

馬を引きとめてこの琴の音を聞いたところ、少しもまぎれようもない、小督殿の琴の音である。楽曲は何かと耳を傾けると、夫を想《おも》って恋う、とよむ、想夫恋《そうふれん》という楽である。やはりそうだった、小督殿は帝の御事《おんこと》を思い出し申しあげて、楽曲は多いが、その中でこの楽を弾かれたとは、殊勝なことだと、たぐいまれなことに思われて、腰から横笛を抜き出し、ちょっと鳴らして、門をとんとんとたたくと、すぐ琴を弾くのをおやめになった。仲国は声高く、「これは内裏《だいり》から、仲国が御使いに参りました。お開けください」といって、何回かたたいたけれども、中から誰だと咎《とが》める人もなかった。

しばらくたって中から人の出て来る音がしたので、うれしく思って待っていると、錠をはずし、門を細目にあけ、かわいらしい小女房が、顔だけさし出して、「お間違えでございましょう。こちらは、内裏からお使いなどいただくような所でもございません」と申すので、なまじっか返事をして門を閉められ、錠をさされてはよくないと思って、押し開けて中に入ってしまった。

妻戸《つまど》の際の縁にすわって、「どうして、こんな所においでになるのでしょう。帝はあなたゆえに思いに沈んでおられて、お命もすでに危うくお見えでいらっしゃいます。ただいいかげんに申すとお思いでございましょう。お手紙を頂戴《ちょうだい》して参りました」といって、取り出して差し上げる。

その後、手紙を読んだ小督は、清盛を恐れて内裏を逃げ出したこと、明日には尼になろうと思い立ち、今夜かぎりの名残を惜しんで琴を弾いていたことを明かす。仲国は、急ぎ小督の消息を帝へ知らせ、内裏へと連れ帰った。帝は小督を人目につかない所に住まわせて寵愛《ちょうあい》し、女児が生れた。それを知った清盛は、小督を捕えて尼にして追放したのだった。帝はこのことから病に倒れ、とうとう亡くなってしまったとの噂《うわさ》であった。

をしか鳴く此山里と詠じけん、嵯峨《さが》のあたりの秋のころ、さこそはあはれにもおぼえけめ。片折戸《かたをりど》したる屋をみつけては、此内にやおはすらんと、ひかへ〳〵聞きけれども、琴ひく所もなかりけり。御堂《みだう》なンどへ参り給へる事もやと、釈迦堂《しやかだう》をはじめて、堂々みまはれども、小督《こがう》殿に似たる女房だにみえ給はず。むなしう帰り参りたらんは、なか〳〵参らざらんよりあしかるべし。是《これ》よりもいづちへもまよひゆかばやと思へども、いづくか王《わう》地《ぢ》ならぬ、身をかくすべき宿もなし。いかがせんと思ひわづらふ。まことや法輪《ほふりん》は程ちかければ、月の光にさそはれて、参り給へる事もやと、そなたにむかひてぞあゆませける。

亀山《かめやま》のあたりちかく、松の一むらあるかたに、かすかに琴ぞきこえける。峰の嵐《あらし》か松風か、たづぬる人の琴の音《ね》か、おぼつかなくは思へども、駒《こま》をはやめてゆくほどに、片折戸したる内に琴をぞひきすまされたる。

ひかへて是をききければ、すこしもまがふべうもなき、小督殿の爪音《つまおと》なり。楽《がく》はなんぞとききければ、夫《をつと》を想《おも》うて恋ふとよむ、想夫恋《さうふれん》といふ楽《がく》なり。さればこそ、君の御事《おんこと》思ひ出で参らせて、楽《がく》こそおほけれ、此楽《このがく》をひき給ひけるやさしさよ。ありがたうおぼえて、腰《こし》より横笛《やうでう》ぬきいだし、ちッとならいて、門《かど》をほと〳〵とたたけば、やがてひきやみ給ひぬ。高声《かうしやう》に、「是《これ》は内裏《だいり》より、仲国《なかくに》が御使《おんつかひ》に参ッて候。あけさせ給へ」とて、たたけども〳〵とがむる人もなかりけり。

ややあッて内より人のいづる音のしければ、うれしう思ひて待つところに、鎖《じやう》をはづし門《かど》をほそめにあけ、いたいけしたる小女房、かほばかりさしいだいて、「門《かど》たがへでぞさぶらふらん。是には内裏より御使《おつかひ》なンど給はるべき所にてもさぶらはず」と申せば、なか〳〵返事して門《かど》たてられ、鎖《じやう》さされてはあしかりなんと思ひて、おしあけてぞ入りにける。

妻戸《つまど》のきはの縁《えん》に居《ゐ》て、「いかにかやうの所には御わたり候やらん。君は御《お》ゆゑにおぼしめししづませ給ひて、御命《おんいのち》もすでにあやふくこそみえさせおはしまし候へ。ただうはの空に申すとやおぼしめされ候はん。御書《ごしよ》を給はッて参ッて候」とて、とりいだいて奉る。

二　入道《にゅうどう》死《し》去《きょ》

全国で反平家の烽火《のろし》があがる。木曾《きそ》では義仲《よしなか》が挙兵し、各地で平家に対する反乱が勃発《ぼっぱつ》した。折も折、清盛は突然病に倒れる。

入道相国《にゅうどうしょうこく》（清盛）は、病にかかられた日から、水をさえのどへもお入れにならない。体内の熱いことといったら、火をたいているようである。やすんでおられる所から四、五間（八、九メートルほど）以内へ立ち入る者は、熱くてたまらない。ただ言われることといっては、「あたあた」とだけである。少しもただ事とは見えなかった。

比叡山《ひえいざん》（延暦寺）から千手井《せんじゅい》の水を汲《く》み下ろし、石の浴槽に満たし、それに下りて体がお冷えになると、水がたいそう沸き上がって、まもなく湯になってしまった。もしかして助かるかもしれぬと、筧《かけい》の水を引いて身体に流しかけると、石や鉄などが焼けたように、水がほとばしって、身体に寄りつかない。ごくまれに身体にあたる水は、炎となって燃えたので、黒煙が屋敷にいっぱいになって、炎が渦巻いて上がった。

これは昔法蔵僧都《ほうぞうそうず》といった人が、閻魔王《えんまおう》の招待を受けて地獄に赴いて、亡き母の生れ変っている所を尋ねたところ、閻魔王は法蔵の孝心を憐《あわ》れまれて、地獄の獄卒をつけて、母のいる焦熱地獄《しようねつじごく》へ遣わされた。法蔵が鉄の門の中へ入ると、流星などのように炎が空へ立ち上り、高さ何千里、何万里に及んだというが、その時のこともこんなであったろうと、今こそ思い知られたのであった。

入道相国《にふだうしやうこく》やまひつき給ひし日よりして、水をだにのどへも入れ給はず。身の内のあつき事、火をたくが如《ごと》し。ふし給へる所四五間《けん》が内へ入る者は、あつさたへがたし。ただ宣《のたま》ふ事とては、あた〳〵とばかりなり。すこしもただ事《こと》とはみえざりけり。

比叡山《ひえいさん》より千手井《せんじゆゐ》の水をくみくだし石の舟にたたへて、それにおりてひえ給へば、水おびたたしくわきあがッて、程なく湯にぞなりにける。もしやたすかり給ふと筧《かけひ》の水をまかせたれば、石やくろがねなンどの焼けたるやうに、水ほどばしッて寄りつかず。おのづからあたる水は、ほむらとなッてもえければ、黒煙殿中《くろけぶりてんちゆう》にみち〳〵て、炎《ほのほ》うづまいてあがりけり。是《これ》や昔法蔵僧都《むかしほふざうそうづ》といッし人、閻王《えんわう》の請《しやう》におもむいて、母の生所《しやうじよ》を尋ねしに、閻王あはれみ給ひて、獄卒《ごくそつ》をあひそへて、焦熱地《せうねつぢ》獄《ごく》へつかはさる。くろがねの門《もん》の内へさし入れば、流星《りうしやう》なンどの如くに、ほのほ空へたちあがり、多百由旬《たひやくゆじゆん》に及びけんも、今こそ思ひ知られけれ。（略）

同年閏《うるう》二月二日、二位殿《にいどの》（清盛の妻時子）は熱くてがまんできないほどだったが、入道相国（清盛）の御枕上《まくらがみ》に寄って、泣く泣く言われるには、「ご様子を拝見しますと、日ましに回復の望みが少なくなっていくようにお見かけします。現世に思い残されることがありましたら、少しでも物のおわかりになる時に、おっしゃっておいてください」と言われた。

入道相国は、あれほど日頃は豪気でいらっしゃったが、いかにも苦しそうで、息の下で言われるには、「この入道は保元・平治の乱以来、たびたび朝敵を平らげ、身に余るほどの論功行賞を受け、畏《おそ》れ多くも帝《みかど》の祖父、太政大臣にまでなり、栄華は子孫にまで及んでいる。現世での望みはすべて達せられ、一つも思い残すことはない。ただ心残りであるのは、伊豆国《いずのくに》の流人、前兵衛佐頼朝《さきのひょうえのすけよりとも》の首を見なかったことで、これこそ何よりも心外だ。自分が死んでしまった後は、仏堂や塔などをも建てず、仏事供養もしてはならぬ。すぐさま討手を遣わし、頼朝の首を切って、この入道の墓の前にかけよ。それが何よりもの供養であろうぞ」と言われたのは、まったく罪深いことであった。

同月四日、病に苦しめられ、せめてものことに板に水を注ぎかけ、それに寝ころんでみられたが、助かる心地もなさらない。悶《もだ》え苦しみ息が絶え、地に倒れて、とうとう悶《もん》絶死《ぜつし》をなさった。弔問《ちようもん》の馬や牛車《ぎつしや》の走り違う音は、天も響き大地も揺れ動くほどである。一天万乗の君である天皇が亡くなられるというような御事がおありになっても、この騒ぎ以上ではあるまいと思われた。

今年は六十四になられた。老死というべきではないが、前世から定められた運命がたちまち尽きてしまわれたので、仏教の大法秘法を尽くした効験もなく、神・仏の威光も消え、天の諸神もお守りくださらない。神仏さえもそうであるから、ましてや人間の考えではどうすることもできない。入道相国の命に代り身代りとなって死のうと、忠心をもった数万の軍隊は、堂上・堂下に並んでいたけれども、これらの者は、目にも見えず力ではいかんともできぬ死という殺鬼を、しばらくでも戦って追い返すことはない。そして入道相国は、二度と帰って来ない死出の山、三途《さんず》の川をたどる冥途《めいど》への死出の旅に、ただお一人でお出かけになったことであろう。誰も供する者はなかったが、日頃作っておかれた罪業ばかりが、獄卒となって迎えに来たであろう。まことに感慨無量なことである。

同閏《おなじきうるふ》二月二日《ふつかのひ》、二位殿《にゐどの》あつうたへがたけれども、御枕《おんまくら》の上によッて、泣く〳〵宣《のたま》ひけるは、「御有様《おんありさま》み奉るに、日にそへてたのみずくなうこそみえさせ給へ。此世《このよ》におぼしめしおく事あらば、すこしもののおぼえさせ給ふ時、仰せおけ」とぞ宣《のたま》ひける。

入道相国《にふだうしやうこく》、さしも日来《ひごろ》はゆゆしげにおはせしかども、まことに苦しげにて、いきの下に宣ひけるは、「われ保元《ほうげん》、平治《へいぢ》よりこのかた、度々《どど》の朝敵をたひらげ、勧賞《けんじやう》身にあまり、かたじけなくも帝祖《ていそ》、太政大臣にいたり、栄花《えいぐわ》子孫《しそん》に及ぶ。今生《こんじやう》の望《のぞみ》一事ものこる処《ところ》なし。ただし思ひおく事とては、伊豆国《いづのくに》の流人《るにん》、前兵衛佐頼朝《さきのひやうゑのすけよりとも》が頸《くび》を見ざりつるこそやすからね。われいかにもなりなん後《のち》は、堂塔《だうたふ》をもたて孝養《けうやう》をもすべからず。やがて打手《うつて》をつかはし、頼朝が首《かうべ》をはねて、わが墓のまへにかくべし。それぞ孝養にてあらんずる」と宣ひけるこそ罪ふかけれ。

同四日病《おなじきよつかのひやまひ》にせめられ、せめての事に板に水を沃《い》て、それにふしまろび給へども、たすかる心地《ここち》もし給はず、悶絶躃地《もんぜつびやくぢ》して遂《つひ》にあつち死《じに》ぞし給ひける。馬車《むまくるま》のはせちがふ音、天もひびき大地《だいぢ》もゆるぐ程なり。一天の君万乗《ばんじよう》の主《あるじ》の、いかなる御事ましますとも、是《これ》には過ぎじとぞみえし。今年は六十四になり給ふ。老死《おいじに》といふべきにはあらねども、宿運忽《しゆくうんたちま》ちにつき給へば、大法秘法《だいほふひほふ》の効験《かうげん》もなく、神明三宝《しんめいさんぼう》の威光《ゐくわう》も消え、諸天も擁護《おうご》し給はず。況《いはん》や凡慮《ぼんりよ》においてをや。命《いのち》にかはり身にかはらんと、忠を存ぜし数万《すまん》の軍旅《ぐんりよ》は、堂上堂下《たうしやうたうか》に次居《なみゐ》たれども、是は目にもみえず力にもかかはらぬ無常《むじやう》の殺鬼《せつき》をば、暫時《ざんじ》もたたかひかへらず。又かへりこぬ四手《しで》の山、三瀬河《みつせがは》、黄泉中有《くわうせんちゆうう》の旅の空に、ただ一所《いつしよ》こそおもむき給ひけめ。日ごろつくりおかれし罪業《ざいごふ》ばかりや獄卒《ごくそつ》となッて、むかへに来《きた》りけん。あはれなりし事共なり。

巻第七

◆ あらすじ

寿永《じゅえい》二年（一一八三）四月十四日、平家軍は木曾義仲《きそよしなか》の追討に北陸道に発向。維盛《これもり》・通盛《みちもり》・忠度《ただのり》・経正《つねまさ》以下、総勢十万余騎の大軍であった。一方、義仲自身は信濃《しなの》に留まり、義仲軍が越前《えちぜん》の火打城《ひうちがじょう》で平家軍を待ち受けるが城を落とされ、加賀《かが》に退却する。義仲は越後から駆けつけ、五月八日、加賀と越中の境の砺《と》波山《なみやま》で対陣する。十一日、義仲軍は四方を岩山に囲まれた猿《さる》の馬場《ばば》に平家軍をおびき寄せて夜を待ち、倶《く》梨迦羅《りから》が谷《たに》に追い詰め、谷から落とす。平家の大手七万騎のうち六万八千騎が谷を埋めた凄惨さであった。

翌日、義仲は志保《しお》の山でも大勝して平家軍三万騎を蹴散《けち》らす。平家は加賀篠原《しのはら》まで退却したが義仲の追撃に遇い、五月二十一日大敗する。斎藤別当実盛《さいとうべっとうさねもり》もここで討死した。

延暦寺《えんりゃくじ》の協力を取り付けた義仲軍は比叡山《ひえいざん》の東麓《とうろく》に迫る。七月二十四日夜、平家は西国に落ちて軍勢を立て直すことにする。安徳天皇、後白河院とともに都を落ちるはずが、院はその直前に密かに脱出する。翌朝、安徳天皇を奉じて行幸が出発、一門が栄華を誇った邸宅はすべて焼き払われる。人々は再び都に戻ることはないと内心覚悟を決める。維盛《これもり》は妻子を都に置いていく。忠度《ただのり》は歌の師、藤原俊成《しゅんぜい》に自詠を渡して未練を断ち切る。経正《つねまさ》は幼少時に仕えた仁和寺の御室《おむろ》に別れを告げ、授かった琵琶《びわ》を返す。

一門は都を離れ、福原に集結。翌日、福原に火をかけ、西海へと発《た》つ。

- 清盛 ― 重盛 ― 維盛
  - 　　　　　└ 清経
- 経盛 ― 経正
- 教盛 ― 通盛
- 忠度

一 倶梨迦羅落《くりからおとし》

木曾義仲《きそよしなか》は信濃《しなの》から越前までを支配下に治めた。寿永《じゆえい》二年（一一八三）四月、ついに平家は十万余騎の大軍で追討に向う。義仲軍は砺波山《となみやま》（石川・富山県境にある山）の倶梨《くり》迦羅《から》が谷に平家軍を追いつめて急襲しようと計画し、五月十一日となった。

さて、源平両軍は相対して陣を構える。陣の間わずか三町（約三二七メートル）ほどになるまで互いに軍を進めた。そのまま、源氏も進まず、平家も進まない。源氏は弓にすぐれた兵士十五騎を楯《たて》の前面に進ませて、全員が上差《うわざ》しの鏑矢《かぶらや》を平家の陣に射入れた。平家の方では策略とも知らずに、同じように十五騎を出して十五の鏑矢を射返す。源氏が三十騎を出して射させると、平家も三十騎を出して三十の鏑矢を射返す。五十騎を出すと五十騎を出して応戦し、百騎を出すと百騎を出して応戦し、両方が百騎ずつ陣の正面に進んだ。

互いに勝負を決しようと勇み立ったけれども、源氏の方からは兵をおさえて、勝負をさせない。源氏はこのようにして日の暮れるのを待ち、平家の大軍を倶梨迦羅が谷へ追い落そうと企んでいたのを、平家は少しも悟らずに、源氏にあわせて相手になって、一日を暮すのはあわれなことである。

しだいに暗くなったので、北と南からまわった搦手《からめて》の部隊一万余騎が倶梨迦羅の堂のあたりで一緒になり、箙《えびら》の方立《ほうだて》（矢入れ）を叩《たた》き、鬨《とき》の声をどっとあげた。平家が後方を振り返って見ると、白旗が雲のように掲げられている。「この山は四方が巌石《がんせき》であるそうなので、搦手にはよもやまわるまいと思っていたのに、これはどうしたことだ」といってみな騒いでいる。そうしているうちに、木曾殿（義仲）は大手から鬨の声を搦手に合せてあげられる。松長の柳原、ぐみの木林に一万余騎で待機していた部隊も、今井四郎の六千余騎で日宮林《ひのみやばやし》にいたのも、同じように鬨の声をあげた。前と後ろと、四万騎のあげる叫び声は、山も川もただ一挙に崩れるように聞えた。

義仲の計画どおり、平家にしてみれば、だんだんと暗くはなる、前と後ろから敵は攻めて来る、「卑怯《ひきょう》だぞ、引き返せ引き返せ」という者も多かったけれども、大軍が崩れてしまうと、簡単に取って返すことがむずかしくて、倶梨迦羅が谷に我先にと馬を下らせた。まっ先に進んだ者が見えないので、この谷の底に道があるにちがいないと思って、親が馬を下らせると子も馬を下らせ、兄が馬を下らせると弟も続く。主が馬を下らせると、家子《いえのこ》・郎等《ろうとう》も馬を下らせた。馬には人、人には馬、人馬が落ち重なり落ち重なりして、あれほど深い谷をすべて平家の軍勢七万余騎で埋めてしまった。岩間を流れる泉は血を流し、死骸《しがい》は積み重なって丘をなした。そのために、その谷のあたりには、矢の穴、刀の痕《あと》が、今でも残っていると聞いている。

平家の方では、最も頼りにされていた上総大夫判官忠綱《かずさのたいふのほうがんただつな》・飛驒《ひだ》大夫判官景高《かげたか》・河内《かわち》判官秀国《ひでくに》もこの谷に埋って死んでしまった。備中国《びっちゅうのくに》の住人瀬尾《せのお》太郎兼康《かねやす》という有名な大力の持主も、そこで加賀国の住人倉光《くらみつ》次郎成澄《なりずみ》の手にかかって生捕りにされる。

越前国火打城《ひうちがじょう》（福井県南条郡南越前町）で裏切りをした（平家方に内通した）平泉寺《へいせんじの》長吏斎明威儀師《ちょうりさいめいいぎし》も捕えられた。木曾殿は、「あまりに憎いから、その法師を最初に斬《き》れ」といって斬ってしまわれた。平氏の大将の維盛《これもり》・通盛《みちもり》は危ういところで命拾いして加賀国へ退却する。七万余騎の中からわずかに二千余騎が逃げた。

さるほどに、源平両方《りやうばう》陣をあはす。陣のあはひわづかに三町《さんぢやう》ばかりに寄せあはせたり。源氏もすすまず、平家もすすまず。勢兵《せいびやう》十五騎、楯《たて》の面《おもて》にすすませて、十五騎が上矢《うはや》の鏑《かぶら》を平家の陣へぞ射入れたる。平家又はか

り事《こと》とも知らず、十五騎を出《いだ》いて十五の鏑を射返す。源氏卅騎《さんじつき》を出いて射さすれば、平家卅騎を出いて卅《さんじふ》の鏑を射かへす。五十騎を出せば五十騎を出しあはせ、百騎を出せば百騎を出しあはせ、両方百騎づつ陣の面にすすんだり。

互《たがひ》に勝負をせんとはやりけれども、源氏の方《かた》より制《せい》して勝負をせさせず。源氏はか様《やう》にして日をくらし、平家の大勢《おほぜい》を倶梨迦羅《くりから》が谷《たに》へ追ひおとさうどたばかりけるを、すこしもさとらずして、共《とも》にあひしらひ日をくらすこそはかなけれ。

次第にくらうなりければ、北南《きたみなみ》よりまはッつる搦手《からめて》の勢《せい》一万余騎、倶梨迦羅の堂の辺《へん》にまはりあひ、箙《えびら》の方立《はうだて》打ちたたき、時《とき》をどッとぞつくりける。平家うしろをかへり見ければ、白旗《しらはた》雲のごとくさしあげたり。「此山《この》は四方巌石《しはうがんぜき》であんなれば、搦手よもまはらじと思ひつるに、こはいかに」とてさわぎあへり。さる程に、木曾殿《きそどの》大手より時の声をぞあはせ給ふ。松長《まつなが》の柳原《やなぎはら》、ぐみの木林《きばやし》に一万余騎ひかへたりける勢も、今井四郎が六千余騎で日宮林《ひのみやばやし》にありけるも、同じく時をぞつくりける。前後四万騎《しまんぎ》がをめく声、山も川もただ一度にくづるるとこそ聞えけれ。

案のごとく、平家、次第にくらうはなる、前後より敵《かたき》はせめ来《きた》る、「きたなしや、かへせ〳〵」といふやからおほかりけれども、大勢の傾《かたむ》きたちぬるは、左右《さう》なうとッてかへす事かたければ、倶梨迦羅が谷へわれ先にとぞおとしける。まッさきにすすんだる者が見えねば、此《この》谷の底に道のあるにこそとて、親おとせば子もおとし、兄おとせば弟《おとと》もつづく。主《しゆう》おとせば家子郎等《いへのこらうどう》おとしけり。馬には人、ひとには馬、落ちかさなり落ちかさなり、さばかり深き谷一つを平家の勢七万余騎でぞうめたりける。巌泉《がんせん》血をながし、死骸岳《しがいをか》をなせり。されば其《その》谷のほとりには、矢の穴、刀の疵《きず》、残ッて今にありとぞ承る。

平家の方には、むねとたのまれたりける上総大夫判官忠綱《かづさのたいふのはうぐわんただつな》、飛驒大夫判官景高《ひだのたいふのはうぐわんかげたか》、河内判官秀国《かはちのはうぐわんひでくに》も、此谷にうづもれてうせにけり。備中国住《びつちゆうのくにのぢゆ》人《うにん》瀬尾太郎兼康《せのをのたらうかねやす》といふ聞ゆる大力《だいぢから》も、そこにて加賀国住人《かがのくにのぢゆうにん》倉光次郎成《くらみつのじらうなり》澄《ずみ》が手にかかッていけどりにせらる。

越前国《ゑちぜんのくに》火打《ひうち》が城《じやう》にてかへり忠《ちゆう》したりける平泉寺《へいせんじ》の長吏斎明威儀師《ちやうりさいめいゐぎし》もと

らはれぬ。木曾殿、「あまりにくきに、其《その》法師をばまづきれ」とてきられにけり。平氏《へいし》の大将維盛《たいしやうこれもり》、通盛《みちもり》、希有《けう》の命生きて加賀国へ引退《ひきしりぞ》く。七万余騎がなかよりわづかに二千余騎ぞのがれたりける。

二　実盛《さねもり》

義仲《よしなか》は、加賀《かが》へ落ち延びた平家軍を追撃、五月二十一日、篠原《しのはら》で合戦となった。多くの有力武将を失った平家軍が敗走するなか、最後の合戦と覚悟した老将斎藤実盛はただ一騎、戦い続けるが……。

斎藤別当《さいとうべつとう》（実盛）は、気持だけは強くたけだけしいつもりだが、戦《いくさ》には戦い疲れているし、そのうえ老武者《おいむしや》ではあり、手塚太郎光盛《みつもり》の下に組み伏せられてしまった。また、手塚の郎等で、あとから追いかけるように出て来た者に実盛の首を取らせ、木曾殿《きそどの》（義仲）の御前に急ぎ参って、「光盛はまことに奇妙な曲者《くせもの》と組んで討ち取りました。侍《さぶらい》かと見ますと錦《にしき》の直垂《ひたたれ》を着ております。大将軍かと見ますとあとに続く軍勢もおりません。名のれ名のれと責め立てましたけれども、最後まで名のりません。ことばは関東なまりでした」と申すと、木曾殿は、「ああ、これは斎藤別当であろう。それならば義仲が上野国《こうずけのくに》へ越えて行った時（二歳の時、武蔵で父義賢《よしかた》が殺され、信濃《しなの》に逃げたこと）、幼目《おさなめ》に見たところでは、白髪まじりであったぞ。今はきっと白髪になっているであろうに、鬢《びん》や鬚《ひげ》の黒いのはおかしい。樋口《ひぐち》次郎兼光《かねみつ》は馴《な》れ親しんで見知っているだろう。樋口を呼べ」といって樋口が呼ばれた。

樋口次郎はただ一目見て、「ああ痛ましい、斎藤別当でございます」。木曾殿が、「それならば、今は七十も過ぎ、白髪になっているであろうに、鬢や鬚の黒いのはどうしてか」と言われると、樋口次郎は涙をはらはらと流して、「それでは、そのわけを申し上げようと思いますが、あまりに哀れで思わず涙がこぼれましたよ。弓矢を取る者はちょっとした所でも思い出になることばをかねがね使っておくべきことでございますな。斎藤別当は兼光に向って、いつも話として申しておりました。『六十を過ぎて戦いの場に向うようなことがあれば、その時は鬢や鬚を黒く染めて若々しくしようと思うのだ。その理由は若い殿方たちと競って先駆けをしようとするのもおとなげないし、また老武者だといって人にばかにされるのも口惜しいことだろう』と申しておりましたが、ほんとうに染めておりましたのですな。洗わせて御覧なさい」と申したので、「なるほど、そうかもしれない」といって洗わせて御覧になると、白髪になってしまった。
錦の直垂《ひたたれ》を着ていたわけはといえば、斎藤別当が最後の暇《いとま》を乞《こ》いに大臣殿《おおいどの》（宗盛《むねもり》）に参って申すには、「実盛一人のことではありませんが、先年東国へ向いました時（富士川合戦）、水鳥の羽音に驚いて、矢一本さえも射ずに、駿河国《するがのくに》の蒲原《かんばら》から京に逃げて参りましたこと、まったくこのことだけが老後の恥辱でございます。今度北国《ほっこく》へ向っては、きっと討死にをいたしましょう。それにつけては、実盛はもと越前国《えちぜんのくに》の者でございましたけれども、近年ご領地に配属されて武蔵国《むさしのくに》の長井《ながい》に居住しておりました（埼玉県熊谷市永井太田にあった平家の荘園の別当を務めていた）。事のたとえがございますよ。故郷へは錦を着て帰れということがございます。錦の直垂をお許しください」と申したので、大臣殿は、「けなげにも申したものだなあ」といって、錦の直垂をお許しになったということであった。

斎藤別当《さいとうべつたう》心はたけく思へども、いくさにはしつかれぬ、其上《そのうへ》老武者《おいむしや》ではあり、手塚《てづか》が下になりにけり。又手塚が郎等《らうどう》おくれ馳《ば》せにいできたるに頸《くび》とらせ、木曾殿《きそどの》の御《おん》まへに馳せ参ッて、「光盛《みつもり》こそ奇異《きい》のくせ者くんでう

ッて候へ。侍かと見候へば錦《にしき》の直垂《ひたたれ》を着て候。大将軍かと見候へばつづく勢も候はず。名のれ名のれとせめ候ひつれども、終《つひ》になのり候はず。声は坂東声《ばんどうごゑ》で候ひつる」と申せば、木曾殿、「あッぱれ、是《これ》は斎藤別当であるごさんめれ。それならば義仲が上野《かうづけ》へこえたりし時、をさな目に見しかば、しらがのかすをなりしぞ。いまは定而《さだめて》白髪《はくはつ》にこそなりぬらんに、びんぴげの黒いこそあやしけれ。樋口次郎《ひぐちのじらう》はなれあそゝで見知ッたるらん。樋口召せ」とて召されけり。

樋口次郎ただ一目みて、「あなむざんや、斎藤別当で候ひけり」。木曾殿、「それならば今は七十にもあまり、白髪にこそなりぬらんに、びんぴげの黒いはいかに」と宣《のたま》へば、樋口次郎涙をはらはらとながいて、「さ候へばそのやうを申しあげうど仕り候が、あまり哀れで不覚の涙のこぼれ候ぞや。弓矢とりは、いささかの所でも思ひ出《い》での詞《ことば》をば、かねてつかひおくべきで候ひける物かな。斎藤別当、兼光《かねみつ》にあうて常は物語に仕り候ひし。『六十にあまッていくさの陣へむかはん時は、びんぴげを黒う染めて、わかやがうど思ふなり。其故《そのゆゑ》は、若殿原《わかとのばら》にあらそひてさきをかけんもおとなげなし、又《また》老武者とて人のあなどらんも口惜《くちを》しかるべし』と申し候ひしが、まことに染めて候ひけるぞや。あらはせて御覧候へ」と申しければ、「さもあるらん」とてあらはせて見給へば、白髪《はくはつ》にこそなりにけれ。

錦《にしき》の直垂《ひたたれ》を着たりける事は、斎藤別当、最後の暇《いとま》申しに大臣殿《おほいとの》へ参ッて申しけるは、「実盛《さねもり》が身一《ひと》つの事では候はねども、一年《ひととせ》東国へむかひ候ひし時、水鳥《みづとり》の羽音《はおと》におどろいて、矢一つだにも射ずして、駿河《するが》の蒲原《かんばら》よりにげのぼッて候ひし事、老後の恥辱ただ此事候《このことざうらふ》。今度《こんど》北国《ほつこく》へむかひては、討死《うちじに》仕り候べし。さらんにとッては、実盛もと越前国《ゑちぜんのくに》の者で候ひしかども、近年御領《きんねんごりやう》について武蔵《むさし》の長井《ながゐ》に居住せしめ候ひき。事の喩《たとへ》候ぞかし。故郷《こきやう》へは錦を着て帰れといふ事の候。錦の直垂御ゆるし候へ」と申しければ、大臣殿《おほいとの》、「やさしう申したる物かな」とて、錦の直垂を御免《ごめん》ありけるとぞ聞えし。

追いつめられた平家はついに、比叡山大衆《ひえいざんだいしゅ》に助力を要請するが、時すでに遅し、義仲《よしなか》が比叡山大衆を味方に引き入れ、都のすぐそばに迫ってきていた。

寿永《じゅえい》二年（一一八三）七月二十四日の夜更《よふ》け方に、前内大臣宗盛《むねもり》公が建礼門院《けんれいもんいん》（清盛の娘徳子）のいらっしゃる六波羅殿《ろくはらどの》に参って申されるには、「この世の中のありさまは、いくらなんでもこのまま滅びることはあるまいと存じておりましたが、今はこのように最後のようでございます。ただ都の中でどうにでもなろうと、人々は申し合っておられますが、目の前でつらい目をお見せするのも残念ですので、院（後白河法皇）も帝《みかど》（安徳天皇）もお連れ申して、西国の方へ御幸《ごこう》・行幸《ぎょうこう》をおさせ申し上げたいとの考えになっております」と申されたので、女院《にょういん》は、「今はただどうにもこうにも、あなたの計らいしだいでしょう」といって、御衣の袂《たもと》に余るほどの御涙をおさえきれないでおられる。大臣殿《おおいどの》（宗盛）も直衣《のうし》の袖《そで》をしぼるほどに涙で濡《ぬ》らされた。

同《おなじき》七月廿四日のさ夜《よ》ふけがたに、前内大臣宗盛公《さきのないだいじんむねもりこう》、建礼門院《けんれいもんゐん》のわたらせ給ふ六波羅殿へ参ッて申されけるは、「此世《この》のなかの有様さりともと

存じ候《さうら》ひつるに、いまはかうにこそ候めれ。ただ都のうちでいかにもならんと、人々は申しあはれ候へども、まのあたりうき目を見せ参らせむも口惜しう候へば、院をも内をもとり奉ッて、西国のかたへ御幸行幸《ごかうぎやうがう》をもなし参らせて見ばやとこそ思ひなッて候へ」と申されければ、女院《にようゐん》、「今はただともかうも、そこのはからひにてあらんずらめ」とて、御衣《ぎよい》の御袂《おんたもと》にあまる御涙、せきあへさせ給はず。大臣殿《おほいとの》も直衣《なほし》の袖《そで》しぼる計《ばかり》に見えられけり。

都落ちを知った後白河院は、秘かに御所を抜け出し、鞍馬《くらま》へと向った。平家方は誰ひとり院の行方を知らず、みな茫然《ぼうぜん》とする。

さて、法皇が都の内にいらっしゃらないと申すや否や、京全体の騒ぎはひととおりでない。まして平家の人々のあわて騒いでおられるありさまは大変なもので、たとえば家々に敵が打ち入ったとしても、それには限度があるのでこれ以上の騒ぎではあるまいと見えた。ここ幾日か、平家は院も帝もお連れして、西国の方へ御幸・行幸もおさせ申し上げようと準備していられたが、院がこのように平家を捨ててしまわれたので、雨宿りにと頼りにした木の下で雨が防ぎきれないような気持がなさった。

「それにしても、せめて行幸だけでもおさせ申し上げよう」と、午前六時頃に早くも行幸の御輿《みこし》を寄せたところ、天皇は今年六歳、まだ幼少でいらっしゃるので、何もお考えにならず、お乗りになった。天皇の御母、建礼門院が一緒にお乗りになる。内侍所《ないしどころ》・神《しん》璽《じ》・宝剣（八咫鏡《やたのかがみ》・八尺瓊曲玉《やさかにのまがたま》・草薙剣《くさなぎのつるぎ》の三種の神器）をお運び申し上げる。

さる程に、法皇都の内にもわたらせ給はずと申す程こそありけれ、京《きやう》中《ぢゆう》の騒動なのめならず。況《いはん》や平家の人々のあわてさわがれける有様、家々に敵《かたき》の打入りたりとも、かぎりあれば是《これ》には過ぎじとぞ見えし。日比《ひごろ》は平家、院をも内をもとり参らせて、西国の方へ御幸行幸をもなし奉らんと支度せられたりしに、かく打ちすてさせ給ひぬれば、たのむ木《こ》のもとに雨のたまらぬ心地ぞせられける。

「さりとては行幸ばかりなりとも、なし参らせよ」とて、卯剋《うのこく》ばかりに既に行幸の御輿《みこし》寄せたりければ、主上《しゆしやう》は今年《こんねん》六歳、いまだいとけなうましま

せば、なに心もなう召されけり。国母《こくも》建礼門院御同輿《ごとうよ》に参らせ給ふ。内侍所《ないしどころ》、神璽《しんし》、宝剣《ほうけん》わたし奉る。（略）

四 忠度都落《ただのりのみやこおち》

平家の人々は慌ただしく別れを告げ、都を落ちていく。その中で、忠度《ただのり》は引き返し、和歌の師の藤原俊成《しゅんぜい》を訪ねた。

薩摩守《さつまのかみ》忠度が言われるには、「ここ何年もの間、歌のことについてお教えいただいて後、疎略にお思いすることはありませんでしたが、この二、三年は京都の騒ぎ、国々の反乱など、すべて当平家の身の上のことでございますので、歌道をなおざりに考えていたのではありませんけれども、常々お伺いすることもできませんでした。わが君（安徳天皇）はすでに都をお出になりました。一門の運命はもう尽きてしまいました。勅撰《ちょくせん》集《しゅう》の撰集《せんじゅう》があるだろうとのことを承りましたので、生涯の名誉に一首でもご恩をこうむり、入れていただこうと存じておりましたのに、間もなく乱が起って、その沙汰《さた》もないままでおりますこと、私にとってまったく大きな嘆きと存じております。世が鎮まりましたならば、勅撰のご沙汰がございましょう。ここにあります巻物の中に適当なものがありますならば、一首でもご恩をこうむって、入れていただき、草葉の陰ででもうれしいと存じましたなら、遠いあの世から末長くあなたをお守りすることでしょう」といって、日頃詠《よ》んでおかれた多くの歌の中で、秀歌と思われるのを百余首書き集められた巻物を、いざ出発という時に、これを取ってお持ちになっていたが、それを鎧《よろい》の合せ目から取り出して、俊成卿に差し上げた。

三位《さんみ》（俊成）はこれを開けて見て、「このような忘れ形見を頂きました上は、決していい加減には思いますまい。お疑いなさいますな。それにしてもただ今のお越しは、風《ふ》情《ぜい》も非常に深く、しみじみとした思いも特に感ぜられて、感涙をおさえきれません」と言われると、薩摩守は喜んで、「今は西海の波の底に沈むのならば沈んでもよい、山野に屍《かばね》をさらすのならばさらしてもよい、この世に思い残すことはありません。それではお暇《いとま》申して」といって、馬にうち乗り、甲《かぶと》の緒を締め、西に向って馬を進められる。

三位は後ろ姿を遠くまで見送って立っておられると、忠度の声と思われて、「前途程遠し、思いを雁山《がんさん》の夕《ゆうべ》の雲に馳《は》す」（『和漢朗詠集』所収の大江朝綱《あさつな》「餞別《せんべつ》」の前半部。後半の「後会期《こうかいご》遥《はる》かなり……」〈いつ会えるかわからない〉の心を込める）と声高らかに口ずさまれたので、俊成卿はますます名残惜《なごり》しく思われて、こみあげる涙をおさえて邸内に入られる。

その後、世が鎮まって、三位は千載集《せんざいしゅう》（第七代勅撰和歌集。文治三年〈一一八七〉成立）を撰《えら》ばれたが、忠度のあの時のありさま、言い残したことばを、今あらためて思い出して感慨が深かったので、あの巻物の中に、勅撰集に入れてもよさそうな歌はいくらもあったけれども、天皇の咎《とが》めを受けた人なので、名字を公にされず、「故郷の花」という題で詠まれた歌一首だけを、「読人知《よみびと》らず」としてお入れになった。

さざなみや志賀《しが》の都はあれにしをむかしながらの山ざくらかな

――志賀《しが》の旧都（天智天皇の大津京）は（壬申《じんしん》の乱で）荒れてしまったが、長等山《ながらやま》（琵琶湖西岸にある山）の山桜は昔ながらにそのままだなあ

その身が朝敵《ちょうてき》となってしまったからには、とやかく言えないことながら、悲しい残念なことであった。

―― 薩摩守《さつまのかみ》宣《のたま》ひけるは、「年来《としごろ》申し承ッて後、おろかならぬ御事に思ひ参ら

せ候へども、この二三年は京都のさわぎ、国々の乱《みだれ》、併《しか》しながら当家の身の上の事に候間、疎略《そらく》を存ぜずといへども、常に参り寄る事も候はず。君既《すで》に都を出《い》でさせ給ひぬ。一門の運命はやつき候ひぬ。撰集《せんじふ》のあるべき由承り候ひしかば、生涯《しやうがい》の面目《めんぼく》に一首なりとも、御恩《ごおん》をかうぶらうど存じて候ひしに、やがて世の乱《みだれ》いできて、其沙汰《そのさた》なく候条、ただ一身の歎《なげき》と存ずる候《ざうらふ》。世しづまり候ひなば、勅撰《ちよくせん》の御沙汰《ごさた》候はんずらむ。是《これ》に候巻物《まきもの》のうちにさりぬべきもの候はば、一首なりとも御恩を蒙《かうぶ》ッて、草の陰にてもうれしと存じ候はば、遠き御まもりでこそ候はんずれ」とて、日比《ひごろ》読みおかれたる歌共のなかに、秀歌《しうか》とおぼしきを百余首、書きあつめられたる巻物を、今はとてうッたたれける時、是《これ》をとッてもたれたりしが、鎧《よろひ》のひきあはせより取りいでて、俊成卿《しゆんぜいのきやう》に奉る。

三位《さんみ》是《これ》をあけてみて、「かかる忘れがたみを給はりおき候ひぬる上は、ゆめ〳〵疎略《そらく》を存ずまじう候。御疑《うたがひ》あるべからず。さても唯今《ただいま》の御《おん》わたりこそ、情《なさけ》もすぐれてふかう、哀れもことに思ひ知られて、感涙おさへがたう候へ」と宣《のたま》へば、薩摩守悦《よろこ》ンで、「今は西海《さいかい》の浪《なみ》の底に沈まば沈め、山野《さんや》にかばねをさらさばさらせ、浮世《うきよ》に思ひおく事候はず。さらば暇《いとま》申して」とて、馬にうち乗り、甲《かぶと》の緒をしめ、西をさいてぞあゆませ給ふ。

三位うしろを遥《はる》かに見おくッてたたれたれば、忠度《ただのり》の声とおぼしくて、「前途程遠《せんどほどとほ》し、思《おもひ》を雁山《がんさん》の夕《ゆふべ》の雲に馳《は》す」と、たからかに口ずさみ給へば、俊成卿いとど名残《なごり》惜しうおぼえて、涙をおさへてぞ入り給ふ。

其後世《そののちよ》しづまッて、千載集《せんざいしふ》を撰ぜられけるに、忠度のありし有様、いひおきしことの葉、今更《いまさら》思ひ出でて哀れなりければ、彼《かの》巻物のうちに、さりぬべき歌いくらもありけれども、勅勘《ちよくかん》の人なれば、名字《みやうじ》をばあらはされず、「故郷花《こきやうのはな》」といふ題にて、よまれたりける歌一首ぞ、「読人知《よみびと》らず」と入れられける。

さざなみや志賀《しが》の都はあれにしをむかしながらの山ざくらかな

其身《そのみ》朝敵《てうてき》となりにし上は、子細《しさい》におよばずといひながら、うらめしかりし事どもなり。

五 福原落《ふくはらおち》

平家は小松三位中将維盛卿《これもり》のほかは、大臣殿《おおいどの》（宗盛）以下妻子をお連れになったけれども、それより身分の低い人々は、そうそう大勢引き連れて行くこともできないので、次にはいつ会えるかもわからず、みな打ち捨てて落ちて行った。

人はいつの日、いつの時、必ず立ち帰ると、再会の時を定めておいてさえも、それまでの時間は長いものである。ましてやこれは、今日を最後、ただ今限りの別れなので、行く者も止まる者も互いに涙で袖《そで》を濡《ぬ》らした。先祖代々の家来であった恩義、年頃日頃の重恩を、どうしても忘れることができないので、老人も若者も、後ろばかりを振り返り、先へは進むこともできなかった。

あるいは磯辺《いそべ》の波枕《なみまくら》、八重の潮路に日を暮し、あるいは遠い野を分け、険しい山を越えて、馬に鞭《むち》打つ人もあり、船に棹《さお》さす者もあって、各自思い思い、心々に落ちて行った。

平家は小松三位中将維盛卿《こまつのさんみのちゆうじやうこれもりのきやう》の外《ほか》は、大臣殿《おほいとの》以下《いげ》妻子《さいし》を具せられけれども、つぎざまの人共は、さのみひきしろふに及ばねば、後会其期《こうくわいそのご》を知らず、皆うち捨てゝぞ落ち行きける。

人はいづれの日、いづれの時、必ず立帰るべしと、其期《そのご》を定めおくだにも久しきぞかし。況や是《いはんこれ》は今日《けふ》を最後、唯今《ただいま》限りの別《わかれ》なれば、ゆくもとどまるもたがひに袖《そで》をぞぬらしける。相伝譜代《さうでんふだい》のよしみ、年ごろ日比《ひごろ》、重恩《ぢゆうおん》争《いか》でか忘るべきなれば、老いたるもわかきも、うしろのみかへりみて、さきへはすすみもやらざりけり。

或《あるい》は磯べの浪枕《なみまくら》、八重《やへ》の塩路《しほぢ》に日をくらし、或は遠きをわけ、けはしきをしのぎつつ、駒《こま》に鞭《むち》うつ人もあり、舟に棹《さを》さす者もあり、思ひ〳〵心々《こころごころ》におち行《ゆ》きけり。（略）

福原の旧里で一夜を明かされた。季節は初秋で月は下弦の月である。何事もない夜が静かに更けてゆき、旅寝の床の枕《まくら》は涙のために濡《ぬ》れ、秋の露も涙に劣らずしっとりと草葉に落ちて、ただ見るもの、聞くもの、すべて悲しみの種ならぬものはない。いつ帰れようとも思われないので、故入道相国《にゅうどうしょうこく》（清盛）の造っておかれた福原の所々を御覧になると、春は花見を楽しんだ岡《おか》の御所、秋は月見に興じた浜の御所、泉殿《いずみどの》・松陰殿《まつかげどの》・馬場殿《ばどの》、二階の桟敷殿《さじきどの》、雪見の御所、萱《かや》の御所、貴い方々の多くの館《やかた》、五条大納言邦綱《くにつな》卿が命を受けて造進された里内裏《さとだいり》がある。鴛鴦《おしどり》の形の瓦《かわら》、玉を敷きつめたような石畳、そのどれもこれも三年の間に荒れ果てて、年経た苔《こけ》が道をふさぎ、秋の草が門を閉ざしている。瓦に松が生え、垣に蔦《つた》が茂っている。高殿は傾いて苔がむしている。人は誰も訪れず、松風だけが通うのであろうか。簾《すだれ》はなくなり寝室も丸見えである。そういう荒れ果てた家に月の光だけがさし込んでくるのであった。

　夜が明けると、福原の内裏に火をかけて主上（安徳天皇）をはじめ奉って、人々はみなお船に乗られる。都を発った時ほどではないけれども、この時も名残《なごり》は惜しかった。塩をとる海人《あま》の焚《た》く藻《も》の夕煙、山の上の鹿が明け方に鳴く声、渚々に寄せる波の音、涙で濡れた袖《そで》に映る月の光、草むらに鳴くこおろぎの声、目に見え耳に入るすべてのことで、一つとしてあわれをそそり、悲しい思いをさせないということはない。

　昨日は逢坂《おうさか》の関の麓《ふもと》に馬を並べて十万余騎の大軍が出陣したのであったが、今日は西海の波の上に船を浮べて、乗る者は七千余人になってしまった。海の遥かかなたに雲が横たわり、雲も海も静まりかえって、晴れた青空もようやく暮れてゆこうとする。離れ島のあたりを夕霧が包み、月が海上にその影を映して浮んでいる。遠い海の果ての浦々の波を分けて進み、潮に流されて行く船は、ちょうど中空の雲にさかのぼるかのようである。こうして日数がたつと、都はもう山や川が間を隔てて遠く離れ、空のかなたになってしまった。はるばるやって来たことだと思うが、そう思うにつけても、ただ尽きることなく流れ落ちるのは涙である。波の上に白い鳥が群がっているのを平家の人々が御覧になっては、「あれであろう、在原《ありわら》のなにがしが隅田川《すみだがわ》で問いかけた（『伊勢物語』九段「東下り」）という都鳥は。都と聞けばほんとうに名も懐かしいその都鳥だろうか」としみじみとした感慨をもよおしてあわれである。

寿永二年（一一八三）七月二十五日に、平家は都を落ち終った。

福原の旧里《きうり》に一夜《いちや》をこそあかされけれ。折節《をりふし》秋のはじめの月は、しもの弓はりなり。深更空夜《しんかうくうや》閑《しづか》にして、旅ねの床《とこ》の草枕《くさまくら》、露も涙もあらそひて、ただ物のみぞかなしき。いつ帰るべしともおぼえねば、故《こ》入道相国《にふだうしやうこく》の作

りおき給ひし所々《ところどころ》を見給ふに、春は花見の岡《をか》の御所《ごしよ》、秋は月見の浜の御所、泉殿《いづみどの》、松陰殿《まつかげどの》、馬場殿《ばばどの》、二階の桟敷殿《さじきどの》、雪見の御所、萱《かや》の御所、人々の館《たち》共、五条大納言邦綱卿《ごでうのだいなごんくにつなのきやう》の承ッて、造進せられし里内裏《さとだいり》、鴦《をし》の瓦《かはら》、玉の石《いし》畳《だたみ》、いづれも〳〵三年《みとせ》が程に荒れはてて、旧苔《きうたい》道をふさぎ、秋の草門《かど》を閉づ。瓦に松おひ墻《かき》に蔦《つた》しげれり。台傾《たいかたぶ》いて苔《こけ》むせり。松風ばかりや通ふらん。簾《すだれ》たえて閨《ねや》あらはなり。月影のみぞさし入りける。

あけぬれば、福原の内裏に火をかけて、主上《しゆしやう》をはじめ奉りて、人々みな御舟《おふね》に召す。都を立ちし程こそなけれども、是《これ》も名残《なごり》は惜しかりけり。海人《あま》のたく藻《も》の夕煙《ゆふけぶり》、尾上《をのへ》の鹿の暁の声、渚々《なぎさなぎさ》に寄する浪《なみ》の音、袖《そで》に宿かる月の影、千草《ちくさ》にすだく蟋蟀《しつそつ》のきりぎりす、すべて目に見え耳にふるる事、一つとして哀れをもよほし、心をいたましめずといふ事なし。

昨日《きのふ》は東関《とうくわん》の麓《ふもと》にくつばみをならべて十万余騎、今日《けふ》は西海《さいかい》の浪に纜《ともづな》をといて七千余人、雲海沈々《うんかいちんちん》として、青天《せいでん》既に暮れなんとす。孤島《こたう》に夕霧《せきぶ》隔てて、月海上《つきかいしやう》にうかべり。極浦《きよくほ》の浪をわけ、塩にひかれて行く舟は、半天《はんでん》の雲にさかのぼる。日かずふれば、都は既に山川《さんせん》程を隔てて、雲居《くもゐ》のよそにぞなりにける。はるぐ〱きぬと思ふにも、ただつきせぬ物は涙なり。浪《なみ》の上に白き鳥のむれゐるを見給ひては、「かれならん、在原《ありはら》のなにがしの、隅田川《すみだがは》にてこと問ひけん、名もむつましき都鳥《みやこどり》にや」と哀れなり。

寿永二年七月廿五日に、平家都を落ちはてぬ。

平家物語の風景 ④

倶梨迦羅峠《くりからとうげ》

木曾《きそ》義仲《よしなか》は二歳の時に父の源義賢《よしかた》が源義平《よしひら》に討たれたため、乳母の夫中原兼遠《なかはらかねとお》のもとで信濃国《しなののくに》木曽に育った。「力も世にすぐれて強く、心もならびなく剛《かう》なりけり」（巻六「廻文《めぐらしぶみ》」。（本書では割愛）とあるように、たくましく成長した義仲は源頼朝の挙兵を知り、同じく平家打倒を決意して兵を挙げる。木曾から越前へ抜け、北陸道を京へと進軍してゆくと、平家軍十万余騎はこれを討とうと同じ北陸道を下ってゆく。衝突したのが砺波山《となみやま》・倶梨迦羅峠。

北陸道は、敦賀《つるが》の愛発関《あらちのせき》から北へ日本海に沿って越前、加賀、能登、越中、越後、佐渡へ至る、いわゆる「越《こし》の道」。砺波山は能登半島の付け根、越中と加賀の国境にあり、奈良時代には「砺波関《となみのせき》」が設けられている。砺波山を越える倶梨迦羅峠は、現在の富山県小《お》矢部《やべ》市と石川県河北郡津幡《つばた》町の境に当たる。計略に長《た》けた義仲は天然の要害とも言える砺波山に平家を追い込んで急襲、深い倶梨迦羅が谷へと落とす。『源平盛衰記』によると、義仲軍は数百頭の牛の角に松明《たいまつ》をつけて追い落としたという。その後の義仲の進撃を誰も止めることはできなかった。現在、倶梨迦羅峠の辺りは旧街道の未舗装の道が残り、ゆったりと歩いて峠を越すことができる。平家が陣を敷いたという猿ヶ馬場には悲壮な合戦を今に伝える石碑が緑の樹々に染められてひっそりと立つ。山頂の「くりから公園」には、毎年六千本もの八重桜が艶やかに咲き乱れている。

巻第八

❖ あらすじ

寿永《じゆえい》二年（一一八三）七月二十四日夜、平家の都落直前に脱出した後白河院は鞍馬《くらま》から比叡山《ひえいざん》へ逃げ、二十八日に都へ戻る。護衛役は義仲《よしなか》の五万余騎。他にも行家《ゆきいえ》や源氏の諸将が都に入る。

八月十日、義仲らに論功行賞を行い、十六日、平家一門の官職を解く。

二十日、安徳《あんとく》天皇弟の四の宮（後鳥羽《ごとば》天皇）が践祚《せんそ》する。

一方、平家一門は筑前国太宰府《ちくぜんのくにだざいふ》に着き、内裏《だいり》造営を決める。しかし朝廷は豊後国司《ぶんごのこくし》に平家追討を命じる。その命を受けた豊後の緒方維義《おがたこれよし》が三万余騎で攻め寄せると聞き、一門は太宰府を落ちてさまよい、豊前の柳が浦に渡り、再び海上に漂う。清経《きよつね》は将来を悲観して入水する。その後、四国の屋島《やしま》を御所と定める。

後白河院は鎌倉の頼朝に征夷大将軍を授ける。気品と人を圧する威厳を備えた頼朝に対し、教養もなく粗野な義仲は都で傍若無人に振る舞い、田舎者と人々に笑われ、評判を落とす。

平家は屋島にあって瀬戸内海を掌握する。閏十月。義仲は備中水島《びつちゆうみずしま》で敗れ、行家は播磨室山《はりまむろやま》で敗れる。

都では源氏の武士の横暴が目に余っていた。院側近の鼓判官《つづみほうがん》平知康《ともやす》が義仲に嘲弄《ちようろう》されたことを恨み、讒《ざん》言《げん》する。後白河院は義仲追討を決意し、戦闘準備を始める。義仲は十一月十九日、法住寺の院御所に攻め寄せる。院、新帝は捕えられ、義仲は権力を掌握し、四十九人の官職を解く。

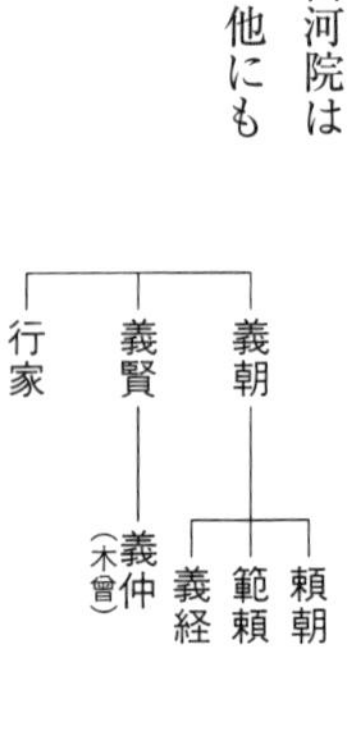

■太宰府落《だざいふおち》

後白河院は、七月二十八日、義仲に守られて帰京した。安徳天皇の弟宮が践祚《せんそ》、新帝（後鳥羽天皇）となった。一方、平家一門は太宰府に着き、内裏造営を決める。しかし、朝廷から国司を通じて、緒方維義《おがたこれよし》に平家追討の命が下る。九州の武士たちは維義に従う。

緒方三郎維義が三万余騎の軍勢でいよいよ攻めてくるとの噂《うわさ》が聞えてきたので、平家は取るものも取りあえず太宰府を落ちられる。あれほどに頼もしかった天満天神《てんまてんじん》（太宰府天満宮）の注連縄《しめなわ》の辺りを心細くも立ち離れ、輿《こし》をかつぐ者もいないので、葱花輦《そうかれん》や鳳輦《ほうれん》（天皇が即位・遷幸などに用いる輿）はただ話に聞くだけで今はなく、天皇は腰輿《ようよ》（前後二人が腰で支えて運ぶ簡略な輿）にお乗りになった。国母《こくも》（建礼門院《けんれいもんいん》）をはじめとして、身分の高い女房たちは、袴《はかま》の股立《ももだち》をとり、大臣殿《おおいどの》（宗盛《むねもり》）以下の公卿《くぎょう》・殿上人《てんじょうびと》は指貫《さしぬき》の股立を袴の紐《ひも》にはさみ、水城《みずき》（天智《てんち》天皇が太宰府の北に築いた堤）の戸を出て、はだしで歩き、我先にと急いで箱崎《はこざき》の津（博多湾に臨む港）にお落ちになる。

平家は、緒方三郎維義《をかたのさぶらうこれよし》が三万余騎の勢にて既《すで》に寄すと聞えしかば、とる物もとりあへず太宰府《だざいふ》をこそおち給へ。さしもたのもしかりつる天満天神《てんまんてんじん》のしめのほとりを、心ぼそくもたちはなれ、駕輿丁《かよちやう》もなければ、葱花《そうくわ》、鳳《ほう》輦《れん》はただ名のみ聞きて、主上腰輿《しゆしやうえうよ》に召されけり。国母《こくも》をはじめ奉ッて、やンごとなき女房達、袴《はかま》のそばをとり、大臣殿《おほいとの》以下《いげ》の卿相雲客《けいしやううんかく》、指貫《さしぬき》のそばをはさみ、水城《みづき》の戸を出でて、かちはだしにて我さきに前《さき》にと箱崎《はこざき》の津《つ》へこそ落ち給へ。（略）

平家一門は、山鹿兵藤次秀遠《やまがひようどうじひでとう》に連れられ、山鹿（福岡県遠賀郡芦屋町）の城へと逃れるが、そこにも敵が攻めてくるというので、豊前国《ぶぜんのくに》の柳が浦（北九州市門司区。関門海峡に面する）に移る。しかしそこも安住の地ではなかった。

また長門《ながと》から源氏が攻めて来ると噂《うわさ》が伝わったので、海人小船《あまおぶね》（漁師の乗る小舟）に大勢乗り込んで、海に出られた。小松殿《こまつどの》（重盛）の三男、左中将清経《きよつね》はもともと何事も思いつめる人なので、「都を源氏のために攻め落とされ、九州を維義《これよし》のために追い出される。網にかかった魚のようだ。どこへ行ったら逃れることができようか。いつまでもながらえきれる身でもない」と考えて、月夜に心をすまし、船の屋形《やかた》の傍らに出て、横笛で音《ね》を取って朗詠をして音楽に浸っておられたが、静かに経を読み念仏を唱えて、海に沈まれた。男も女も泣き悲しんだけれどもどうしようもない。

長門国（山口県の一部）は新中納言知盛《とももり》卿の国であった。国守の代官は紀伊刑部大夫《きいのぎようぶのたいふ》道資《みちすけ》という者である。平家が多くの小船に乗られたということを承って、大船を百余艘《そう》調えて献上する。平家はこれに乗り移り、四国の地に渡られた。重能《しげよし》（阿波民部《あわのみんぶ》重能。平家の有力な家人《けにん》）の命令として、四国の者をかり集めて、讃岐《さぬき》の屋島《やしま》（高松市北部、瀬戸内海に突き出た島）に形ばかりの板屋根の内裏《だいり》・御所を造らせた。内裏が出来るまでは粗末な民屋《みんおく》を皇居とするわけにもいかないので、船を御所と定めた。

又長門《ながと》より源氏《げんじ》寄すと聞えしかば、海士小舟《あまをぶね》に取乗《とりの》りて、海にぞうかび給ひける。小松殿《こまつどの》の三男左《さんなんひだん》の中将清経《ちゆうじやうきよつね》は、もとより何事も思ひいれたる人なれば、「都をば源氏がためにせめおとされ、鎮西《ちんぜい》をば維義《これよし》がために追ひ出《いだ》さる。網《あみ》にかかれる魚《うを》のごとし。いづくへゆかばのがるべきかは。な

がらへはつべき身にもあらず」とて、月の夜心をすまし、舟の屋形《やかた》にたちいでて、横笛《やうでう》ねとり朗詠《らうえい》してあそばれけるが、閑《しづか》に経《きやう》よみ念仏《ねんぶつ》して、海にぞ沈み給ひける。男女《なんによ》泣きかなしめども甲斐《かひ》ぞなき。

長門国《ながとのくに》は新中納言知盛卿《しんぢゆうなごんとももりのきやう》の国なりけり。目代《もくだい》は紀伊刑部大夫道資《きいのぎやうぶのたいふみちすけ》といふ者なり。平家の小舟《こぶね》どもに乗り給へる由承ッて、大舟百余艘《おほぶねひやくよさう》点じて奉る。平家これに乗りうつり、四国《しこく》の地《ち》へぞわたられける。重能《しげよし》が沙汰《さた》として、四国の内《うち》をもよほして、讃岐《さぬき》の八島《やしま》にかたのやうなる板屋《いたや》の内裏《だいり》や御所をぞつくらせける。其程《そのほど》はあやしの民屋《みんをく》を皇居《くわうきよ》とするに及ばねば、舟を御所とぞ定めける。

二 征《せい》夷《い》将軍《しようぐん》院《いん》宣《ぜん》

一方、源頼朝《よりとも》には征夷大将軍の院宣が下される。十月十四日、使者の中原康定《なかはらのやすさだ》が鎌倉に到着した。翌日、頼朝は康定に堂々と対面する。

次の日、康定は兵衛佐《ひようえのすけ》頼朝の館《やかた》に向う。内侍《うちさぶらい》・外侍《とざぶらい》（侍の詰所）があり、共に十六間《けん》

（一間は柱と柱の間の長さ）である。外侍には家子《いえのこ》・郎等《ろうどう》が肩を並べ、膝《ひざ》を組んで列座している。内侍には一門の源氏が上座《じょうざ》につき、末座には大名・小名が列座している。源氏の上座に康定をすわらせられる。かなり時間が経って寝殿の方へ行く。広廂《ひろびさし》に紫の縁《へり》の畳を敷いて、康定をすわらせられる。上座には高麗縁《こうらいべり》の畳を敷いて、御簾《みす》を高く上げさせ、兵衛佐殿がお出になった。無紋の狩衣《かりぎぬ》に立烏帽子《たてえぼし》をかぶる。顔が大きく、背は低かった。容貌《ようぼう》は優美で、ことばがはっきりしている。

まず詳しい事情をひとつひとつお述べになる。「平家は頼朝の威勢に恐れて都を落ち、そのあとに木曾冠者義仲《きそのかんじゃよしなか》、十郎蔵人行家《くらんどゆきいえ》が入り込んで、自分の手柄顔に官位を思いどおりにし、それに加えて領国をより好みするのはけしからんことである。奥州《おうしゅう》の秀衡《ひでひら》が陸奥守《むつのかみ》になり、佐竹四郎高義《たかよし》が常陸守《ひたちのかみ》になりましたといって、頼朝の命令に従わない。急ぎ追討せよとの院宣をいただきたいと存じます」。

＊頼朝が受けた征夷大将軍の院宣は、史実では建久《けんきゅう》三年（一一九二）のこと。物語ではそれを十年ほどさかのぼらせて頼朝に与え、以後の頼朝の行動の正当性を裏付ける。

—次日兵衛佐《つぎのひひやうゑのすけ》の館《たち》へむかふ。内外《うちと》に侍《さぶらひ》あり。共《とも》に十六間《けん》なり。外侍《とざぶらひ》には家《いへ》子郎等《のこらうどう》肩をならべ、膝《ひざ》を組んでなみゐたり。内侍《うちさぶらひ》には一門《いちもん》の源氏《げんじ》上座《しやうざ》して、末座《ばつざ》に大名小名《だいみやうせうみやう》なみゐたり。源氏の座上《ざしやう》に康定《やすさだ》をすゑらる。良《やや》あッて寝殿《しんでん》へ向ふ。広廂《ひろびさし》に紫《むらさき》の縁《へり》の畳《たたみ》をしいて、康定をすゑらる。うへには高麗縁《かうらいべり》の畳を敷き、御簾《みす》たかくあげさせ、兵衛佐殿出られたり。布衣《ほうい》に立烏帽子《たてえぼし》なり。顔《かほ》大きに、せいひきかりけり。容貌優美《ようはういうび》にして言語分明《げんぎよふんみやう》なり。

まづ子細《しさい》を一々のべ給ふ。「平家頼朝《よりとも》が威勢《ゐせい》におそれて都をおち、その跡《あと》に木曾《きそ》の冠者《くわんじや》、十郎蔵人《じふらうくらんど》うちいりて、わが高名《かうみやう》がほに官加階《くわんかかい》を思ふ様《さま》になり、剰《あまつさ》へ国をきらひ申す条《でう》、奇怪《きつくわい》なり。奥《おく》の秀衡《ひでひら》が陸奥守《むつのかみ》になり、佐竹《さたけの》四郎高義《しらうたかよし》が常陸守《ひたちのかみ》になッて候《さうらふ》とて、頼朝が命《めい》にしたがはず。いそぎ追討《ついたう》すべきよしの院宣《ゐんぜん》を給はるべう候」。

三 猫間《ねこま》

康定《やすさだ》は都に上り院の御所に参り、御所の中庭で関東の様子を詳細に申し上げると、法皇も感心なさった。公卿《くぎやう》・殿上人《てんじやうびと》もみな上機嫌で笑われた。兵衛佐頼朝《ひやうえのすけよりとも》はこのように立派でいらっしゃったのに、木曾左馬頭義仲《きそのさまのかみよしなか》は都の守護をしていたが、立居振舞の無骨さ、何か言う時のことばづかいの野卑なことは甚だしいものがある。それももっともなことよ、信濃国《しなののくに》の木曾という山里に二歳から三十まで住み馴《な》れていたので、どうして礼儀を知るはずがあろう。

ある時、猫間《ねこま》中納言光隆《みつたか》卿という人が木曾に相談なさらねばならぬことがあって、木曾の館《やかた》においでになった。郎等《ろうどう》たちが、「猫間殿が見参《げんざん》して（お目にかかって）相談すべきことがあるといって、おいでになっています」と申すと、木曾は大笑いして、「猫は人に見参《げんぞう》するのか」。「この人は猫間中納言と申す公卿でいらっしゃいます。（猫間は）お宅の場所の名と思われます」と申すと、木曾は、「それならば」といって対面する。やはり猫間殿とは言えずに、「猫殿が珍しく来られたのだから食事を用意せよ」と言われた。中納言はこれを聞いて、「今、食事などとんでもない」と言われると、「どうして、食事時に来られたのに、そのまま何も出さぬということがあろう」。なんでも新鮮なものを無塩《ぶえん》（保存のための塩をきかせていない生鮮魚介類をさす言葉）というと思い込んで、「ここに無塩の平茸《ひらたけ》がある。早く早く」と準備させる。

根井小弥太《ねのいのこやた》が給仕する。田舎風《いなかふう》の蓋付椀《ふたつきわん》の非常に大きく深いのに、飯を山盛りによそい、おかず三品に、平茸の汁で差し上げた。木曾の前にも同じように据えた。木曾は箸《はし》をとって食べる。猫間殿は椀がうすぎたないので、召し上がらなかったところ、「それは義仲の精進用（仏事用）の椀だぞ」という。中納言は召し上がらないのもやはり具合がわるいので、箸をとって召し上がるふりをした。木曾はこれを見て、「猫殿は小食でいらっしゃったよ。有名な猫おろし（猫が食べ残す真似《まね》）をなさった。かき込まれよ」とせめたてた。中納言はこんなことに興がさめて、ご相談なさるべきことも一言も言い出さず、そのまま急いで帰られた。

このような義仲の田舎者ぶりに人心は離れ、後白河院との関係も悪化していく。その後、義仲は、屋島を拠点に瀬戸内海を掌握した平家軍に、備中《びつちゆう》の水島《みずしま》で、続いて播磨《はりま》の室山《むろやま》で敗れる。また一方、都では、義仲軍の武士の横暴・非礼が目にあまり、ついに院は義仲追討を決意する。しかし逆に、御所に攻め込んだ義仲に、院と後鳥羽天皇は捕えられてしまうのであった。

康定《やすさだ》都へのぼり院参《ゐんざん》して、御《お》坪《つぼ》の内にして、関東《くわんとう》のやうつぶさに奏聞《そうもん》しければ、法皇《ほふわう》も御感《ぎよかん》ありけり。公卿殿上人《くぎやうてんじやうびと》も皆《みな》ゑつぼにいり給へり。兵衛《ひやうゑの》

佐《すけ》はかうこそゆゆしくおはしけるに、木曾《きそ》の左馬頭《さまのかみ》、都の守護《しゆご》してありけるが、たちゐの振舞《ふるまひ》の無骨《ぶこつ》さ、物いふ詞《ことば》つづきのかたくななる事かぎりなし。理《ことわり》かな、二歳《さい》より信濃国木曾《しなののくにきそ》といふ山里に三十まで住みなれたりしかば、争《いか》でか知るべき。

或時《あるとき》猫間中納言光隆卿《ねこまのちゆうなごんみつたかのきやう》といふ人、木曾に宣《のたま》ひあはすべき事あッておはしたりけり。郎等《らうどう》ども、「猫間殿の見参《げンざん》にいり、申すべき事ありとて、いらせ給ひて候《さうらふ》」と申しければ、木曾大きにわらッて、「猫は人にげんざうするか」。「是《これ》は猫間の中納言殿と申す公卿《くぎやう》でわたらせ給ふ。御宿所《ごしゆくしよ》の名とおぼえ候」と申しければ、木曾、「さらば」とて対面《たいめん》す。

猶《なほ》も猫間殿とはえいはで、「猫殿のまれ〳〵わいたるに物よそへ」とぞ宣ひける。中納言是を聞いて、「ただいまあるべうもなし」と宣へば、「いかがけどきにわいたるにさてはあるべき」。何もあたらしき物を無塩《ぶえん》といふと心えて、「ここに無塩の平茸《ひらたけ》あり。とう〳〵」といそがす。

根井《ねのゐ》の小弥太陪膳《こやたはいぜん》す。田舎合子《ゐなかがふし》のきはめて大きにくぼかりけるに、飯《はん》うづたかくよそひ、御菜三種《ごさいさんじゆ》して、平茸の汁《しる》で参らせたり。木曾がまへにも同じ体《てい》にてすゑたりけり。木曾箸《はし》とッて食《しよく》す。猫間殿は合子《がふし》のいぶせさに召さざりければ、「それは義仲《よしなか》が精進合子《しやうじんがふし》ぞ」。中納言召さでもさすがあしかるべければ、箸《はし》とッて召すよししけり。木曾是を見て、「猫殿は小食《せうじき》におはしけるや。きこゆる猫おろしし給ひたり。かい給へ」とぞせめたりける。中納言かやうの事に興《きよう》さめて、宣ひあはすべきことも一言《いちごん》もいださず、軈《やが》ていそぎ帰られけり。

義仲寺《ぎちゅうじ》

北陸から京に上った木曾義仲《きそよしなか》は、「朝日《あさひ》将軍」として都の軍事支配権を掌中に収めたものの、幼少期を京都で過した頼朝に比べて根っからの田舎者、粗暴で無教養な義仲のふるまいに、後白河院は都から遠ざけようとする。次の巻第九で義仲は頼朝の派遣した義経軍と宇治川《うじがわ》で衝突、近江《おうみ》大津の打出《うちで》の浜ではわずか主従二騎となって、ついに「粟津《あわづ》の松原」で討ち死にする。

その粟津からほど近い膳所《ぜぜ》に、義仲を葬ったという義仲寺がある。天文二二年(一五五三)に近江守護の佐々木(六角)高頼が義仲の菩提《ぼだい》を弔うために建立し、当初は義仲堂、義仲庵と呼ばれた。生前は嫌われ者だった義仲、後世はそのカリスマ性と、都人に忌避されて落ちていく悲劇的な最期に哀感を抱かれるようになり、江戸期には義仲を慕う多くの俳人たちがこの寺を訪れた。なかでも近江の風物を愛した松尾芭蕉《ばしょう》は、ここに自分の墓を建てるよう遺言し、義仲を祀《まつ》る宝篋印塔《ほうきょういんとう》の隣にその墓がある。門人・島崎又玄《ゆうげん》の句碑には「木曾殿と背中合せの寒さかな」。

粟津は近江八景の一つ「粟津の晴嵐《せいらん》」として名高い。晴嵐の意味は晴れた日の霞《かすみ》、松葉のこすれる音、など諸説があるが、青々と輝く琵琶湖を望む風景に、清々しいこの言葉は似合う。義仲が討たれた松原そのものはないが、湖沿いの遊歩道「膳所・晴嵐の道」には松並木が復元され、義仲の最期を偲《しの》ぶようすがとなっている。

巻第九

あらすじ

寿永《じゅえい》三年（一一八四）正月十三日、義仲《よしなか》が平家追討に出発しようとした矢先、頼朝が義仲追討軍を差し向けたことを知り、急ぎ迎え撃つ準備をする。二十一日、義経・範頼《のりより》を大将軍とした義仲追討軍は、宇《う》治《じ》・勢田《せた》も突破し、入京した義経は後白河院御所を守護する。敗色の濃い義仲は、乳母子《めのとご》の今井兼平《かねひら》の安否を気遣って勢田に向い、大津の打出《うちで》の浜で巡り会う。女武者巴《ともえ》は義仲の厳命により戦場を離れる。残った二人は最期を遂げる。義仲の短い天下は終りを告げる。

一方、平家は、難攻不落の一谷《いちのたに》に居を構えるまでに勢力を回復していた。平家追討の命を受けた義経と範頼は、二月四日出発する。搦手《からめて》の義経は播磨《はりま》と丹波《たんば》の境、三草《みくさ》で夜討ちをかけ、七日、勝ちに乗じて鵯越《ひよどりごえ》の背後に迂回《うかい》して一気に駆け降り、屋形に火をかける。

平家は総崩れとなり、人々の無残な最期が語られる。だまし討ちにあった越中前司盛俊《えっちゅうのぜんじもりとし》、自害して果てた忠度《ただのり》、捕虜となった重衡《しげひら》、熊谷次郎直実《くまがいじろうなおざね》に討たれた敦盛《あつもり》。知盛《とももり》は子息知章《ともあきら》らの犠牲によって逃れる。船が沈み敵に首を斬《き》られた師盛《もろもり》。安徳天皇一行は海を漂い、屋島を御所と定める。通盛《みちもり》の妻の小宰相《こざいしょう》は入水し、夫の後を追う。

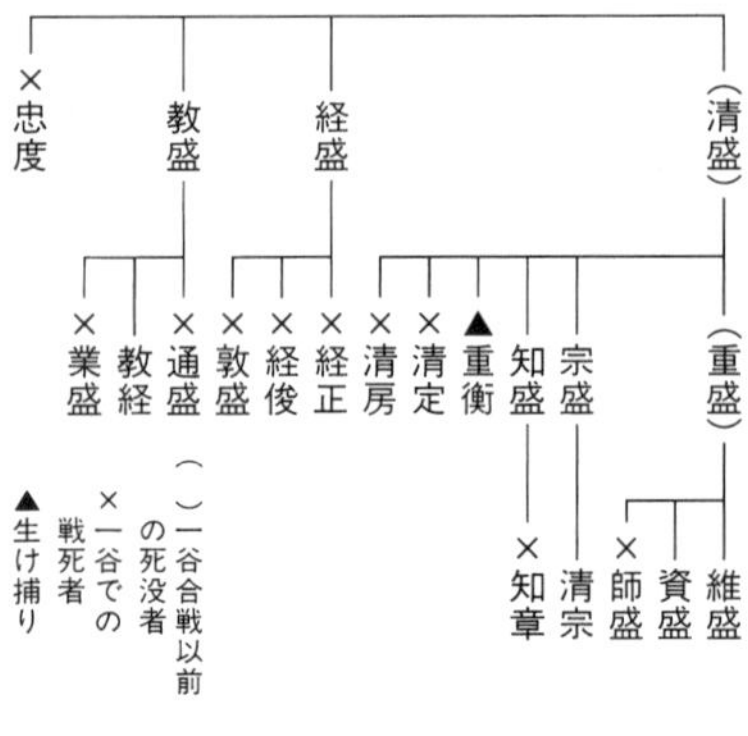

一 生《いけ》ずきの沙汰《さた》

寿永《じゆえい》三年（一一八四）正月十一日に、木曾左馬頭義仲《きそのさまのかみよしなか》が院に参って、平家追討のために西国へ向けて出発するつもりであることを申し上げる。同月十三日、いよいよ出発すると噂《うわさ》のたった頃に、東国から前兵衛佐頼朝《さきのひょうえのすけよりとも》が、木曾の狼藉《ろうぜき》をしずめようと数万騎の軍兵《ぐんびょう》を上京させていらっしゃったのが、すでに美濃国《みののくに》・伊勢国《いせのくに》に着いているとの噂が耳に入ったので、木曾はたいそう驚いて、宇治《うじ》（宇治川にかかっていた宇治橋）・勢田《せた》（大津市の瀬田川にかかっていた瀬田の唐橋《からはし》）の橋板を引きはずして、軍兵どもを分けて派遣する。ちょうど手もとの軍勢も少なかった。勢田の橋は軍《いくさ》の正面であるからということで、今井四郎兼平《かねひら》を八百余騎付けて派遣する。宇治橋へは、仁科《にしな》・高梨《たかなし》・山田次郎を五百余騎付けて派遣する。一口《いもあらい》（京都府久世郡久御山町。木津川と淀川の合流点）へは、伯父の信太《しだ》三郎先生義憲《せんじょうよしのり》が三百余騎を率いて向った。東国から都へ攻め上る大手の大将軍は、蒲御曹司範頼《かばのおんぞうしのりより》（頼朝の弟で、義経の兄）、搦手《からめて》の大将軍は、九郎御曹司義経《よしつね》、主だった大名が三十余人、総計その軍勢は六万余騎であるということであった。

その頃、鎌倉殿（頼朝）のもとに、いけずき・する墨《すみ》という名馬があった。いけずきを梶原源太景季《かじわらげんたかげすえ》（梶原平三景時《へいぞうかげとき》の長男）がしきりに所望申したけれども、鎌倉殿は、「万一の事があるような時、武装して頼朝が乗ろうと思っている馬だ。する墨もいけずきに劣らぬ名馬だぞ」といって、梶原にはする墨をお与えになった。ところが、佐々木四郎高綱《たかつな》（保元・平治の乱で、源頼朝に従い奮戦した佐々木秀義の四男）が出陣の挨拶《あいさつ》を申しに参った際に、鎌倉殿はどうお思いになったのだろうか、「いけずきを所望する者はたくさんいるのだが、それを承知して受け取れ」といって、いけずきを佐々木にお与えになる。

佐々木が畏《かしこ》まって申すには、「高綱はこの御馬で宇治川《うじがわ》をまっ先に渡るつもりでおります。宇治川で佐々木が死にましたと、もしもお聞きになりましたならば、それは人に先陣を越されたのだとお思いください。まだ生きているとお聞きになりましたならば、きっと先陣はしたのであろうとお思いください」と申して、御前を退出する。その場に参っていた大名・小名はみな、「大きな口をきく奴だな」とささやき合った。

一　同《おなじき》　正月十一日、木曾左馬頭義仲《きそのさまのかみよしなか》院参《ゐんざん》して、平家追討のために西国《さいこく》へ発《はっ》向《かう》すべきよし奏聞《そうもん》す。同《おなじき》十三日、既に門出《かどいで》ときこえし程に、東国《とうごく》より前《さきの》兵衛佐頼朝《ひやうゑのすけよりとも》、木曾が狼籍《らうぜき》しづめんとて、数万騎《すまんぎ》の軍兵《ぐんびやう》をさしのぼせられけるが、すでに美濃国《みののくに》、伊勢国《いせのくに》につくときこえしかば、木曾大きにおどろき、宇治《うぢ》、勢田《せた》の橋をひいて、軍兵どもをわかちつかはす。折ふし、勢《せい》もなかりけり。勢田の橋は大手《おほて》なればとて、今井四郎兼平《いまゐのしらうかねひら》八百余騎でさしつかはす。宇治橋《うぢはし》へは、仁科《にしな》、高梨《たかなし》、山田《やまだ》の次郎《じらう》五百余騎でつかはす。一《いも》口《あらひ》へは伯父《をぢ》の信太《しだ》の三郎先生義憲《さぶらうせんじやうよしのり》三百余騎でむかひけり。東国よりせめのぼる大手の大将軍《たいしやうぐん》は、蒲《かば》の御曹司《おんざうし》範頼《のりより》、搦手《からめて》の大将軍は九郎御曹司《くらうおんざうし》義経《よしつね》、むねとの大名《だいみやう》三十余人、都合其勢六万余騎とぞ聞えし。

其比鎌倉殿《そのころかまくらどの》にいけずき、する墨《すみ》といふ名馬あり。いけずきをば梶原源太《かぢはらげんだ》景季《かげすゑ》しきりに望み申しけれども、鎌倉殿、「自然《しぜん》の事のあらん時、物具《もののぐ》して頼朝が乗るべき馬なり。する墨もおとらぬ名馬ぞ」とて、梶原にはする墨をこそたうだりけれ。佐々木四郎高綱《ささきしらうたかつな》が暇《いとま》申しに参ッたりけるに、鎌倉殿いかがおぼしめされけん、「所望《しよまう》の者はいくらもあれども、存知《ぞんぢ》せよ」とて、いけずきを佐々木にたぶ。

佐々木畏《かしこま》ッて申しけるは、「高綱この御馬で宇治河のまッさきわたし候《さうらふ》べし。宇治河で死にて候ときこしめし候はば、人にさきをせられてンげりとおぼしめし候へ。いまだいきて候ときこしめされ候はば、さだめて先陣はしつらん物をとおぼしめされ候へ」とて、御前《おんまへ》をまかりたつ。参《さん》会《くわい》したる大名、小名《せうみやう》みな、「荒涼《くわうりやう》の申しやうかな」とささやきあへり。

各自鎌倉を出発して、足柄《あしがら》（神奈川県箱根山の北側の峠）を通って行く者もあり、箱根を越えて行く人もある。思い思いに都に上って行く時に、駿河国浮島《するがのくにうきしま》が原《はら》（静岡県沼津市と富士市の中間にある砂丘地帯）で、梶原源太《かじわらげんた》景季《かげすえ》は高い所に上がり、しばらく足を止めてたくさんの馬を見たところ、思い思いの鞍《くら》を置いて、さまざまな色の鞦《しりがい》（馬にかける緒）をかけ、馬の差し縄（口につける綱）をとって引かせるのもあれば、馬の左右から両口《もろくち》にとって引かせるのもあり、その数は幾千万あるかもわからぬほど多い。人々が、馬を引いて通り引いて通りした中でも、自分が鎌倉殿からいただいたする墨よりまさる馬はいないと、梶原がうれしく思って見ているところに、いけずきらしい馬が

出て来た。金覆輪《きんぷくりん》の鞍を置いて、小総《こぶさ》（房飾り）の鞦をかけ、口から白い泡を吹き出しており、下人《げにん》がたくさんついていたけれども、それでも綱を引いて押えることもできず、躍り上がるようにしながら出て来た。

梶原源太はさっと傍《そば》に寄って、「それは誰の御馬か」。「佐々木殿の御馬でございます」。その時に梶原は、「けしからんことである。同じように召し使われている景季から佐々木に思い変えられたのは本当に恨めしい。都へ上って、木曾殿のご家来で四天王と名の高い今井・樋口《ひぐち》・楯《たて》・根井《ねのい》と勝負して死ぬか、そうでなければ西国へ向って、一人当千（一人で千人分の力をもつ）と評判のある平家の侍どもと戦って死のうと思っていたが、こういう兵衛佐殿《ひようえのすけ》（頼朝）のお気持ではそんなことをしてもしようがない。ここで佐々木に勝負をいどんで刺しちがえ、よい侍が二人死んで、兵衛佐殿に損をおさせ申そう」とつぶやいて佐々木の現れるのを待ち受けた。

佐々木四郎は何も考えずに馬に乗って歩ませて出て来た。梶原は自分の馬を佐々木の馬に並べて組もうか、正面から馬をぶつけて落そうかと思ったが、まずことばをかけた。「やあ佐々木殿、いけずきを殿から頂戴なさっていますな」と言ったので、佐々木は、「ああ、この人も内々所望していると聞いたものを」と、とっさに思い出して、「そのことでございますよ。この度の君の一大事に都に上りますが、きっと宇治《うじ》・勢田《せた》の橋板を引きはずしているでしょう。それなのに乗って川を渡れるような馬はない。いけずきを申し受けたいとは思うけれども、梶原殿が所望されたのにも殿のお許しがないとお聞きしたので、まして高綱が所望してもまさかいただけまいと思って、後日どのようなお咎《とが》めがあってもかまわないと考えて、明け方には出発しようというその前夜、下人《げにん》と心を合せて、あれほどご秘蔵していらしたいけずきを見事に盗みおおせて都に上るのですが、どうですか」と言ったので、梶原はこのことばに立腹もおさまって、「憎らしい、それならば景季も盗めばよかったのに」といって大声で笑って立ち去った。

おの〳〵鎌倉をたッて、足柄《あしがら》をへてゆくもあり。箱根《はこね》にかかる人もあり。思ひ〳〵にのぼるほどに、駿河国浮島《するがのくにうきしま》が原《はら》にて、梶原源太景季《かぢはらげんだかげすゑ》高き所にうちあがり、しばしひかへておほくの馬どもを見ければ、思ひ〳〵の鞍《くら》おいて、色々の鞦《しりがい》かけ、或《あるい》は乗口《のりくち》にひかせ、或《あるい》は諸口《もろくち》にひかせ、幾千万《いくせんばん》といふ数を知らず。引きとほし引きとほししける中にも、景季が給はッたるする墨にまさる馬こそなかりけれと、うれしう思ひて見る処《ところ》に、いけずきとおぼしき馬こそ出で来たれ。黄覆輪《きンぷくりん》の鞍おいて、小総《こぶさ》の鞦《しりがい》かけ、白泡《しらあわ》かませ、舎人《とねり》あまたついたりけれども、なほひきもためず、をどらせて出できたり。

梶原源太うち寄ッて、「それはたが御馬ぞ」。「佐々木殿の御馬候《ざうらふ》」。其《その》時《とき》梶原、「やすからぬ物なり。同じやうに召しつかはるる景季を佐々木におぼしめしかへられけるこそ遺恨《ゐこん》なれ。みやこへのぼッて、木曾殿《きそどの》の御内《みうち》に四天王ときこゆる今井《いまゐ》、樋口《ひぐち》、楯《たて》、根井《ねのゐ》にくんで死ぬるか、しからずは西国へむかうて、一人当千《いちにんたうぜん》ときこゆる平家の侍《さぶらひ》どもといくさして死なんとこそ思ひつれども、此御気色《このごきそく》ではそれもせんなし。ここで佐々木にひッくみさしちがへ、よい侍二人《ににん》死ンで、兵衛佐《ひやうゑのすけ》殿に損とらせ奉らむ」とつぶやいてこそ待ちかけたれ。

佐々木四郎はなに心もなくあゆませて出できたり。梶原、おしならべてやくむ、むかう様《さま》にやあておとすと思ひけるが、まづ詞《ことば》をかけけり。「いかに佐々木殿、いけずきたまはらせ給ひてさうな」といひければ、佐々木、「あッぱれ、此仁《このじん》も内々《ないない》所望すると聞きし物を」と、きッと思ひいだして、「さ候へばこそ。此御大事にのぼりさうが、定めて宇治《うぢ》、勢田《せた》の橋をばひいて候らん。乗ッて河わたすべき馬はなし。いけずきを申さばやとは思へども、梶原殿の申されけるにも、御《おん》ゆるされないと承る間、まして高綱が申すとも、よも給はらじと思ひつつ、後日《ごにち》にはいかなる御勘当《ごかんだう》もあらばあれと存じて、暁たたんとての夜《よ》、舎人《とねり》に心をあはせて、さしも御秘蔵《ごひさう》候いけずきをぬすみすまいて、のぼりさうはいかに」といひければ、梶原この詞《ことば》に腹がゐて、「ねッたい、さらば景季もぬすむべかりける物を」とて、どッとわらッてのきにけり。

二 宇治川先陣《うじがわのせんじん》

さて、範頼《のりより》軍は勢田《せた》に、義経《よしつね》軍は宇治《うじ》に到着した。それを義仲《よしなか》軍も待ち受けていた。

時は正月二十日過ぎのことなので、比良《ひら》の高嶺、志賀《しが》の山（いずれも琵琶湖西岸の山）、昔ながらの長等山《ながらやま》（志賀の山に連なる山）などの雪も消え、谷々の氷が解けて、ちょうど川の水は増していた。川一面に白波が満ちあふれて流れ落ち、瀬枕《せまくら》が大きく盛り上がって滝のように音を立て、逆巻く水も速かった。夜はすでにほのぼのと明けてゆくが、川霧が深く立ちこめて、馬の毛も鎧《よろい》の毛も色合がはっきりしない。

この時大将軍の九郎御曹司《くろうおんぞうし》（義経）は、川の端《はた》に進み出て、水面を見渡して、人々の気持を見ようと思われたのだろうか、「どうしよう、淀《よど》（京都市伏見区。桂川、宇治川、木津川の合流点）・一口《いもあらい》（一五五頁参照）へまわるべきか、ここにいて流れの弱まるのを待つべきか」と言われると、畠山重忠《はたけやましげただ》が、その頃はまだ生年二十一になったところであったが、進み出て申すには、「鎌倉で十分にこの川についてのご指示はありましたぞ。御曹司のご存じでない海や川が急にできでもしたのならともかく、この川は近江《おうみ》の湖（琵琶湖）から流れ出た川なので、いくら待っても水はひくまい。橋を再び誰がかけてさしあげられようか。治承《じしょう》の合戦（以仁王の挙兵）に、足利又太郎忠綱《あしかがのまたたろうただつな》は鬼神であったから川を渡ったというのか。重忠が瀬踏みしてみましょう」といって、丹《たん》の党（武蔵七党の一つ）を主力として、五百余騎がひしひしと轡《くつわ》を並べているところに、平等院の北東、橘《たちばな》の小島が崎から、武者二騎が馬を激しく走らせながら出て来た。一騎は梶原源太《かじわらげんた》景季《かげすえ》、一騎は佐々木四郎高綱《たかつな》である。

人目には何とも見えなかったけれども、心の中では、二人とも先へとはやっていたので、梶原は佐々木より一段《たん》（約一一メートル）ほど先に進んだ。佐々木四郎から、「この川は西国一の大河だぞ。腹帯《はるび》（鞍を馬に固定するための帯）がゆるんで見えますぞ。お締めなされ」と言われて、梶原はそんなこともあろうと思ったのか、左右の鐙《あぶみ》を開いて馬腹から離し、手綱を馬のたてがみに投げかけ、腹帯を解いて締めた。その間に佐々木はつっと駆け抜けて、川へざざっと馬を入れた。

梶原はいっぱいくわされたと思ったのか、すぐに続いて馬を入れた。「やあ佐々木殿、手柄をたてようとして思わぬ失敗をなさるなよ。水の底には大綱（人馬の自由を奪うために川底にめぐらした綱）があるだろう」と言ったので、佐々木は太刀《たち》を抜き、馬の足にかかった何本もの大綱をぷつぷつと打ち切り打ち切りして、いけずきという当世第一の馬には乗っていたことだし、宇治川の速い流れにもかかわらず、一直線にざざっと渡って、向こう岸にさっと上がる。梶原が乗っていたするする墨は、斜めに押し流されて、ずっと下流から岸に上がった。佐々木は鐙を踏んばって立ち上がり、大声をあげて名のるには、「宇多天皇から九代の子孫、佐々木三郎秀義《ひでよし》の四男佐々木四郎高綱、宇治川の先陣だぞ。我こそはと思う人々は高綱と勝負しろ」といって、喚《おめ》き叫んで敵陣に突入した。

――比《ころ》は正月《む》廿日《つきはつか》あまりの事なれば、比良《ひら》のたかね、志賀《しが》の山《やま》、昔ながらの雪もきえ、谷々の氷うちとけて、水はをりふしまさりたり。白浪《はくらう》おびたたしうみなぎりおち、瀬枕《せまくら》おほきに滝なッて、さかまく水もはやかりけり。夜はすでにほの〴〵とあけゆけど、河霧《かはぎり》ふかく立ちこめて、馬の毛も鎧《よろひ》の毛もさだかならず。

ここに大将軍《たいしやうぐん》九郎《くらう》御曹司《おんざうし》、河のはたにすすみ出《い》で、水のおもてを見わたして、人々の心をみんとや思はれけん。「いかがせむ、淀《よど》、一口《いもあらひ》へやまはるべき、水のおち足をやまつべき」と宣《のたま》へば、畠山《はたけやま》、其比《そのころ》はいまだ生年《しやうねん》廿一になりけるが、すすみ出でて申しけるは、「鎌倉にてよく〳〵此《この》河の御《ご》沙汰《さた》は候ひしぞかし。しろしめさぬ海河《うみかは》の、俄《にはか》にできても候《さうら》はばこそ。此《この》河は近江《あふみ》の水海《みづうみ》の末なれば、まつともまつとも水ひまじ。橋をば又誰《たれ》かわたいて参らすべき。治承《ぢしよう》の合戦《かつせん》に、足利又太郎忠綱《あしかがのまたたらうただつな》は鬼神《おにかみ》でわたしけるか。重忠《しげただ》瀬《せ》ぶみ仕らん」とて、丹《たん》の党《たう》をむねとして、五百余騎ひし〳〵とくつばみをならぶるところに、平等院《びやうどうゐん》の丑寅《うしとら》、橘《たちばな》の小島《こじま》が崎《さき》より武者二騎ひッかけ〳〵出できたり。一騎は梶原源太景季《かじはらげんだかげすゑ》、一騎は佐々木四郎高綱《ささきしらうたかつな》なり。人目には何《なに》とも見えざりけれども、内々《ないない》は先に心をかけたりければ、梶原は佐々木に一段《いつたん》ばかりぞすすんだる。佐々木四郎、「此河は西国一《さいこくいち》の大《だい》河《が》ぞや。腹帯《はるび》ののびて見えさうは。しめ給へ」といはれて梶原さもあるらんとや思ひけん、左右《さう》の鐙《あぶみ》をふみすかし、手綱《たづな》を馬のゆがみにすて、腹帯をといてぞしめたりける。そのまに佐々木はつッとはせぬいて、河へざッとぞうちいれたる。

梶原たばかられぬとや思ひけん、やがてつづいてうちいれたり。「いかに佐々木殿、高名《かうみやう》せうどて不覚し給ふな。水の底には大綱《おほづな》あるらん」といひければ、佐々木太刀《たち》をぬき、馬の足にかかりける大綱どもをばふつ〳〵とうちきりうちきり、いけずきといふ世一《よいち》の馬には乗ッたりけり、宇治河はやしといへども、一文字《いちもんじ》にざッとわたいて、むかへの岸にうちあがる。梶原が乗ッたりけるする墨は、河なかより箆撓形《のためがた》におしなされて、はるかの下《しも》よりうちあげたり。佐々木鐙《あぶみ》ふんばりたちあがり、大音声《だいおんじやう》をあげて名のりけるは、「宇多天皇《うだのてんわう》より九代《くだい》の後胤《こういん》、佐々木《ささき》三郎《さぶらう》秀義《ひでよし》が四男《しなん》、佐々木四郎高綱、宇治河《うぢかは》の先陣ぞや。われと思はん人々は高綱にくめや」とて、をめいてかく。

三 木曾最期《きそのさいご》

宇治川の戦いは義経《よしつね》の勝利に終わり、義経は入京して御所を守護する。義仲《よしなか》は勢田《せた》に派遣した乳母子《めのとご》の今井四郎兼平《いまいのしろうかねひら》の安否を気遣い、東に進む。

木曾殿は信濃《しなの》から巴《ともえ》・山吹《やまぶき》という二人の召使の女を連れておられた。山吹は病気のために都に残った。中でも巴は色白く髪長く、器量がたいそうすぐれていた。めったにない強弓《つよゆみ》を引く精兵《せいびょう》で、馬上でも徒歩でも、刀を持っては鬼でも神でも立ち向おうという一人当千の武者である。荒馬を乗りこなし、険しい坂を駆け下りるという大変な女で、第一合戦となれば、木曾は札《さね》のよい鎧《よろい》（堅固な鎧）を着せ、大太刀《おおだち》・強弓を持たせて、第一に巴を一方の大将として向けていられた。何度も手柄をたてたことでは他に肩を並べる者もない。だから今度も、多くの者どもが逃げ、あるいは討たれた中で、七騎になるまで巴は討たれなかった。

木曾は長坂（京都市北区にある坂。丹波《たんば》に通ずる）を通って丹波路へ向うとも言われた。また、竜花越《りゅうげご》え（大原から近江《おうみ》に通ずる北陸への道）をして北国《ほっこく》へ向うとも言われた。だが、今井の行方を聞きたくて、勢田の方へ逃げて行くうちに、今井四郎兼平《いまいのしろうかねひら》も、八百余騎で勢田を守っていたが、わずかに五十騎ほどになるまで討たれ、旗を巻かせて、主人の義仲が気がかりなので、都に急いで引き返す時に、大津の打出《うちで》の浜（琵琶湖西岸の地）で、木曾殿にお会いした。互いに中一町（約一〇九メートル）ばかりの所から相手をそれと見知って、主従は馬を急がせて寄り合った。

木曾殿は今井の手をとって言われるには、「義仲は六条河原（京都市の五条と六条との間の鴨川べり）で最期を遂げるつもりであったが、お前の行方を知りたくて、多くの敵の中を駆け破って、ここまでは逃れて来たのだ」。今井四郎は、「御ことばはまことにかたじけなく存じます。兼平も勢田で討死にいたすべきでしたが、あなたのお行方が気がかりで、ここまで参ったのです」と申した。木曾殿が、「死ぬならば同じ所でとの約束はまだ朽ちていなかった。義仲の軍勢は敵に押し隔てられ、山林に馳《は》せ散って、今このあたりにもいるだろうよ。お前が巻かせて持たせている旗を上げさせろ」と言われるので、今井の旗を差し上げた。京から逃げた兵というのでもなく、勢田から逃げた者というのでもなく、今井の旗を見つけて三百余騎が馳せ集まる。

木曾はたいそう喜んで、「この軍勢があれば、どうして最後の合戦をせずにいられよう。そこに密集して見えるのは誰の軍であろうか」。「甲斐《かい》の一条次郎殿と聞いております」。「軍勢はどれくらいあるのだろう」。「六千余騎ということです」。「それではよい敵であるな。同じ死ぬのなら、よい敵と戦って、大軍の中で討死にもしたいものだ」といって、まっ先に進んだ。

木曾殿《きそどの》は信濃《しなの》より、巴《ともゑ》、山吹《やまぶき》とて、二人《ににん》の便女《びんぢよ》をぐせられたり。山吹はいたはりあッて、都にとどまりぬ。中にも巴は色しろく髪ながく、容顔《ようがん》まことにすぐれたり。ありがたき強弓精兵《つよゆみせいびやう》、馬の上、かちだち、打物《うちもの》もッては鬼にも神にもあはうどいふ一人当千《いちにんたうぜん》の兵者《つはもの》なり。究竟《くつきやう》のあら馬乗り、悪所《あくしよ》おとし、いくさといへば、さねよき鎧《よろひ》着せ、大太刀《おほだち》、強弓《つよゆみ》もたせて、まづ一方《いつぱう》の大将にはむけられけり。度々《どど》の高名《かうみやう》肩をならぶる者なし。されば今度も、おほくの者どもおちゆき、うたれける中《なか》に、七騎が内まで巴はうたれざりけり。

木曾は長坂《ながさか》をへて丹波路《たんばぢ》へおもむくともきこえけり。又竜花越《りゆうげごえ》にかかッて北国《ほつこく》へともきこえけり。かかりしかども、今井がゆくゑをきかばやとて、勢田《せた》の方《かた》へ落ち行くほどに、今井四郎兼平《いまゐのしらうかねひら》も、八百余騎で勢田をかためたりけるが、わづかに五十騎ばかりにうちなされ、旗をばまかせて、主《しゆう》のおぼつかなきに、みやこへとッてかへすほどに、大津の打出《うちで》の浜《はま》にて、木曾殿にゆきあひ奉る。互《たがひ》になか一町ばかりよりそれと見知ッて、主従駒《こま》をはやめて寄りあうたり。

木曾殿、今井が手をとッて宣《のたま》ひけるは、「義仲《よしなか》六条河原でいかにもなるべかりつれども、なんぢがゆくゑの恋しさに、おほくの敵《かたき》の中をかけわッて、これまではのがれたるなり」。今井四郎、「御諚《ごぢやう》まことにかたじけなう候《さうらふ》。兼平も勢田で打死《うちじに》仕るべう候ひつれども、御《おん》ゆくゑのおぼつかなさに、これまで参ッて候」とぞ申しける。木曾殿、「契《ちぎり》はいまだくちせざりけり。義仲が勢《せい》は敵におしへだてられ、山林にはせ散ッて、この辺にもあるらんぞ。汝《なんぢ》がまかせてもたせたる旗あげさせよ」と宣へば、今井が旗をさしあげたり。京よりおつる勢ともなく、勢田よりおつる者ともなく、今井が旗をみつけて三百余騎ぞはせ集る。

木曾大《おほ》きに悦《よろこ》びて、「此勢《このせい》あらば、などか最後のいくさせざるべき。ここにしぐらうてみゆるはたが手やらん」。「甲斐《かひ》の一条次郎殿《いちでうのじらうどの》とこそ承り候へ」。「勢はいくらほどあるやらん」。「六千余騎とこそきこえ候へ」。「さてはよい敵ごさんなれ。同じう死なば、よからう敵にかけあうて、大勢の中でこそ打死をもせめ」とて、まッさきにこそすすみけれ。

木曾左馬頭《きそのさまのかみ》のその日の装束は、赤地の錦《にしき》の直垂《ひたたれ》（鎧《よろい》の下に着る鎧直垂）に唐綾縅《からあやおどし》の鎧（唐織の綾で縅した鎧）を着て、鍬形《くわがた》を打った甲《かぶと》の緒を締め、いかめしい作りの大太刀《おおたち》をさし、石打ちの矢（鷲《わし》の羽を用いた強い矢）のその日の合戦に射て少々残ったのを、頭高《かしらだか》に（背負った矢が頭より高く突き出るように）背負い、滋籐《しげどう》の弓（幹を籐で巻き漆を塗りこめた弓）を持って、有名な木曾の鬼葦毛《おにあしげ》という馬で非常に肥えてたくましいのに、金覆輪《きんぷくりん》の鞍《くら》を置いて乗っていた。鐙《あぶみ》を踏んばり立ち上がり、大声をあげて名のるには、「昔は聞いたであろう、木曾冠者《きそのかんじや》という者を、今は見るであろう、左馬頭兼伊予守《いよのかみ》、朝日の将軍源義仲であるぞ。お前は甲斐《かい》の一条次郎であると聞いたぞ。互いによい敵だぞ。義仲を討って兵衛佐《ひようえのすけ》（頼朝）に見せろや」といって、大声をあげて駆ける。

一条次郎は、「今名のったのは大将軍だぞ。討ちもらすな兵ども、もらすな若者ども、討てや」といって、大軍の中に義仲を取り籠《こ》めて、自分が討ち取ろうと思って進んだ。木曾の三百余騎は、六千余騎の中を縦様《たてさま》・横様・蜘蛛手《くもで》・十文字に駆け破って、後方へつっと出ると、五十騎ばかりになってしまった。そこを討ち破って行くうちに、土肥《とい》二郎実平《さねひら》（頼朝直属の武士）が二千余騎で守っている。それも討ち破って行くうちに、あそこでは四、五百騎、ここでは二、三百騎、百四、五十騎、百騎ほどの中を駆け破り駆け破りして行くうちに、主従五騎になってしまった。五騎になるまで巴《ともえ》は討たれなかった。

木曾殿は、「お前は、早く早く、女だからどこへでも行け。自分は討死にしようと思うのだ。もし人手にかかったなら、自害をする覚悟なので、木曾殿が最後の合戦に女を連れておられたなどと言われるのもよろしくない」と言われたけれども、依然として落ちても行かなかったが、あまり何度も言われて、巴は、「ああ、よい敵がほしいものだ。最後の合戦をしてお見せ申そう」といって、控えているところに、武蔵国《むさしのくに》で評判の大力の持主、御田《おんだ》八郎師重《もろしげ》が三十騎ほどでやって来た。巴はその中に駆け入り、御田八郎に馬を並べて、むんずとつかんで引き落し、自分の乗った鞍の前輪《まえわ》に押しつけて、少しも動かさず、首をねじり切って捨ててしまった。その後、鎧・甲などを脱ぎ捨て、東国の方へ逃げて行く。手塚太郎（一二二頁参照）は討死にする。手塚の別当は逃げて行った。

木曾《きそ》左馬頭《さまのかみ》、其日《そのひ》の装束《しやうぞく》には、赤地の錦《にしき》の直垂《ひたたれ》に唐綾威《からあやをどし》の鎧《よろひ》着て、鍬形《くはがた》うッたる甲《かぶと》の緒しめ、いかものづくりの大太刀《おほだち》はき、石うちの矢の、其日のいくさに射て少々のこッたるを、頭高《かしらだか》に負ひなし、滋籐《しげどう》の弓もッて、きこゆる木曾の鬼葦毛《おにあしげ》といふ馬の、きはめてふとうたくましいに、黄覆輪《きンぶくりん》の鞍《くら》おいてぞ乗ッたりける。鐙《あぶみ》ふンばり立ちあがり、大音声《だいおんじやう》をあげて名のりけるは、「昔は聞きけん物を、木曾の冠者《くわんじや》、今は見るらん、左馬頭《さまのかみ》兼伊予《けんいよの》守《かみ》朝日《あさひ》の将軍《しやうぐん》源義仲《みなもとのよしなか》ぞや。甲斐の一条次郎《いちでうのじらう》とこそ聞け。たがひによいかたきぞ。義仲うッて兵衛佐《ひやうゑのすけ》に見せよや」とて、をめいてかく。

一条の次郎、「只今《ただいま》なのるは大将軍ぞ。あますな者ども、もらすな若党《わかたう》、うてや」とて、大勢《おほぜい》の中にとりこめて、我うッとらんとぞすすみける。

木曾三百余騎、六千余騎が中をたてさま、よこさま、蜘手《くもで》、十文字《じふもんじ》にかけわッて、うしろへつッと出でたれば、五十騎ばかりになりにけり。そこをやぶッてゆくほどに、土肥《とひ》の二郎実平《じらうさねひら》二千余騎でささへたり。其《それ》をもやぶッてゆくほどに、あそこでは四五百騎、ここでは二三百騎、百四五十騎、百騎ばかりが中《なか》をかけわりかけわりゆくほどに、主従五騎にぞなりにける。五騎が内まで巴《ともゑ》はうたれざれけり。

木曾殿、「おのれは、とう〳〵、女なれば、いづちへもゆけ。我は打死《うちじに》せんと思ふなり。もし人手《ひとで》にかからば自害をせんずれば、木曾殿の最後のいくさに、女を具せられたりけりなンど、いはれん事もしかるべからず」と宣《のたま》ひけれども、なほおちもゆかざりけるが、あまりにいはれ奉ッて、「あッぱれ、よからうかたきがな。最後のいくさして見せ奉らん」とて、ひかへたるところに、武蔵国《むさしのくに》にきこえたる大力《だいぢから》、御田《おんだ》の八郎師重《はちらうもろしげ》、卅騎《さんじつき》ばかりで出できたり。巴その中へかけ入り、御田の八郎におしならべて、むずととッてひきおとし、わが乗ッたる鞍《くら》の前輪《まへわ》におしつけて、ちッともはたらかさず、頸《くび》ねぢきッてすててンげり。其後物具《そののちもののぐ》ぬぎすて、東国の方へ落ちぞゆく。手塚太郎《てづかのたらう》打死す。手塚《てづか》の別当《べつたう》落ちにけり。

今井四郎兼平《かねひら》と木曾殿《きそどの》と主従二騎になって、木曾殿が言われるには、「これまではなんとも感じなかった鎧《よろい》が今日は重くなったぞ」。今井四郎の申すには、「お体もまだお疲れになっていられません。御馬も弱っておりません。なんで一領《りょう》の着背長《きせなが》（大将の着る鎧）を重く思われるはずがありましょう。それは味方に軍勢がありませんので、気おくれからそうは思われるのでしょう。兼平一人でありますが、他の武者千騎とお思いください。矢が七、八本ありますので、しばらく防ぎ矢をいたしましょう。あそこに見えますのを粟津《あわづ》（大津市粟津町）の松原と申しますが、あの松の中でご自害なさいませ」といって、馬を急がせて行くうちに、また、新手の武者が五十騎ほどやって来た。「殿はあの松原にお入りください。兼平はこの敵を防ぎましょう」と申したので、木曾殿の言われるには、「義仲が、都で最後の合戦をするべきだったのをここまで逃げて来たのは、お前と同じ所で死のうと思うためだ。別々の所で討たれるよりも同じ所で討死にもしよう」といって、馬の鼻を並べて駆けようとなさると、今井四郎は馬から飛び降り、主君の馬の口に取り付いて申すには、「弓矢取りは常日頃、どんな功名がありましても、最期の時に不覚をすると、長い間の瑕《きず》となるものです。お体はお疲れになっていますす。後続の味方はありません。敵に間を押し隔てられ、つまらぬ人の家来に組み落されて、お討たれになったら、『あれほど日本国に評判をおとりになっていた木曾殿を、誰それの家来がお討ち申した』などと人が申すのが残念です。ただ、あの松原にお入りください」と申したので、木曾は、「それならば」といって、粟津の松原へ馬を走らせて行かれる。

今井《いまゐ》の四郎《しらう》、木曾殿《きそどの》、主従二騎になッて宣《のたま》ひけるは、「日来《ひごろ》はなにともおぼえぬ鎧《よろひ》が今日《けふ》は重うなッたるぞや」。今井四郎申しけるは、「御身《おんみ》もいまだつかれさせ給はず。御馬もよわり候はず。なにによッてか、一両の御《おん》着背長《きせなが》を重うはおぼしめし候べき。それは御方《みかた》に御勢《おんせい》が候はねば、臆病《おくびやう》でこそさはおぼしめし候へ。兼平一人《かねひらいちにん》候とも、余《よ》の武者千騎《むしやせんぎ》とおぼしめせ。矢七つ八つ候へば、しばらくふせぎ矢仕《つかまつ》らん。あれに見え候、粟津《あはづ》の松《まつ》原《ばら》と申す、あの松の中で御自害候へ」とて、うッてゆく程に、又あら手《て》の武者五十騎ばかり出できたり。

「君はあの松原へいらせ給へ。兼平は此敵《このかたき》ふせぎ候はん」と申しければ、木曾殿宣ひけるは、「義仲都《みやこ》にていかにもなるべかりつるが、これまでのがれくるは、汝《なんぢ》と一所《いつしよ》で死なんと思ふ為《ため》なり。所々《ところどころ》でうたれんよりも、一《ひと》所《ところ》でこそ打死《うちじに》をもせめ」とて、馬の鼻をならべてかけむとし給へば、今井四郎馬よりとびおり、主の馬の口にとりついて申しけるは、「弓矢とりは年来《としごろ》日来《ひごろ》いかなる高名候へども、最後の時不覚《ふかく》しつれば、ながき疵《きず》にて候なり。御身はつかれさせ給ひて候。つづく勢《せい》は候はず。敵《かたき》におしへだてられ、いふかひなき人の郎等《らうどう》にくみおとされさせ給ひて、うたれさせ給ひなば、『さばかり日本国《につぽんごく》にきこえさせ給ひつる木曾殿をば、それがしが郎等のうち奉《たてま》ッたる』なッど申さん事こそ口惜しう候へ。ただあの松原へいらせ給へ」と申しければ、木曾、「さらば」とて、粟津の松原へぞかけ給ふ。

今井四郎《いまいのしろう》はたった一騎で、五十騎ほどの中に駆け入り、鐙《あぶみ》を踏んばり立ち上がり、大声をあげて名のるには、「日頃は話にも聞いていただろう。今は目でも御覧《ごらん》なされ。木《き》曾殿《そどの》の御乳母子《おんめのとご》、今井四郎兼平《かねひら》、生年三十三になる。そういう者がいるとは鎌倉殿まで

もご存じであろうぞ。兼平を討って鎌倉殿の御覧にいれよ」といって、射残した八本の矢を、弓につがえては引き、つがえては引き、矢継早《やつぎばや》にさんざんに射る。自分の命は顧みず、あっという間に敵を八騎射落す。その後、刀を抜いてあちらに馳《は》せ合い、こちらに馳せ合い、斬《き》ってまわるが、まともに相手をする者がない。分捕《ぶんど》りを数多くした。敵側はただ、「射取れ」といって、中に取り囲み、雨の降るように射たが、鎧《よろい》がよいので裏まで届かない。鎧の隙間《すきま》を射ないので傷も負わない。

木曾殿はただ一騎で粟津《あわづ》の松原に駆け入られたが、正月二十一日の日没頃のことなので、薄氷は張っていたし、深田があるとも知らずに、馬をざんぶと入れたところ、馬の頭も見えなくなった。鐙で馬の腹をあおってもあおっても、鞭《むち》で打っても打っても馬は動かない。今井の行方が気がかりで、振り仰いだ甲《かぶと》の内側を、三浦の石田次郎為久《ためひさ》が追いついて、弓を引きしぼって矢をひょうふっと射抜いた。深傷《ふかで》なので、甲の鉢の前面を馬の頭にあててうつぶせになられたところに、石田の郎等《ろうどう》二人が落ち合って、ついに木曾殿の首を取ってしまった。

太刀《たち》の先に貫いて高く差し上げ、大声をあげて、「この日頃日本国で評判となっておられた木曾殿を、三浦の石田次郎為久がお討ち申したぞ」と名のったので、今井四郎は戦っていたが、これを聞いて、「今は誰をかばうために戦おうか。これを御覧なされ、東国の殿方、日本一の剛《ごう》の者の自害する手本だ」といって、太刀の先を口にくわえ、馬からさかさまに飛び落ち、太刀に貫かれるようにして死んでしまった。

こうして、粟津では戦《いくさ》らしい戦はなかったのだ。

今井四郎只《いまゐのしらうただ》一騎、五十騎ばかりが中《なか》へかけ入り、鐙《あぶみ》ふンばりたちあがり、大音声《だいおんじやう》あげてなのりけるは、「日来《ひごろ》は音にも聞きつらん、今は目にも見給へ。木曾殿《きそどの》の御《おん》めのと子《ご》、今井の四郎兼平《かねひら》、生年《しやうねん》卅三にまかりなる。さる者ありとは、鎌倉殿《かまくらどの》までもしろしめされたるらんぞ。兼平うッて見参《げんざん》にいれよ」とて、射のこしたる八《や》すぢの矢を、さしつめ引きつめ、さん〴〵に射る。死生《ししやう》は知らず、やにはにかたき八騎射おとす。其後《そののち》打物《うちもの》ぬいてあれにはせあひ、これに馳《は》せあひ、きッてまはるに、面《おもて》をあはする者ぞなき。分《ぶん》どりあまたしたりけり。只《ただ》、「射とれや」とて、中にとりこめ、雨のふるやうに射けれども、鎧《よろひ》よければうらかかず、あき間《ま》を射ねば手も負はず。

木曾殿は只一騎、粟津《あはづ》の松原へかけ給ふが、正月廿一日、入相《いりあひ》ばかりの事なるに、うす氷《ごほり》ははッたりけり、ふか田《た》ありとも知らずして、馬をざッとうち入れたれば、馬の頭《かしら》も見えざりけり。あふれどもあふれども、うてどもうてどもはたらかず。今井がゆくゑのおぼつかなさに、ふりあふぎ給へる内甲《うちかぶと》を、三浦石田《みうらのいしだ》の次郎為久《じらうためひさ》おッかかッてよッぴいてひやうふつと射る。いた手《で》なれば、まッかうを馬の頭《かしら》にあててうつぶし給へる処《ところ》に、石田が郎等《らうどう》二人《にん》落ちあうて、つひに木曾殿の頸《くび》をばとッてンげり。

　太刀のさきにつらぬきたかくさしあげ、大音声《だいおんじやう》をあげて、「此《この》日ごろ日《につ》本国《ぽんごく》に聞えさせ給ひつる木曾殿をば、三浦の石田の次郎為久がうち奉《たてま》ッたるぞや」となのりければ、今井四郎いくさしけるが、これを聞き、「今は誰《たれ》をかばはむとてかいくさをもすべき。これを見給へ、東国の殿原《とのばら》、日本《につぽん》一《いち》の剛《かう》の者の自害する手本《てほん》」とて、太刀のさきを口にふくみ、馬よりさかさまにとび落ち、つらぬかッてぞうせにける。

　さてこそ粟津のいくさはなかりけれ。

四　坂落《さかおとし》

平家方は福原に移り、海山に隔てられた難攻不落の一谷《いちのたに》（神戸市須磨区）に城郭を構えていた。二月七日明け方、義経は一谷の背後の鵯越《ひよどりごえ》に登った。馬で降りようとしたところ、鹿が驚いて平家の城郭へと落ちていった。それを見た義経は……。

御曹司《おんぞうし》（義経）は城郭を遠くから見渡していらしたが、「馬どもを落してみよう」といって、鞍《くら》を置いた馬を追い落した。足を折って転がり落ちる馬もあれば、無事に下って行く馬もある。鞍を置いた馬三頭、越中前司盛俊《えっちゅうのぜんじもりとし》の屋形の上手に下り着いて、身ぶるいをして立った。

御曹司はこれを見て、「馬どもはそれぞれ乗り手が注意して落せばけがをするまいぞ。それ下れ。義経を手本にしろ」といって、まず三十騎ばかり、その先頭をきって下られた。大勢がみな続いて下る。後陣で下る人々の鐙《あぶみ》の先端は、先陣の者の鎧《よろい》や甲《かぶと》にぶつかるほどである。小石まじりの砂地なので、流れるように二町（約二二〇メートル）ほどざざっと一気に下って壇のような所に馬を止めた。そこから下を見下ろすと、苔《こけ》むした大磐石《だいばんじゃく》が釣瓶《つるべ》を落すように垂直に十四、五丈（四、五〇メートル）切り立っている。兵士どもは後ろへ引き返すこともできず、また、先に下れるようにも見えない。

「これが最後だ」と申して途方にくれて止まっているところに、佐原十郎義連《よしつら》が進み出て申すには、「三浦の方（神奈川県横須賀市、三浦市の辺り）では我々は鳥が一羽飛び立つのを追うにも朝夕このような所を馳《は》せ歩いているぞ。三浦の方の馬場と同じだ」といって、先頭きって下ったので、兵士どももみな続いて下る。えいえいという掛声を忍びやかにして、馬を励ましつつ下る。あまりに恐ろしいので、目をつぶって下った。まったく人間わざとは見えない。ただ鬼神の行いと見えた。下りきらないうちに鬨《とき》の声をどっとあげる。三千余騎の声であるが、山びこが反響して十万余騎と聞えた。

村上判官代基国《もとくに》の手の者が火を放って、平家の屋形や仮屋をみな焼き払う。ちょうどその時風ははげしいし、黒煙がおしかかるので、平氏の軍兵《ぐんびょう》どもはあまりにあわて騒いで、ひょっとして助かるかと前方の海へ大勢駆け入った。

水際《みずぎわ》には船がいくらもあったけれども、我先に乗ろうと、船一艘《そう》に武装した者どもが四、五百人、千人ほど、つめかけて乗ろうというのでは、何でうまくゆくはずがあろう。水際からわずかに三町ほど押し出して、目の前で大きな船が三艘沈んでしまった。

その後は、「身分の高い人は乗せても、雑人《ぞうにん》どもは乗せてはならない」といって、太刀《たち》や長刀《なぎなた》で斬《き》り払わせた。そうすることとは知っていても、乗せまいとする船にとりつき、つかみつき、あるいは腕を斬られ、あるいは肘《ひじ》を打ち落されて、一谷の水際に、まっ赤になって並び臥《ふ》した。

御曹司《おんざうし》城郭はるかに見わたいておはしけるが、「馬どももおとといてみむ」とて、鞍置馬《くらおきうま》を追ひおとす。或《あるい》は足をうち折ッて、ころんでおつ。或は相違《さうゐ》なくおちてゆくもあり。鞍置馬三疋《びき》、越中前司《ゑつちゆうのせんじ》が屋形《やかた》のうへにおちつい て、身ぶるひしてぞ立ッたりける。御曹司是《これ》を見て、「馬どもはぬしぐ＼が心得ておとさうには損ずまじいぞ。くはおとせ。義経を手本《てほん》にせよ」とて、まづ卅騎ばかり、まッさきかけておとされけり。大勢みなつづいておとす。後陣《ごぢん》におとす人々の鐙《あぶみ》の鼻《はな》は、先陣の鎧甲《よろひかぶと》にあたるほどなり。小石まじりのすなごなれば、ながれおとしに二町計《ばかり》ざッとおといて壇《だん》なる所にひかへたり。それより下《しも》を見くだせば、大盤石《だいばんじやく》の苔《こけ》むしたるが、つるべおとしに十四五丈ぞくだッたる。

見えず。

兵《つはもの》どもうしろへとッてかへすべきやうもなし。又さきへおとすべしとも見えず。

「ここぞ最後」と申してあきれてひかへたるところに、佐原十郎義連《さはらのじふらうよしつら》すすみいでて申しけるは、「三浦《みうら》の方《かた》で我等は鳥一《ひと》つたてても朝夕《あさゆふ》か様《やう》の所をこそはせありけ。三浦の方の馬場や」とて、まッさきかけておとしければ、兵《つはもの》どもみなつづいておとす。ゑい〳〵声《ごゑ》をしのびにして、馬に力をつけておとす。あまりのいぶせさに、目をふさいでぞおとしける。おほかた人のしわざとは見えず。ただ鬼神《きじん》の所為《しよゐ》とぞ見えたりける。おとしもはてねば時をどッとつくる。三千余騎が声なれど、山びこにこたへて十万余騎とぞきこえける。

村上《むらかみ》の判官代基国《はんぐわんだいもとくに》が手より火をいだし、平家の屋形《やかた》、かり屋をみな焼き払ふ。をりふし風ははげしし、黒煙《くろけぶり》おしかくれば、平氏の軍兵《ぐんびやう》ども、あまりにあわてさわいで、若《も》しやたすかると前の海へぞおほくはせいりける。汀《みぎは》にはまうけ舟いくらもありけれども、われさきに乗らうど、舟一艘《さう》には物具《もののぐ》したる者どもが四五百人、千人ばかりこみ乗らうに、なじかはよかるべき。汀よりわづかに三町《ぢやう》ばかりおしいだいて、目の前に大ぶね三艘《ざう》沈みにけり。

其後《そののち》は、「よき人をば乗すとも、雑人《ざふにん》共をば乗すべからず」とて、太刀《たち》長刀《なぎなた》でながせけり。かくする事とは知りながら、乗せじとする舟にとりつき、つかみつき、或《あるい》はうでうちきられ、或はひぢうちおとされて、一の谷の汀にあけになッてぞなみふしたる。

五 忠度最期《ただのりさいご》

薩摩守《さつまのかみ》忠度は、一谷《いちのたに》の西の手の大将軍でいらっしゃったが、紺地の錦《にしき》の直垂《ひたたれ》に黒糸縅《くろいとおどし》の鎧《よろい》を着て、黒い馬の太くたくましいのに、沃懸地《いかけじ》（漆塗りに金粉・銀粉をちりばめたもの）の鞍《くら》を置いてお乗りになっていた。

味方の兵百騎ばかりの中に打ち囲まれて少しも騒がず馬を止めては戦い、止めては戦いながら落ちて行かれるのを、猪俣党《いのまたとう》の岡部六野太忠純《おかべのろくやたただずみ》が大将軍だと目をつけて、鞭《むち》を打つのと鐙《あぶみ》を踏むのとをあわせて馬を急がせて追いつき申し、「そもそもどういうお方でいらっしゃいますか。お名のりください」と申すと、「自分は味方だ」といって振り仰がれた内甲《うちかぶと》からのぞき込むと、歯を黒く染めている。ああ、味方には黒く染めている人はいないのに。平家の公達《きんだち》でいらっしゃるにちがいないと思い、馬を並べてむずと組みつく。

これを見て百騎ほどいた忠度の手の軍兵《ぐんぴょう》どもは、国々からかり集めた武者なので、一騎も側に近づかず、我先にと逃げて行った。薩摩守は、「憎い奴だな。味方だと言ったら、そう言わせておけばよいのに」といって、熊野《くまの》育ちで大力の早わざでいられたので、すぐに刀を抜き、六野太を馬の上で二刀《ふたかたな》、馬から落ちたところで一刀、あわせて三度までお突きになった。

初めの二刀は鎧の上なので通らず、あとの一刀は内甲《うちかぶと》に突き入れられたが、軽い傷なので死ななかったのを、取り押えて首を斬《き》ろうとなさるところに、六野太の童《わらわ》が後ろから駆けて来て、打ち刀を抜き、薩摩守の右の腕を、肘《ひじ》のつけ根からふっつと斬り落とす。

今はこれまでと思われたのか、「しばらくどいておれ、念仏を十遍唱えよう」といって、六野太をつかんで、弓の長さほど投げのけられた。その後、西に向い、声高く念仏を十遍唱え、「光明遍照十方世界《こうみようへんじようじつぽうせかい》、念仏衆生摂取不捨《ねんぶつしゆじようせつしゆふしや》」と言い終らぬうちに、六野太が後ろから寄って、薩摩守の首を討つ。立派な大将軍を討ったと思ったけれども、名は誰ともわからなかったが、箙《えびら》に結び付けられた文《ふみ》を解いて見ると、「旅宿花《りよしゆくのはな》」という題で、一首の歌を詠まれていた。

「ゆきくれて木《こ》のしたかげをやどとせば花やこよひの主《あるじ》ならまし　忠度」

――旅の途中で日が暮れて桜の木の下陰に宿るならば、桜の花が今夜の主（亭主）となり、もてなしてくれるであろうか

と書いていらしたので、薩摩守とはわかったのであった。

太刀《たち》の先に首を貫き、高く差し上げ、声高く、「この日頃、平家の方で名を馳せていらした薩摩守殿を、岡部六野太忠純がお討ち申したぞ」と名のったので、敵も味方もこれを聞いて、「ああ気の毒に、武芸にも歌道にも熟達していらした人なのに。惜しい大将軍だったのに」といって、涙を流し、袖《そで》を濡《ぬ》らさぬ者はなかった。

――薩摩守忠度《さつまのかみただのり》は、一の谷の西の手の大将軍《たいしやうぐん》にておはしけるが、紺地《こんぢ》の錦《にしき》の直垂《ひたたれ》に黒糸威《くろいとをどし》の鎧《よろひ》着て、黒き馬のふとうたくましきに、沃懸地《いツかけぢ》の鞍《くら》おい

て乗り給へり。

其勢百騎ばかりがなかに打ちかこまれて、いとさわがず、ひかへ〳〵落ち給ふを、猪俣党《ゐのまたたう》に岡部《をかべ》の六野太忠純《ろくやたただずみ》、大将軍と目をかけ、鞭鐙《むちあぶみ》をあはせて追ッ付き奉り、「抑《そもそも》いかなる人で在《まし》まし候ぞ。名のらせ給へ」と申しければ、「是《これ》はみかたぞ」とてふりあふぎ給へる内甲《うちかぶと》より見いれたれば、かね黒《ぐろ》なり。あッぱれみかたにはかねつけたる人はないものを。平家の君達《きんだち》でおはするにこそと思ひ、おしならべてむずとくむ。

これを見て百騎ばかりある兵《つはもの》ども、国々のかり武者なれば一騎も落ちあはず、われさきにとぞ落ちゆきける。薩摩守、「にッくいやつかな。みかたぞといはばいはせよかし」とて、熊野《くまの》そだち大力《だいぢから》のはやわざにておはしければ、やがて刀をぬき、六野太を馬の上で二刀《ふたかたな》、おちつく所で一刀《ひとかたな》、三刀《みかたな》までぞつかれける。

二刀は鎧《よろひ》の上なればとほらず、一刀は内甲《うちかぶと》へつき入れられたれども、うす手《で》なれば死なざりけるを、とッておさへて頸《くび》をかかんとし給ふところに、六野太が童《わらは》おくればせに馳《は》せ来《きた》ッて、打刀《うちがたな》をぬき、薩摩守の右のかひなを、ひぢのもとよりふつときりおとす。

今はかうとや思はれけん、「しばしのけ、十念《じふねん》となへん」とて、六野太をつかうで、弓《ゆん》だけばかり投げのけられたり。其後《そののち》西にむかひ、高声《かうしやう》に十念となへ、「光明遍照十方世界《くわうみやうへんぜうじつぱうせかい》、念仏衆生摂取不捨《ねんぶつしゆじやうせつしゆふしや》」と宣《のたま》ひもはてねば、六野太うしろより寄ッて、薩摩守の頸をうつ。よい大将軍《たいしやうぐん》うッたりと思ひけれども、名をば誰《たれ》とも知らざりけるに、箙《えびら》にむすび付けられたる文をといてみれば、「旅宿花《りよしゆくのはな》」といふ題にて、一首の歌をぞよまれたる。

「ゆきくれて木《こ》のしたかげをやどとせば花やこよひの主《あるじ》ならまし　忠度」

と書かれたりけるにこそ、薩摩守とは知りてンげれ。

太刀《たち》のさきにつらぬき、たかくさしあげ、大音声《だいおんじやう》をあげて、「この日来《ひごろ》平家の御方《おんかた》にきこえさせ給ひつる薩摩守殿をば、岡部の六野太忠純がうち奉《たてま》ッたるぞや」と名のりければ、敵《かたき》もみかたも是《これ》を聞いて、「あないとほし、武芸にも歌道《かだう》にも達者にておはしつる人を。あッたら大将軍を」とて、涙をながし袖《そで》をぬらさぬはなかりけり。

六　敦盛最期《あつもりのさいご》

平家が合戦に負けたので、熊谷次郎直実《くまがえのじろうなおざね》は、「平家の公達《きんだち》が助け船に乗ろうと、波打際の方へお逃げになるだろう。ああ、身分の高い大将軍に取り組みたいものだ」と思って、磯の方へ馬を進めているところに、練貫《ねりぬき》（柔らかい絹織物）に鶴の縫取をした直垂《ひたたれ》に、萌黄匂《もえぎにおい》（薄緑色を下方に薄くぼかした）の鎧《よろい》を着て、鍬形《くわがた》を打った甲《かぶと》の緒を締め、黄金《こがね》作りの太刀《たち》をさし、切斑《きりふ》（白黒の矢羽）の矢を負い、滋籐《しげどう》の弓を持って、連銭葦毛《れんぜんあしげ》の馬に金覆輪《きんぷくりん》の鞍《くら》を置いて乗った武者一騎が、沖の船を目がけて、海にざざっと馬を乗り入れ、五、六段《たん》（一段は約一一メートル）ほど泳がせているのを、熊谷が、「そこにいらっしゃるのは大将軍とお見受けします。卑怯《ひきよう》にも敵に後ろをお見せになるものですな。お戻りなさい」と扇を上げて招くと、招かれて引き返す。

波打際に上がろうとするところに、馬を並べてむずと組んでどすんと落ち、取り押えて首を斬《き》ろうと甲を仰向けにして見ると、年十六、七ばかりの者が薄化粧をして、歯を黒く染めている。我が子の小次郎《こじろう》ほどの年齢で容貌《ようぼう》はまことに美しかったので、どこに刀を立ててよいかもわからない。

「そもそもどういう人でいらっしゃいますか。お名のりください。お助け申そう」と申すと、「お前は誰だ」と問われる。「大した者ではございませんが、武蔵国《むさしのくに》の住人、熊谷次郎直実」と名のり申す。「それでは、お前に向っては名のるまいぞ。お前のためにはよい敵だぞ。名のらなくても首を取って人に尋ねてみろ。私を見知っているだろうよ」と言われた。

熊谷は、「ああ、立派な大将軍だ。この人一人をお討ち申したとしても、負けるような合戦に勝てるわけでもない。また、お討ち申さなくても、勝つはずの合戦に負けることもまさかあるまい。（前夜の合戦で、わが子の）小次郎が軽い傷を負ったのをさえ直実はつらく思っているのに、この殿の父が、我が子が討たれたと聞いて、どれほどか嘆かれることだろう。ああお助け申したい」と思って、後方をさっと見ると、土肥《とい》・梶原《かじわら》が五十騎ほどで続いて来る。

――いくさやぶれにければ、熊谷次郎直実《くまがへのじらうなほざね》、「平家の君達《きんだち》たすけ舟に乗らんと、汀《みぎは》の方《かた》へぞおち給ふらむ。あッぱれ、よからう大将軍《たいしやうぐん》にくまばや」とて、磯《いそ》の方へあゆまするところに、練貫《ねりぬき》に鶴《つる》ぬうたる直垂《ひたたれ》に、萌黄匂《もよぎにほひ》の鎧《よろひ》着て、鍬形《くはがた》うッたる甲《かぶと》の緒しめ、こがねづくりの太刀《たち》をはき、切斑《きりふ》の矢負ひ、滋籐《しげどう》の弓もッて、連銭葦毛《れんぜんあしげ》なる馬に黄覆輪《きンぶくりん》の鞍《くら》おいて乗ッたる武者一騎、沖なる舟に目をかけて、海へざッとうちいれ、五六段《たん》ばかりおよがせたるを、熊谷、「あはれ大将軍とこそ見参らせ候《さうら》へ。まさなうも敵《かたき》にうしろを見せさせ給ふものかな。かへさせ給へ」と扇をあげてまねきければ、招かれてとッてかへす。

汀にうちあがらんとするところに、おしならべてむずとくんでどうどおち、とッておさへて頸《くび》をかかんと甲をおしあふのけてみければ、年十六七ばかりなるが、薄化粧《うすげしやう》して、かね黒《ぐろ》なり。我子《わがこ》の小次郎《こじらう》がよはひ程にて、容顔《ようがん》まことに美麗《びれい》なりければ、いづくに刀を立つべしともおぼえず。「抑《そもそも》いかなる人にてましまし候ぞ。名のらせ給へ。たすけ参らせん」と申せば、「汝《なんぢ》はたそ」と問ひ給ふ。「物その者で候はねども、武蔵国住人《むさしのくにのぢゆうにん》、熊谷次郎直実」となのり申す。「さては、なんぢにあうてはなのるまじいぞ。なんぢがためにはよい敵《かたき》ぞ。名のらずとも頸をとッて人に問へ。見知らうずるぞ」とぞ宣《のたま》ひける。

熊谷、「あッぱれ、大将軍や。此人一人《いちにん》うち奉《たてま》ッたりとも、まくべきいくさに勝つべきやうもなし。又うち奉らずとも、勝つべきいくさにまくる事もよもあらじ。小次郎がうす手負《で》うたるをだに、直実は心苦しうこそ思ふに、此殿《このとの》の父、うたれぬと聞いて、いか計《ばかり》かなげき給はんずらん。あはれたすけ奉らばや」と思ひて、うしろをきッと見ければ、土肥《とひ》、梶原《かぢはら》五十騎ばかりでつゞいたり。

熊谷《くまがえ》が涙をおさえて申すには、「お助け申そうとは存じますけれども、味方の源氏の軍兵《ぐんびょう》が雲霞《うんか》のようにおります。よもやお逃げになれますまい。他の者の手におかけするより、同じことならば直実《なおざね》の手におかけ申して、死後のご供養をいたしましょう」と申すと、「ただ、早く早く首を取れ」と言われた。

熊谷はあまりにかわいそうで、どこに刀を立ててよいかもわからず、目もくらみ分別もなくなってしまい、前後不覚に思われたけれども、そうしてばかりもいられないので、泣く泣く首を斬《き》ったのだった。

「ああ、弓矢を取る身ほど情けないものはない。武芸の家に生れなければ、どうしてこんなつらい目を見ることがあろう。無情にもお討ち申したものよ」とくどくどと言い、袖《そで》を顔に押しあててさめざめと泣いていた。

かなり長い時間がたって、そうしてばかりもいられないので、鎧直垂《よろいびたたれ》を取って首を包もうとしたところ、錦《にしき》の袋に入れた笛を腰にさしておられた。「ああかわいそうに、今日の明け方、城の内で管絃《かんげん》をなさっていたのは、この人々でいらっしゃったのだ。現在味方に東国の兵は何万騎かあるだろうが、戦陣に笛を持つ人はまさかあるまい。身分の高い人はやはり優雅なものだ」と思って、九郎御曹司《おんぞうし》義経《よしつね》のお目にかけたところ、これを見る者は誰も涙を流さぬということはない。

後になって聞くと、修理大夫《しゅりのだいぶ》経盛《つねもり》の子息で大夫敦盛《あつもり》といって生年十七になっていられた。そのことから熊谷の出家の志はますます強くなったのであった。

例の笛は祖父忠盛《ただもり》が笛の名人で、鳥羽院《とばいん》から頂戴《ちょうだい》なさったということであった。経盛が相伝なさったのを、敦盛が上手であったので、持っていられたということである。笛の名は小枝《さえだ》と申した。偽りの言葉でも仏道に入る機縁となる道理があるとはいうものの、笛（音楽）がとうとう直実の仏門に入る機縁となったのは、まことに感慨深いことである。

熊谷涙をおさへて申しけるは、「たすけ参らせんとは存じ候へども、御《み》方《かた》の軍兵雲霞《ぐんびやううんか》のごとく候。よものがれさせ給はじ。人手《ひとで》にかけ参らせんより、同じくは直実が手にかけ参らせて、後《のち》の御孝養《おんけうやう》をこそ仕《つかまつ》り候はめ」と申しければ、「ただとく〳〵頸《くび》をとれ」とぞ宣《のたま》ひける。

熊谷あまりにいとほしくて、いづくに刀をたつべしともおぼえず、目もくれ心もきえはてて、前後不覚《ぜんごふかく》におぼえけれども、さてしもあるべき事ならねば、泣く〳〵頸をぞかいてンげる。

「あはれ、弓矢とる身ほど口惜《くちを》しかりけるものはなし。武芸の家に生れずは、何とてかかるうき目をばみるべき。なさけなうもうち奉るものかな」とかきくどき、袖《そで》をかほにおしあててさめ〳〵とぞ泣きゐたる。

良久《やや》しうあッて、さてもあるべきならねば、鎧直垂《よろひびたたれ》をとッて頸をつつまんとしけるに、錦《にしき》の袋にいれたる笛《ふえ》をぞ腰にさされたる。「あないとほし、この暁城《じやう》のうちにて管絃《くわんげん》し給ひつるは、此《この》人々にておはしけり。当時みかたに東国の勢何万騎《なんまんぎ》かあるらめども、いくさの陣へ笛もつ人はよもあらじ。上臈《じやうらふ》は猶《なほ》もやさしかりけり」とて、九郎御曹司《くらうおんざうし》の見参《げんざん》に入れたりければ、これを見る人涙をながさずといふ事なし。

後《のち》に聞けば、修理大夫《しゆりのだいぶ》経盛《つねもり》の子息に大夫《たいふ》敦盛《あつもり》とて、生年《しやうねん》十七にぞなられける。それよりしてこそ熊谷が発心《ほつしん》の思《おもひ》はすすみけれ。件《くだん》の笛はおほぢ忠《ただ》盛《もり》笛の上手にて、鳥羽院《とばのゐん》より給はられたりけるとぞきこえし。経盛相伝《さうでん》せられたりしを、敦盛器量《きりやう》たるによッて、もたれたりけるとかや。名をば小《さ》枝《えだ》とぞ申しける。狂言綺語《きやうげんきぎよ》の理《ことわり》といひながら、遂《つひ》に讃仏乗《さんぶつじよう》の因《いん》となるこそ哀れなれ。

平家物語の風景 ⑥

一《いちの》谷《たに》

南は海、北は山――須磨《すま》・一谷に陣を置いた平家は、その堅固な構えには自信があったことだろう。義仲追討のために源氏同士が争っている間、平家は兵力を少しずつ回復し、かつて清盛が遷都を断行して挫折《ざせつ》した福原《ふくはら》、現在の神戸に進出し、そこから京での復活を狙《ねら》っていた。陣を敷いたのは福原の西、一谷。そこは鉢伏山《はちぶせやま》、鉄拐《てっかい》山《さん》に囲まれて目前は一面の海、まさに天然の要塞《ようさい》である（写真は鉢伏山から望む須磨）。

しかし範頼《のりより》・義経ら源氏軍は義仲追討を果たしてすぐに一谷へ進発、猛攻撃を加える。さらに義経は、「年とった馬は道を知る」と言って、老馬と、さらに土地の者の案内で「鵯越《ひよどりごえ》」に向い、この急な斜面を一気に駆け下りて平家を背後から急襲、大混乱に陥れた。いわゆる「鵯越の坂落とし」である。この地で平家の多くの公達《きんだち》が命を落とす。鵯越の地は説が分れており、一つは背後の鉄拐山の東南の斜面、一つは地名にその名を残す神戸市北区の高尾山麓の鵯越。

須磨は古くから白砂青松の美しい海岸で知られ、平安時代には在原行平《ゆきひら》が流され、彼を慕う松風《まつかぜ》・村雨《むらさめ》姉妹をシテとする能「松風」の舞台となる。『源氏物語』の光源氏もこの地に謫居《たくきょ》し、寄せてはかえす波に都を偲《しの》んだ。この風光明媚《ふうこうめいび》な地が血なまぐさい戦場となったのである。潮風が松林をなでる須磨浦公園には「戦の浜」碑が立てられ、一谷の合戦を今に伝えている。

巻第十

❖あらすじ

寿永《じゅえい》三年（一一八四）二月十二日、一谷《いちのたに》で討たれた平家の人々（一五四頁系図参照）の首が都に入り、首は獄門に懸けられる。捕虜となった重衡《しげひら》は大路を引き廻《まわ》される。

朝廷は、平家が奉じる三種の神器《じんぎ》と重衡との交換を提案するが、平家方は拒絶する。重衡は出家を願うが許されない。せめて親交のあった法然上人との対面を願い、南都《なんと》（興福寺・東大寺）を炎上させた罪を懺悔《ざんげ》し、重悪罪から逃れる方法を問う。法然は慰め、戒を授ける。三月十日、重衡は梶原景時に伴われて鎌倉に下向し、頼朝に対面する。虜囚ではあったが手厚くもてなされ、女房千手前《せんじゅのまえ》の芸能に慰められる。

一方、維盛《これもり》は都に残してきた妻子への思い止み難く、三月十五日にとうとう屋島を逃れたが京には入れず、高野山に向かい、かつて重盛に仕えていた滝口入道《たきぐちにゅうどう》を尋ねる。入道の導きで高野山を巡礼し、従者と共に出家する。その後、熊野三山《くまのさんざん》を参詣《さんけい》し、三月二十八日、滝口入道を導きとして、那智《なち》の沖で入水する。従者二人も従う。残された従者、舎人武里《とねりたけさと》は屋島に戻り、維盛の最期を一門の人々に報告する。

都では都落ちに同行しなかった頼盛《よりもり》（清盛弟）が鎌倉で頼朝に対面し、歓待される。七月二十八日、後鳥羽天皇が三種の神器なく即位する。九月、範頼《のりより》軍は西国に発向し、備前藤戸《びぜんふじと》で平家と対戦。源氏方の佐佐木盛綱《もりつな》は地元の漁師から浅瀬を聞き出し、翌朝の戦いで先駆けの功名を挙げる。

十一月十八日には大嘗会《だいじょうえ》も行われる。

一 千手前《せんじゅのまえ》

平家一門の多くは一谷《いちのたに》で討死にした。その人々の首は京に戻され、獄門にかけられた。その中で、重衡《しげひら》は捕虜となり、都大路を引き回される。朝廷は、平家が奉じる三種の神器と重衡の交換を提案するが、平家方は拒否する。重衡は梶原景時《かじわらかげとき》に連れられて鎌倉に下向し、頼朝に対面する。

兵衛佐《ひょうえのすけ》頼朝はさっそく対面して申されるには、「そもそも君（後白河院）の御憤りをおなだめ申し上げ、父（源義朝《よしとも》）の恥をすすごうと思い立ったうえは、平家を滅すのは考えの中にあったことでしたが、実際にお目にかかることになるとは思いもいたしませんでした。この分では、屋島《やしま》の大臣殿《おおいどの》（宗盛《むねもり》）にもお目にかかると思われます。そもそも奈良の寺を滅されたことは、故太政入道殿《だいじょうにゅうどうどの》（清盛）の仰せでしたか、それともまたその時に臨んでの臨機応変のご処置でしたか。とんでもない罪業でしょうな」と申されたので、三位中将《さんみのちゅうじょう》重衡が言われるには、「第一に奈良を焼き滅したことですが、これは故入道の取り計らいでもなく、重衡の愚かな考えから出たことでもない。僧徒の悪行を鎮めるために出向いたのですが、思いがけなく寺院が滅亡するようになりましたことは、なんともしかたのないことです。昔は源氏・平家が左右に競い立って、朝廷のご警備を務めていたが、最近、源氏の運が衰えたことは、今事改めて申すようなことでもありません。わが平家は保元《ほうげん》・平治《へいじ》の乱から後、朝敵を度々平らげ、身に余るほどの褒賞《ほうしょう》を受け、畏《おそ》れ多くも天子のご外戚《がいせき》として朝廷に仕え、公卿《くぎょう》・殿上人《てんじょうびと》に昇進する一族の者は六十余人に及び、二十余年前から、富み栄えてきたことは、ことばで申し尽せないほどです。今また運が尽きてしまったので、重衡は捕えられてここまで下って来ました。それにつけても、帝王の御敵を討った者は、七代まで天皇のお恵みがなくならないと申すことは、大変なまちがいでした。事実、故入道は君の御ためにほとんど命を失おうとすることが、何度かあった。けれどもわずかその身一代の幸いだけで、子孫がこのようになるということがあろうか。それゆえ、運が尽きて都を出た後は、死骸《しがい》を野山にさらし、死者としての名を西海に流すことだろうと覚悟していたが、ここまで下ることになるとは、まったく思いもしなかった。ただ前世の悪業のせいでこうなるのかと思うと、それが残念です。ただしかし、『殷《いん》の湯王《とうおう》は捕えられて夏台《かだい》の獄に入れられ、周の文王《ぶんおう》は羑里《ゆうり》に捕えられる』という中国の文がある。大昔でもやはりこのとおりだ。ましてこの末世では当然のことだ。弓矢を取る武士の常だから、敵の手にかかって命を失うことはまったく恥のようであって、ほんとうの恥ではない。ただご恩には、さっさと首を斬《き》られよ」といって、その後は何も言われない。
梶原景時はこれをお聞きして、「ああ立派な大将軍だ」といって涙を流す。

兵衛佐《ひやうゑのすけ》、いそぎ見参《げんざん》して申されけるは、「抑《そもそも》君の御いきどほりをやすめ奉り、父の恥《はぢ》をきよめんと思ひたちしうへは、平家をほろぼさんの案の内に候《さうら》へども、まさしく見参《げンざむ》にいるべしとは存ぜず候ひき。この定《ぢやう》では、八島《やしま》の大臣殿《おほいとの》の見参にも入りぬと覚え候。抑《そもそも》南都《なんと》をほろぼさせ給ひける事は、故太政入道殿《こだいじやうにふだうどの》の仰せにて候ひしか、又時にとッての御《おん》ぱからひにて候ひけるか。以《もつ》ての外《ほか》の罪業《ざいごふ》にてこそ候なれ」と申されければ、三位中《さんみのちゆう》将《じやう》宣《のたま》ひけるは、「まづ南都炎上《えんしやう》の事、故入道の成敗《せいばい》にもあらず、重衡《しげひら》が愚《ぐ》意《い》の発起《ほつき》にもあらず。衆徒《しゆと》の悪行《あくぎやう》をしづめむがためにまかりむかッて候ひし程に、不慮に伽藍滅亡《がらんめつばう》に及び候ひし事、力及ばぬ次第なり。昔は源平左《げんぺいさ》右《う》にあらそひて、朝家《てうか》の御《おん》かためたりしかども、近比《ちかごろ》は源氏の運かたぶき

たりし事は、事あたらしう初めて申すべきにあらず。当家《たうけ》は保元平治《ほうげんへいぢ》より以来《このかた》、度々《どど》の朝敵をたひらげ、勧賞《けんじやう》身にあまり、かたじけなく一天の君の御外戚《ごぐわいせき》として、一族《いちぞく》の昇進《しようじん》六十余人、廿余年《にじふよねん》の以来《このかた》は、たのしみさかえ申すはかりなし。今又運つきぬれば、重衡とらはれて是《これ》まで下り候ひぬ。それについて、帝王の御《おん》かたきをうッたる者は、七代まで朝恩《てうおん》うせずと申す事は、きはめたるひが事《こと》にて候ひけり。まのあたり故入道は君の御《おん》ためにすでに命をうしなはんとすること度々《どど》に及ぶ。されども纔《わづ》かに其身一代の幸《さいはひ》にて、子孫かやうにまかりなるべしや。されば運つきて都を出でし後《のち》は、かばねを山野《さんや》にさらし、名を西海の浪《なみ》にながすべしとこそ存ぜしか。これまでくだるべしとは、かけても思はざりき。唯先世《ただぜんぜ》の宿業《しゆくごふ》こそ口惜《くちを》しう候へ。但《ただ》し、『殷湯《いんたう》は夏台《かたい》にとらはれ、文王は羑里《いうり》にとらはる』と云ふ文《もん》あり。上古《しやうこ》なほかくのごとし。況《いはん》や末代《まつだい》においてをや。弓矢をとるならひ、敵《かたき》の手にかかッて命を失ふ事、まッたく恥にて恥ならず。只芳恩《はうおん》には、とく〳〵かうべをはねらるべし」とて、其後《そののち》は物も宣《のたま》はず。景時《かげとき》これを承ッて、「あッぱれ大将軍《たいしやうぐん》や」とて涙をながす。

二 維盛入水《これもりのじゅすい》

一方、都に残した妻子が忘れられない維盛《これもり》は、屋島《やしま》を脱出するが、都で捕虜になってはかえって平氏の恥になると思い、高野山に旧知の滝口入道《たきぐちにゅうどう》を訪ね、出家する。熊野《くまの》に参詣《さんけい》するが、妻子を思う未練は消えない。維盛は自死を覚悟し、沖に漕《こ》ぎ出す。

頃は春の終り、三月二十八日のことなので、海路は遠くまで一面にかすんでおり、哀れを感じさせるたぐいのものである。ただいつもの春でさえも、暮春の空の様子は物悲しいものなのに、まして今日が最後のことなので、さぞかし心細かったであろう。沖に浮ぶ釣船《つりぶね》が波間に消え入るように思われるが、それでもやはり沈んでしまわないのを御覧になるにつけても、自分の身の上とお思いになったことであろう。自分の仲間の一列を引き連れて、今は（北国《はっこく》へと）帰る雁が、北国をさして鳴きながら行くのを見ても、あの雁に手紙を託して故郷へ言づけをしたいと思い、蘇武《そぶ》が胡国《ここく》で味わった悲しみまで、何一つ思い残すことなく、思いめぐらすのであった。「これはいったい何事だ。やはり迷いや執念が残っているのだな」と思い返されて、西に向って手を合せ、念仏なさる心の中にも、「もはやただ今が最期だとは、都ではどうして知ることができよう、知るはずがないのだから、それとなく聞えてくる言づてなども、今か今かと待っていることだろう。自分の入水もついには知れわたるだろうから、この世を去ったと聞いて、どんなにか嘆くことだろう」などと思い続けられると、念仏をやめ合掌《がっしょう》する手をくずし、聖《ひじり》（滝口入道）に向って言われるには、「ああ、人の身に、妻子というものをもってはいけないものでしたよ。この世で物思いをさせるだけでなく、後世《ごせ》で悟りを開き往生するための妨げとなるのはまったく残念です。ほんの今も妻子のことを恋しく思い出すのですよ。このようなことを心の中に残していると、罪深いそうですから、懺悔《ざんげ》するのです」と言われた。

比《ころ》は三月廿八日の事なれば、海路《かいろ》遥《はる》かに霞《かす》みわたり、哀れをもよほすたぐひなり。ただ大方《おほかた》の春だにも、暮れ行く空は物うきに、況や今日《いはんけふ》をかぎりの事なれば、さこそは心ぼそかりけめ。興の釣舟《おきつりぶね》の浪に消え入るやうにおぼゆるが、さすが沈みもはてぬを見給ふにも、我身のうへとやおぼしけむ。おのが一行《ひとつら》ひきつれて、今はとかへる雁《かり》がねの、越路《こしぢ》をさして鳴きゆ

くも、ふるさとへことづけせまほしく、蘇武《そぶ》が胡国《ここく》のうらみまで、思ひのこせるくまもなし。「さればこは何事ぞ。猶妄執《なほまうじふ》のつきぬにこそ」と思食《おぼしめ》しかへして、西にむかひ手をあはせ、念仏し給ふ心のうちにも、「すでに只今をかぎりとは、都にはいかでか知るべきなれば、風のたよりのことつても、いまや〳〵とこそまたんずらめ。遂《つひ》にはかくれあるまじければ、此《この》世《よ》になきものと聞いて、いかばかりかなげかんずらん」なンど思ひつづけ給へば、念仏をとどめ合掌《がつしやう》を乱《みだ》り、聖《ひじり》にむかッて宣《のたま》ひけるは、「あはれ人の身に、妻子《さいし》といふ物をばもつまじかりけるものかな。此世にて物を思はするのみならず、後世菩提《ごせぼだい》のさまたげとなりける口惜《くちを》しさよ。只今も思ひ出づるぞや。か様《やう》の事を心中《しんぢゆう》にのこせば、罪ふかからむなる間、懺悔《さんげ》するなり」とぞ宣ひける。(略)

聖は、生者必滅《しやうじやひつめつ》・会《え》者定離《しやじやうり》はこの世の理《ことわり》であること、また、成仏して悟りを開いたら、現世に帰って妻子を導くことになると説いて、念仏を勧める。

中将はまことに適切に仏道に導いてくれる聖《ひじり》だとお思いになり、たちまち邪念を翻して、西に向って手を合せ、大きな声で念仏を百遍ばかり唱えながら、「南無《なむ》」と唱える声と共に、海へお入りになった。

> 中将しかるべき善知識《ぜんちしき》かなと思食《おぼしめ》し、忽《たちま》ちに妄念《まうねん》をひるがへして、西に向ひ手を合せ、高声《かうしやう》に念仏百返計《ひやつぺんばかり》となへつつ、「南無《なむ》」と唱《とな》ふる声共《とも》に、海へぞ入り給ひける。

三 藤戸《ふじと》

七月、都では三種の神器《じんぎ》のないまま後鳥羽天皇が即位した。一方、平家は屋島《やしま》で四国の阿波重能《あわのしげよし》兄弟を頼りに過している。九月、範頼《のりより》は大軍を率いて備前藤戸《びぜんふじと》（岡山県倉敷市。水島灘に通じる水道）に到着し、同所に布陣した平家と相対する。

源平の陣の間隔は、海面二十五町ばかり（約二・七キロメートル）である。船がなくては容易に渡るべき方法がなかったので、源氏の大勢は向いの山に泊って空しく日々を過していた。平家の方から血気にはやる若者どもが、小船に乗って船頭に命じて漕《こ》ぎ出させ、扇をあげて、「ここを渡って来い」と差し招いた。

源氏の者どもは、「心外なことだ。どうしよう」と言っているうちに、九月二十五日の夜になって、佐々木三郎盛綱《もりつな》は、浦の男を一人仲間に引き入れて、白い小袖《こそで》、大口《おおくち》（下袴）、白鞘巻《しろざやまき》（銀の金具をつけた短刀）などを与え、うまくだましきって、「この海に馬で渡れそうな所があるか」と尋ねたところ、男が申すには、「浦の者どもは大勢おりますが、様子を知っている者はまれです。この私はよく知っています。具体的に言いますと、川の瀬のような所がありますが、月の初めには東にあります。月の末には西にあります。両方の瀬の間が、海上十町（約一・一キロメートル）ぐらいはありましょう。この瀬は御馬でなら容易にお渡りになれましょう」と申したので、佐々木はたいそう喜んで、自分の家子《いえのこ》・郎等《ろうどう》にも知らせず、その男とただ二人で人目を忍んで抜け出し、裸になり、例の瀬のような所を見ると、なるほどあまり深くはなかった。水が膝《ひざ》・腰や肩までで立てる所もあるし、鬢《びん》が濡《ぬ》れる所もある。深い所を泳いで、浅い所に泳ぎ着く。

男が申すには、「これから南は、北よりずっと浅うございます。敵が矢先を揃《そろ》えて待ち受ける所に、裸ではどうにもなりますまい。お帰りください」と申したので、佐々木はなるほどそうだと思って帰ったが、「下郎《げろう》はどこの者ともわからないあてにならぬ者だから、また人にうまく言われて地理の様子も教えることだろう。自分だけが知っていることにしよう」と思って、その男を刺し殺し、首を斬《き》って捨ててしまった。

源平の陣のあはひ、海のおもて廿五町ばかりをへだてたり。舟なくしてはたやすうわたすべき様《やう》なかりければ、源氏の大勢《おほぜい》むかひの山に宿《しゆく》して、いたづらに日数をおくる。平家の方《かた》よりはやりをの若者《わかもの》共、小船《こぶね》に乗ッて漕《こ》ぎいださせ、扇《あふぎ》をあげて、「ここわたせ」とぞまねきける。

源氏、「やすからぬ事なり。いかがせん」といふところに、同《おなじき》廿五日の夜に入ッて、佐々木三郎盛綱《もりつな》、浦の男《をとこ》をひとりかたらッて、白い小袖《こそで》、大《おほ》口《くち》、白鞘巻《しろざやまき》なッどとらせ、すかしおほせて、「この海に馬にてわたしぬべき所やある」と問ひければ、男申しけるは、「浦の者共おほう候《さうら》へども、案内知ッたるはまれに候。此《この》男こそよく存知《ぞんぢ》して候へ。たとへば河の瀬のやうなる所の候が、月がしらには東《ひんがし》に候。月尻《つきじり》には西に候。両方《りやうばう》の瀬のあはひ、海のおもて十町ばかりは候らむ。この瀬は御馬《おんむま》にてはたやすうわたさせ給ふべし」と申しければ、佐々木なのめならず悦《よろこ》びて、わが家子郎等《いへのこらうどう》にも知らせず、かの男と只《ただ》二人《にん》まぎれ出で、はだかになり、件《くだん》の瀬のやうなる所を見るに、げにもいたくふかうはなかりけり。膝《ひざ》、腰《こし》、肩《かた》にたつ所もあり、鬢《びん》のぬるる所もあり、深き所をばおよいで、あさき所におよぎつく。

男申しけるは、「これより南《みんなみ》は、北よりはるかに浅う候。敵《かたき》矢さきをそろへて待つところに、はだかにてはかなはせ給ふまじ。かへらせ給へ」と申しければ、佐々木げにもとてかへりけるが、「下臈《げらふ》はどこともなき者なれば、又人にかたらはれて案内《あんない》をもをしへむずらん。我計《わればかり》こそ知らめ」と思ひて、彼《かの》男をさしころし、頸《くび》かききッてすててンげり。

同月二十六日の午前八時頃、平家がまた小船に乗って船頭に漕《こ》ぎ出させて、「ここを渡って来い」と手招きした。佐々木三郎は、地理は前もって知っているし、滋目結《しげめゆい》（目のつんだ鹿の子絞り）の鎧直垂《よろいひたたれ》の上に黒糸縅《くろいとおどし》の鎧を着て、白葦毛《しらあしげ》の馬に乗り、家子《いえのこ》・郎《ろう》

等《どう》七騎がざざっと海に馬を入れて渡った。

大将軍三河守範頼《みかわのかみのりより》は、「あれを制止しろ、止めろ」と言われると、土肥《とい》次郎実平《さねひら》が、鞭《むち》を打つのと鐙《あぶみ》を踏むのとあわせて、追いついて、「おい佐々木殿、物でも憑《つ》いて狂われるか。大将軍のお許しもないのに乱暴だぞ。お止まりなさい」と言ったが、耳にも聞き入れないで馬を渡したので、土肥次郎も制止しかねて、そのまま連れ立って渡った。馬の草脇《くさわき》・鞅尽《むながいづく》し（ともに馬の胸の辺り）、太腹に水がつく所もあり、鞍壺《くらつぼ》を水が越すような所もある。深い所は馬を泳がせ、浅い所に上がった。

大将軍の三河守はこれを見て、「佐々木にだまされたな。浅かったぞ。渡れや渡れ」と命令を下されたので、三万余騎の大軍勢がみんな海に馬を入れて渡った。

平家の方では、「それ大変」と、多くの船を浮べ、矢先を揃《そろ》えて、弓に矢をつがえては引き、つがえては引きして、さんざんに射た。源氏の軍兵どもはこれを問題にもせず、甲《かぶと》の錣《しころ》（首を防護する部分）を傾け、平家の船に乗り移り乗り移りして、わめき叫んで攻め戦う。源平の軍勢が互いに乱れ合い、あるいは船を踏んで沈ませて死ぬ者もあり、あるいは船をひっくり返されてあわてふためく者もある。

一日中戦って、夜に入ったので、平家の船は沖に浮んでいる。源氏は児島《こじま》（倉敷市内）に上がって、人馬の息を休めた。平家は屋島へ漕ぎ戻る。源氏は心はたけだけしくはやったが、船がなかったので、追いかけて攻め戦うこともしない。

「昔から今に至るまで、馬で川を渡る武士はあるが、馬で海を渡ることは、インド・中国では知らないが、わが国では世にもまれな例だ」といって、備前の児島を佐々木に下さった。鎌倉殿（頼朝）の御教書《みぎようしよ》（下文《くだしぶみ》）にもその由が載せられたのであった。


同《おなじき》廿六日の辰剋《たつのこく》ばかり、平家《へいけ》又小舟《こぶね》に乗ッて漕《こ》ぎいださせ、「ここをわたせ」とぞまねきける。佐々木三郎、案内はかねて知ッたり、滋目結《しげめゆひ》の直垂《ひたたれ》に黒糸威《くろいとをどし》の鎧《よろひ》着て、白葦毛《しらあしげ》なる馬に乗り、家子郎等《いへのこらうどう》七騎ざッとうち入れてわたしけり。

大将軍参河守《たいしやうぐんみかはのかみ》、「あれ制せよ、留《とど》めよ」と宣《のたま》へば、土《と》肥次《ひのじ》郎実平《らうさねひら》、鞭《むち》鐙《あぶみ》をあはせておッついて、「いかに佐々木殿、物のついてくるひ給ふか。大将軍のゆるされもなきに狼籍《らうぜき》なり。とどまり給へ」といひけれども、耳にも聞きいれずわたしければ、土肥次郎も制しかねて、やがてつれてぞわたいたる。馬のくさわき、胸《むな》がいづくし、太腹《ふとばら》につく所もあり、鞍壺《くらつぼ》こす所もあり。ふかき所はおよがせ、あさき所にうちあがる。大将軍参河守是《これ》を見て、「佐々木にたばかられけり。あさかりけるぞや。わたせやわたせ」と下知《げぢ》せられければ、三万余騎の大勢《おほぜい》みなうち入れてわたしけり。

平家の方には、「あはや」とて、舟共おしうかべ、矢さきをそろへてさしつめひきつめさんぐ〵に射る。源氏の兵者共《つはものども》是を事ともせず、甲《かぶと》の錣《しころ》をかたむけ、平家の舟に乗りうつり乗りうつり、をめきさけんでせめたたかふ。源平乱れあひ、或《あるい》は舟ふみ沈めて死ぬる者もあり、或は船引きかへされてあわてふためく者もあり。

一日《いちにち》たたかひくらして夜に入りければ、平家の舟は興《おき》にうかぶ。源氏は児島《こじま》にうちあがッて、人馬《じんば》の息《いき》をぞやすめける。平家は八島へ漕ぎしりぞく。源氏心はたけく思へども、船なかりければ、おうてもせめたたかはず。「昔より今にいたるまで、馬にて河をわたすつはものはありといへども、馬にて海をわたす事、天竺《てんぢく》、震旦《しんだん》は知らず、我朝《わがてう》には希代《きたい》のためしなり」とぞ、備前の児島を佐々木に給はりける。鎌倉殿の御教書《みげうしよ》にものせられけり。

平家物語の風景 ⑦

屋島《やしま》

一谷《いちのたに》の敗戦後、平家は讃岐《さぬき》の屋島(香川県高松市)に内裏《だいり》を構えていた。次の巻第十一では、義経軍が屋島に出陣する。

船五艘《そう》、兵わずか百五十余騎、暴風雨を追い風ととらえて真夜中に渡辺を立ち、三日はかかる四国までの航路をたった六時間で進み、阿波《あわ》の勝浦《かつうら》(徳島県徳島市)に着く。着いた場所が「勝つ」浦ということから、気をよくした義経は、獅子奮迅《ししふんじん》の勢いで大坂越《おおさかごえ》をして、讃岐に入るや手始めに高松の民家に火をつける。それを見た平家軍は大軍と思い込んで、とるものとりあえず海へと退いていった。このため屋島では海対陸の合戦となるのである。陸から船上の扇の的を射た那須与一《なすのよいち》の話、義経がうっかり弓を海に流し、慌てて拾う弓《ゆみ》流《ながし》の話(本書では割愛)など、戦らしくない話も多く残されている。

屋島は烏帽子《えぼし》がひょいと瀬戸内海に飛び出したような地形で、合戦はその東岸、細長い湾のなかで繰り広げられた。ここには義経の弓流の碑など、名場面を伝える史跡が多く、屋島中央部に横たわる談古嶺《だんこれい》の展望台から古戦場を一望することができる。残念ながら湾は埋め立てが進み、兵たちの目に沁《し》みたはずの対岸の五剣山《ごけんざん》の緑も採石によって削られ、かつての面影は失われつつある。屋島寺は四国霊場第八十四番札所。ここには義経ら源氏軍が血の付いた刀を洗ったという「血の池」、そして平家を供養するために鎌倉時代に作られたという梵鐘《ぼんしょう》があり、今も鎮魂の音を響かせている。

巻第十一 ❖ あらすじ

元暦《げんりゃく》二年（一一八五）一月十日、義経は平家追討の決意を後白河院に述べる。二月三日に都を発ち、摂津国渡辺《せっつのくにわたなべ》で船揃《ふなぞろ》えするが、大暴風で十六日の出発が延期となる。その日、義経は梶原平三景時《かじわらへいぞうかげとき》と逆櫓《さかろ》をめぐって口論をする。夜、義経は強引に五艘《そう》の少勢で出航し、三日かかる航路を六時間程で渡り、阿波勝《あわかつ》浦《うら》に到着する。一気に北上して、十八日には讃岐国屋島《さぬきのくにやしま》の城まで進攻する。

平家は義経の奇襲に驚き、急いで沖に逃げるが、義経軍の兵数の少なさを知り、能登守教経《のとのかみのりつね》を主軸として巻き返しを図る。教経は義経の腹心、佐藤三郎嗣信《つぐのぶ》を射殺す。那須与一《なすのよいち》が扇《おうぎ》の的を射た話、源平双方の力比べとなり、平家方の上総悪七兵衛景清《かずさのあくしちびょうえかげきよ》が敵の錣《しころ》を引きちぎった話、義経が自分の弱弓を流され、危険を冒して取り戻した話など、屋島の合戦では数々の逸話が生まれる。

翌日、志度《しど》の浦《うら》に退いた平家は、更に四国から完全に敗退する。長門国《ながとのくに》で千余艘で陣容を整え、最後の合戦を待つ。

源氏は寝返った熊野別当湛増《くまののべっとうたんぞう》などを擁して三千余艘。決戦は三月二十四日。梶原景時と義経が先陣を争って内輪もめをするが、一旦は事無きを得る。

開戦後、潮流に乗った平家軍が優位であったが、不吉な異変が重なり、平家の敗北が予感される。阿波《あわの》民部重能《みんぶしげよし》らも源氏に寝返り、貴人用の唐船《とうせん》に雑兵《ぞうひょう》を、雑兵用の兵船《ひょうせん》に大将軍を入れる作戦も源氏に漏れる。

形勢は変り、平家の敗戦は決定的となる。

二位《にい》の尼《あま》は安徳帝《あんとくてい》と宝剣を抱き入水。建礼門院徳《けんれいもんいんとく》子《こ》も続くが、引き上げられる。教盛《のりもり》・経盛《つねもり》兄弟は鎧《よろい》に碇《いかり》を背負い手を組み、資盛《すけもり》・有盛《ありもり》・行盛《ゆきもり》も手を組み入水。宗盛《むねもり》父子は生け捕られる。教経《のりつね》は義経を追うが叶《かな》わず、源氏の武士三人を道連れに入水。知盛《とももり》は最後まで見届けて入水。壇浦《だんのうら》の合戦は終る。

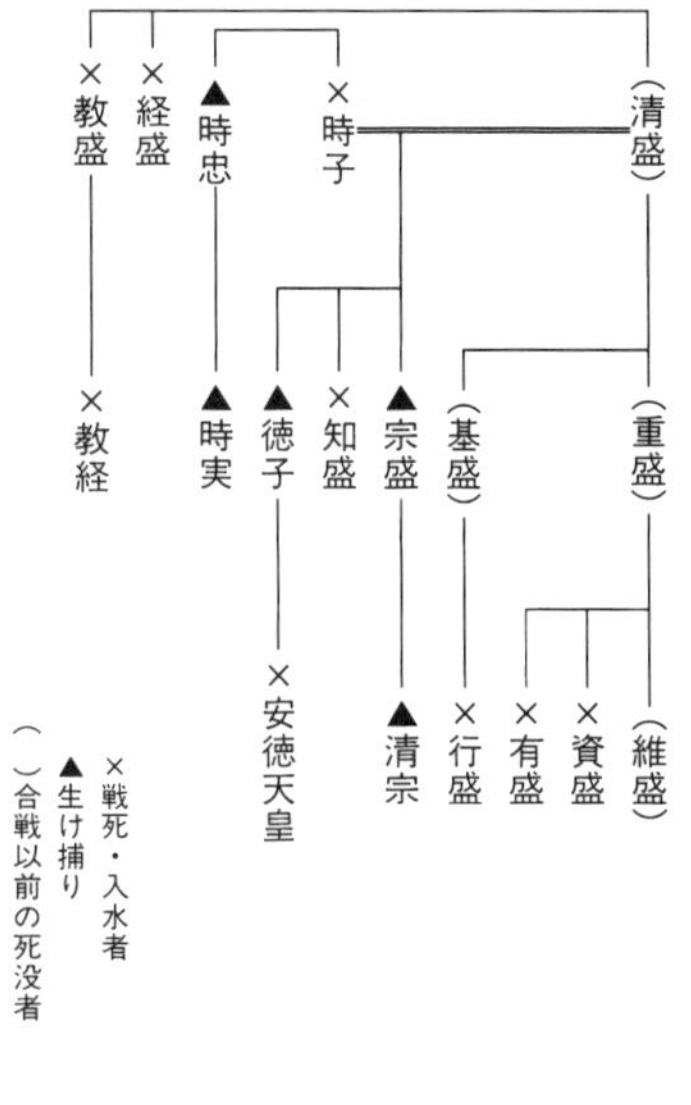

三種の神器《じんぎ》のうち宝剣を除く神璽《しんじ》・神鏡は無事に都に戻る。義経は四月二十六日に凱旋《がいせん》し、捕虜は都大路を渡される。時忠《ときただ》は娘を義経に嫁がせ、義経に取り入る。都も平穏を取り戻し、義経の評判は高まるが、頼朝は義経を危険と感じるようになる。
五月七日、義経は宗盛父子を伴い鎌倉に向かう。梶原の讒言《ざんげん》を信じた頼朝は、二十四日に宗盛父子のみを金洗沢《かねあらいざわ》で受け取り、義経を腰越《こしごえ》に留め、対面もなかった。
宗盛は頼朝に対面するが、みじめな様は周囲の失笑を買う。義経は宗盛父子を連れて戻る途中、近江《おうみ》で斬首《ざんしゅ》し、六月二十二日、父子の首を獄門に懸ける。
重衡《しげひら》は伊豆《いず》に捕らわれていたが、南都《なんと》（興福寺・東大寺）の大衆《だいしゅ》の要求によって奈良に渡される。重衡は護送の途中、醍醐《だいご》の日野《ひの》で、妻と最後の対面をする。木津《きづ》で処刑され、首は般若寺《はんにゃじ》の鳥居の前に釘付けにされた。

一　逆櫓《さかろ》

元暦《げんりやく》二年（一一八五）正月、平家追討の並々ならぬ決意を後白河院に奏聞した義経は、二月に、屋島に向けて出発した。義経は摂津国渡辺《せっつのくにわたなべ》（大阪市中央区内の淀川南岸）に、範頼《のりより》は神崎《かんざき》（尼崎市内の神崎川河口）に到着した。

二月十六日、渡辺・神崎の二か所で、数日前から揃えていた船どもの纜《ともづな》をいよいよ解こうとした。ちょうどその時、北風が木を折るほど烈《はげ》しく吹いたので、大波のために船がさんざんに損なわれて、船を出すことができない。修理のためにその日はそこに留まった。渡辺では大名《だいみょう》・小名《しょうみょう》が寄り合って、「いったい船戦《ふないくさ》のやりようはまだ練習していない。どうしたらよかろう」と評議した。

梶原景時《かじわらかげとき》が申すには、「今度の合戦には、船に逆櫓《さかろ》をたてたいものです」。判官《ほうがん》義経は、「逆櫓とはなんだ」。梶原は、「馬は駆けさせようと思えば、左手へも右手へも回しやすい。しかし船はすばやく押し戻すのが大変なのです。艫《とも》（船尾）・舳《へ》（船首）に櫓を交差してたて、脇楫《わいかじ》（両側の船ばたにつけた楫）を加えて、どちらの方角へも進退しやすいようにしたいものです」と申したので、判官が言われるには、「戦《いくさ》というものは、一引きも引くまいと思う時でさえも、都合が悪ければ引くのは常にあることだ。初めから逃げじたくをしては、なんのよいことがあろうぞ。とにかく門出《かどで》にあたって不吉なことだ。逆櫓をたてようとも逆様櫓《さかさまろ》をたてようとも、殿方の船には百挺《ちょう》でも千挺でも櫓をおたてなされ。義経はもとからの櫓でやろう」と言われるので、梶原が申すには、「よい大将軍と申すのは、駆けるべきところは駆け、引くべきところは引いて、身の安全を保ち、敵を滅すものだ。そういうのをもって、よい大将軍とするのです。一方にばかり偏して変えないのを、猪武者《いのししむしゃ》といって、よいこととはしない」と申すと、判官は、「猪《いのしし》か鹿《かのしし》だか知らないが、戦はただひたすら攻めに攻めて、勝ったのが気持はよいぞ」と言われると、侍《さぶらい》どもは梶原に恐れて高い声では笑わないが、目つきや鼻さきで知らせ合って、みな騒々しい。判官と梶原と、いよいよ同士討ちがあるにちがいないと、がやがや言い合っていた。

しだいに日が暮れ、夜に入ったので、判官が言われるには、「船の修理ができて新しくなったから、めいめい一品の肴《さかな》、一瓶の酒でお祝いなされ、殿方」といって、酒肴《しゅこう》の用意をするような様子で、船に武具を入れ、兵粮米《ひょうろうまい》を積み、馬どもを船中に立てさせて、

「さっさと船を出せ」と言われたので、船頭・水夫が申すには、「この風は追い風ですけれど、普通以上の疾風です。沖はさぞかし吹いておりましょう。どうして船を出せましょう」と申すと、判官は大いに怒って言われるには、「野山の果てで死に、海川の底に溺《おぼ》れて死ぬのも、みんなこれは前世で行《おこな》ったことの報いだ。海上に出て船で浮んでいる時、風が強いといってどうするか。向い風なのに渡ろうというなら、それは不都合だろうが、順風なのが多少強すぎるからといって、これほど重大な時機にどうして渡るのはいやだとは申すのだ。船を出さぬのなら、奴らを一人ひとり射殺せ」と命じられる。奥州の佐藤三郎兵衛嗣信《さぶろうびょうえつぎのぶ》、伊勢三郎義盛《よしもり》が一本ずつ矢をつがえ、進み出て、「どうしてあれこれ文句を申すのだ。君のご命令だから、さっさと船を出せ。船を出さぬのなら、一人ひとり射殺すぞ」と言ったので、船頭・水夫はこれを聞いて、「射殺されるのも船を出して死ぬのも同じことだ、風が強いなら、ひたすら船をつっ走らせて死んでしまえ、者ども」といって、二百余艘《そう》の船の中で、ただ五艘が走り出た。

残りの船は風に恐れるか、梶原に対して恐れるかして、みな残っていた。判官が言われるには、「ほかの人が出ないからといって、留まっているべきでない。波風の立たぬ普通の時は敵も用心するだろう。こんな大風大波で、誰も思いもよらない時に押し寄せてこそ、目ざす敵を討てるのだ」と言われた。五艘《そう》の船というのは、まず判官の船、田《た》代冠者《しろのかんじゃ》、後藤兵衛《ごとうびょうえ》父子、金子《かねこ》兄弟、淀《よど》の江内忠俊《ごうないただとし》といって船奉行の乗った船である。判官が言われるには、「めいめいの船に篝火《かがりび》をともすな。義経の船を親船として、その艫・舳の篝火を目標にしてついて来いよ。火の数が多く見えたら、敵が恐れてきっと用心するだろう」といって、夜通し走ったので、三日かかるところをたった六時間ぐらいで渡った。二月十六日（現代の日付では十七日）の午前二時頃に渡辺・福島（渡辺の西の地）を出発して、翌十七日の午前六時頃に、阿波《あわ》の地へ風に吹きつけられて到着した。

同《おなじき》十六日、渡辺《わたなべ》、神崎《かんざき》両所にて、この日ごろそろへける舟ども、ともづなすでにとかんとす。をりふし北風《きたかぜ》木を折ッてはげしう吹きければ、大《おほ》浪《なみ》に舟どもさむ〴〵にうち損ぜられて、いだすに及ばず。修理《しゆり》のために其《その》日《ひ》はとどまる。渡辺には大名小名《だいみやうせうみやう》寄りあひて、「抑《そもそも》舟軍《ふないくさ》の様《やう》はいまだ調《てう》練《れん》せず。いかがあるべき」と評定《ひやうぢやう》す。

梶原《かぢはら》申しけるは、「今度の合戦には、舟に逆櫓《さかろ》をたて候はばや」。判官、「逆櫓とはなんぞ」。梶原、「馬はかけんと思へば、弓手《ゆんで》へも馬手《めて》へもまはしやすし。舟はきッとおしもどすが大事に候。艫舳《ともへ》に櫓をたてちがへ、わいかぢをいれて、どなたへもやすうおすやうにし候はばや」と申しければ、判官宣《のたま》ひけるは、「いくさといふ物は、一《ひと》ひきもひかじと思ふだにも、あはひあしければひくは常の習《ならひ》なり。もとよりにげまうけしてはなんのよかるべきぞ。まづ門出《かどで》のあしさよ。逆櫓《さかろ》をたてうとも、かへさま櫓《ろ》をたてうとも、殿原《とのばら》の舟には百挺《ちやう》千挺《ぢやう》もたて給へ。義経《よしつね》はもとの櫓で候はん」と宣へば、梶原申しけるは、「よき大将軍《たいしやうぐん》と申すはかくべき処《ところ》をばかけ、ひくべき処をばひいて、身をまッたうしてかたきをほろぼすをもッて、よき大将軍とはする候《ざうらふ》。片趣《かたおもむき》なるをば、猪《ゐ》のしし武者とて、よきにはせず」と申せば、判官、「猪のしし、鹿《か》のししは知らず、いくさはただ平攻《ひらぜめ》にせめて、かッたるぞ心地はよき」と宣へば、侍共梶原におそれてたかくはわらはねども、目ひき鼻《はな》ひき、ぎぎめきあへり。判官と梶原と、すでに同士《どしい》軍《くさ》あるべしとざざめきあへり。

やう〳〵日暮れ、夜に入りければ、判官宣ひけるは、「舟の修理してあたらしうなッたるに、おの〳〵一種一瓶《いつしゆいつぺい》してゆはひ給へ、殿原《とのばら》」とて、いとなむ様《やう》にて、舟に物具《もののぐ》いれ、兵粮米《ひやうらうまい》つみ、馬どもたてさせて、「とく〳〵仕《つかまつ》れ」と宣ひければ、水手梶取《すいしゆかんどり》申しけるは、「此《この》風はおひ手にて候へども、普通に過ぎたる風で候。奥《おき》はさぞふいて候らん。争《いか》でか仕り候べき」と申せば、判官おほきにいかッて宣ひけるは、「野山のすゑにて死に、海河のそこにおぼれてうするも、皆これ前世《せんぜ》の宿業《しゆくごふ》なり。海上《かいしやう》に出でうかうだる時、風こはきとていかがする。むかひ風にわたらんといはばこそひが事《こと》ならめ、順風なるがすこし過ぎたればとて、是程《これほど》の御大事《おんだいじ》に、いかでわたらじとは申すぞ。舟仕《ふねつかまつ》らずは、一々《いちいち》にしやつばら射《い》ころせ」と下知《げぢ》せらる。奥州《あうしう》の佐《さ》藤三郎兵衛嗣信《とうさぶらうびやうゑつぎのぶ》、伊《い》勢三郎義盛《せのさぶらうよしもり》、片手《かたて》矢《や》はげすすみ出《い》でて、「何《なん》条子《でうし》細《さい》を申すぞ。御定《ごぢやう》であるに、とく〳〵仕れ。舟仕らずは、一々に射ころさんずるぞ」といひければ、水手梶取《すいしゆかんどり》是を聞き、「射ころされんも同じ事、風こはくは、ただ馳《は》せ死《じに》に死ねや、者共」とて、二百余艘の舟のなかに、ただ五艘出でてぞはしりける。

　のこりの船は風におそるるか、梶原におづるかして、みなとどまりぬ。判官宣ひけるは、「人の出でねばとて、とどまるべきにあらず。ただの時はかたきも用心すらむ。かかる大風《おほかぜ》大浪《おほなみ》に、思ひもよらぬ時におし寄せてこそ、思ふかたきをばうたんずれ」とぞ宣ひける。五艘の舟と申すは、まづ判官の舟、田代冠者《たしろのくわんじや》、後藤兵衛《ごとうびやうゑ》父子《ふし》、金子兄弟《かねこきやうだい》、淀《よど》の江内忠俊《がうないただとし》とて、舟奉行《ふなぶぎやう》の乗ッたる舟なり。判官宣ひけるは、「おの〳〵の舟に篝《かがり》なともいそ。義経が舟を本舟《ほんぶね》として、艫舳《ともへ》の篝をまぼれや。火かずおほく見えば、かたきおそれて用心してんず」とて、夜もすがらはしる程に、三日《みつか》にわたる処《ところ》を、ただ三時《みとき》ばかりにわたりけり。二月十六日の丑剋《うしのこく》に、渡辺、福島を出でて、あくる卯《う》の時に、阿波《あは》の地へこそふきつけたれ。

---

❷ 那須与一《なすのよいち》

十七日早朝、阿波《あわ》の勝浦《かつうら》（徳島市勝占町）に上陸した義経《よしつね》率いる軍勢は、一気呵成《いつきかせい》に北上し、十八日、屋島の御所を攻める。思わぬ急襲に大軍と勘違いした平家は舟で沖に出るが、義経の兵数の少なさを知り、反撃に出る。夕暮になり、戦《いくさ》は一時中断する。

沖の方から、立派に飾った小船が一艘《そう》、水際へ向いて漕《こ》ぎ寄せてきた。磯《いそ》へ七、八段《たん》

（約七七〜八八メートル）ぐらいになったところで、船を横向けにした。「あれはどうしたのだろう」と見るうちに、船の中から年齢十八、九ぐらいの女房で、いかにも優雅で美しい女性が、柳の五衣《いつつぎぬ》（白と青の柳襲《がさね》の、五枚の重ね着）に紅《くれない》の袴《はかま》を着て、紅一色の扇でまん中に金色の日の丸を描いたのを、船棚にはさんで立て、陸へ向いて手招きをした。

判官《ほうがん》義経は後藤兵衛実基《ごとうびょうえさねもと》を呼んで、「あれはどうしたのだろう」と言われると、「射よということでございましょう。ただし大将軍が矢の前面に進んで、美人を御覧になったら、弓の上手に命じてねらって射落せという計略と思われます。それはとにかく、扇を射させられるのがようございましょう」と申す。「射ることのできる者は、味方に誰かいるのか」と言われると、「名人はいくらもおりますが、その中で、下野国《しもつけのくに》の住人、那《な》須《す》太郎資高《すけたか》の子の与一宗高《むねたか》が小兵《こひょう》ですが、腕ききでございます」。「証拠はどうだ」と言われると、「飛ぶ鳥などを射るのを競って、三羽のうち二羽は必ず射落す者です」。「それなら呼べ」といってお呼びになった。

与一はその時は二十ぐらいの男である。赤地の錦《にしき》で衽《おおくび》（前襟）や端袖《はたそで》を彩った褐《かち》（濃い紺色）の布直垂《ひたたれ》に、萌黄縅《もえぎおどし》の鎧《よろい》を着て、銀の飾りをした太刀《たち》をさし、その日の戦《いくさ》に射て少々残っていた切斑《きりふ》（白黒の矢羽）の矢を、頭の上に出るように背負い、薄い切斑に鷹《たか》の羽をまぜて作ったぬた目の鏑矢《かぶらや》（鹿角でつくった鏑矢）を、それに添えてさしていた。滋籐《しげどう》の弓（幹を籐で巻いて漆で塗りこめた弓）を脇《わき》にはさみ、甲《かぶと》をぬいで高紐《たかひも》にかけ、判官の前に畏《かしこ》まった。「どうだ宗高、あの扇のまん中を射て、平家に見物させてやれよ」。与一が畏まって申すには、「うまく射切ることができるかどうかわかりません。射損ないましたなら、長く味方（源氏方）の疵《きず》となりましょう。確実に射切れそうな人に仰せつけられるのがようございましょう」と申した。

判官はたいそう怒って、「鎌倉をたって西国へ出向く連中は、義経の命を背いてはならぬ。少しでもあれこれ文句を言おうと思う者は、ここからさっさと帰られるべきだ」と言われた。与一は重ねて辞退したらよくないだろうと思ったのか、「はずれるかどうかわかりませんが、御ことばですから、いたしてみましょう」といって、御前を下がって、太くたくましい黒い馬に、小房《こぶさ》のついた鞦《しりがい》をかけ、まろぼやの紋様を摺《す》りこんだ鞍《くら》をつけて乗った。弓を持ち直し、手綱を繰りながら、水際へ向って馬を進めたので、味方の軍兵どもはその後ろ姿をずっと見送って、「この若者は必ずうまくやりとげると思われます」と申したので、判官も頼もしそうに見ておられた。

おきの方より尋常《じんじやう》にかざッたる少舟《せうしう》一艘《さう》、みぎはへむいてこぎ寄せけり。磯へ七八段《たん》ばかりになりしかば、舟を横様《よこさま》になす。「あれはいかに」と見る程に、舟のうちよりよはひ十八九ばかりなる女房の、まことに優《いう》にうつくしきが、柳の五衣《いつつぎぬ》に紅《くれなゐ》の袴《はかま》着て、みな紅《ぐれなゐ》の扇《あふぎ》の日いだしたるを、舟のせがいにはさみたてて、陸《くが》へむいてぞまねいたる。

判官《はうぐわん》、後藤兵衛実基《ごとうびやうゑさねもと》を召して、「あれはいかに」と宣《のたま》へば、「射よとにこそ候《さうらふ》めれ。ただし大将軍《たいしやうぐん》、矢おもてにすすんで傾城《けいせい》を御覧ぜば、手たれにねらうて射おとせとのはかり事《こと》とおぼえ候。さも候へ、扇をば射させらるべうや候らん」と申す。「射つべき仁《じん》はみかたに誰《たれ》かある」と宣へば、「上《じや》手《うず》どもいくらも候なかに、下野国《しもつけのくに》の住人、那須太郎資高《なすのたらうすけたか》が子に与一宗高《よいちむねたか》こそ小兵《こひやう》で候へども手ききで候へ」。「証拠《しようこ》はいかに」と宣へば、「かけ鳥《とり》なンどをあらがうて、三《み》つに二《ふた》つは必ず射おとす者で候」。「さらば召せ」とて召されたり。

与一其比《そのころ》は廿《にじふ》ばかりの男子《をのこ》なり。かちに、赤地《あかぢ》の錦《にしき》をもッておほくび、はた袖《そで》いろへたる直垂《ひたたれ》に、萌黄威《もよぎをどし》の鎧《よろひ》着て、足白《あしじろ》の太刀《たち》をはき、切斑《きりふ》の矢の、其日のいくさに射て少々のこッたりけるを、頭高《かしらだか》に負ひなし、うす切《ぎり》斑《ふ》に鷹《たか》の羽《は》はぎまぜたるぬた目の鏑《かぶら》をぞさしそへたる。滋籐《しげどう》の弓脇にはさみ、甲《かぶと》をばぬぎ高紐《たかひも》にかけ、判官の前に畏《かしこま》る。「いかに宗高、あの扇のまンなか射て、平家に見物せさせよかし」。与一畏ッて申しけるは、「射おほせ候《さうら》はむ事、不定《ふぢやう》に候。射損じ候ひなば、ながきみかたの御《おん》きずにて候べし。一定仕《いちぢやうつかまつ》らんずる仁《じん》に仰せ付けらるべうや候らん」と申す。

判官大きにいかッて、「鎌倉をたッて西国《さいこく》へおもむかん殿原《とのばら》は、義経《よしつね》が命《めい》をそむくべからず。すこしも子細を存ぜん人は、とう〳〵是《これ》よりかへるべし」とぞ宣《のたま》ひける。与一かさねて辞せばあしかりなんとや思ひけん、「はづれんは知り候はず、御定《ごぢやう》で候へば、仕《つかま》ッてこそ見候はめ」とて、御《おん》まへを罷立《まかりた》ち、黒き馬のふとうたくましいに、小《こ》ぶさの鞦《しりがい》かけ、まろぼやすッたる鞍《くら》おいてぞ乗ッたりける。弓とりなほし、手綱《たづな》かいくり、みぎはへむいてあゆませければ、みかたの兵《つはもの》共うしろをはるかに見おくッて、「この若者一定《わかものいちぢやう》仕り候ひぬと覚え候」と申しければ、判官もたのもしげにぞ見給ひける。

矢を射るには少し遠かったので、海へ一段（約一一メートル）ぐらい乗り入れたが、まだ扇との間隔が七段ぐらいあろうと見えた。時は二月十八日の午後六時頃のことであるが、ちょうどその時北風がはげしく吹いて、磯に打ち寄せる波も高かった。船は波にゆられて上下に動きふらふらと漂っているので、扇も竿《さお》に固定せず、ひらひらとひらめいている。沖では平家が船を一面に並べて見物する。陸では源氏が轡《くつわ》を並べてこれを見ている。どちらを見ても晴れがましくないことはない。

与一《よいち》は目をふさいで、「南無八幡大菩薩《なむはちまんだいぼさつ》、わが国の神は、日光権現、宇都宮《うつのみや》大明神、那須《なす》の湯泉《ゆぜん》大明神、どうぞあの扇のまん中を射当てさせてくださいませ。これを射損なうものなら、弓を切り折って自害して、人に二度と顔を合せるつもりはありません。もう一度本国へ迎えてやろうとお思いでしたら、この矢をはずさせないでください」と心の中で祈念して、目を開いて見ると、風も少し弱って、扇も射やすそうになった。

与一は鏑矢《かぶらや》を取って弓につがえ、十分引きしぼってひゅうっと射放した。小兵《こひょう》ということで、十二束三伏《そくみつぶせ》（普通より指三本分だけ長い）の矢だが、弓は強弓だ、鏑矢は浦一帯に響くほど長く鳴りわたって、あやまりなく扇のかなめの際《きわ》から一寸（三センチ）ぐらい上を、ひいふっと射切った。鏑矢は海へ入ると、扇は空へ舞い上がった。しばらくは大空にひらひらとひらめいたが、春風に一もみ二もみもまれて、海へさっと散ったのであった。

夕日が輝いているなかに、金の日輪を描いた皆紅《みなぐれない》の扇が白波の上に漂い、浮いたり沈んだりしてゆらゆら揺られていたので、沖では、平家が船ばたをたたいて感嘆した。陸では、源氏が箙《えびら》をたたいてどよめいた。

この妙技に感に堪えなかったのか、扇が立ててあった船上で、長刀《なぎなた》を持った男が舞い始めた。伊勢三郎義盛は、那須与一に命じて、その男を射させる。そして再び戦が始まった。義経は弓を落とされるなどしたが果敢に戦い、日暮れに源平ともに両陣に退いた。

矢ごろすこしとほかりければ、海へ一段《たん》ばかりうちいれたれども、猶《なほ》扇のあはひ七段ばかりはあるらむとこそ見えたりけれ。ころは二月十八日の酉剋《とりのこく》ばかりの事なるに、をりふし北風はげしくて磯うつ浪《なみ》もたかかりけり。舟はゆりあげゆりすゑただよへば、扇も串《くし》にさだまらずひらめいたり。おきには平家舟《ふね》を一面にならべて見物す。陸《くが》には源氏くつばみをならべて是を見る。いづれも〳〵晴《はれ》ならずといふ事ぞなき。

与一《よいち》目をふさいで、「南無八幡大菩薩《なむはちまんだいぼさつ》、我国の神明《しんめい》、日光権現《につくわうのごんげん》、宇都宮《うつのみや》、那須《なす》のゆぜん大明神《だいみやうじん》、願はくはあの扇のまゝなか射させてたばせ給へ。これを射損ずる物ならば、弓きり折り自害して、人に二《ふた》たび面《おもて》をむかふべからず。いま一度《いちど》本国《ほんごく》へむかへんとおぼしめさば、この矢はづさせ給ふな」と、心のうちに祈念して、目を見ひらいたれば、風もすこし吹きよわり、扇も射よげにぞなッたりける。

与一鏑《かぶら》をとッてつがひ、よッぴいてひやうどはなつ。小兵《こひやう》といふぢやう十二束三伏《そくみつぶせ》、弓は強し、浦ひびく程長鳴《ながなり》して、あやまたず扇のかなめぎは一寸ばかりおいて、ひィふつとぞ射きッたる。鏑《かぶら》は海へ入りければ、扇は空へぞあがりける。しばしは虚空《こくう》にひらめきけるが、春風に一《ひと》もみ二《ふた》もみもまれて、海へさッとぞ散ッたりける。

夕日《ゆふひ》のかかやいたるに、みな紅《ぐれなゐ》の扇の日いだしたるが、白浪《しらなみ》のうへにただよひ、うきぬ沈みぬゆられければ、興《おき》には、平家ふなばたをたたいて感じたり。陸《くが》には、源氏箙《えびら》をたたいてどよめきけり。

三 鶏合《とりあわせ》 壇浦合戦《だんのうらかっせん》

翌日、義経《よしつね》はさらに平家軍を追撃し、平家は長門国《ながとのくに》（山口県の一部）に退く。義経軍は周防《すおう》に渡り、範頼《のりより》と合流する。熊野別当湛増《くまののべっとうたんぞう》は迷った末、鶏合の占いで源氏につくと決める。三月二十四日、兵船三千余艘《そう》の源氏と、千余艘の平家とが、門司《もじ》・赤間《あかま》の関《せき》（関門海峡に面する福岡県北九州市門司区と山口県下関市赤間町）で決戦する。その先陣を、義経と景時《かげとき》が争うが、周囲がとりなし、いったんは事なきを得る。

さて、源平の陣の間は、海面三十余町（三・三キロメートル以上）を隔てていた。門司・赤間・壇浦（下関市）は潮が集まってたぎり落ちる所なので、源氏の船は潮流に向って、心ならずも押し戻される。それに反して平家の船は、潮流に乗って出て来た。沖は潮の流れが速いので、水際に寄って、梶原は敵の船の行きちがうところに熊手を引っかけて、親子主従十四、五人が敵の船に乗り移り、長刀《なぎなた》や刀を抜いて船の前後にさんざんに斬《き》ってまわる。多くの分捕り（敵の首や武器を取ること）をして、その日の戦功の中で筆頭に記しつけられた。

いよいよ源平両方が陣を向い合せて、鬨《とき》をつくる。その声は上は梵天《ぼんてん》までも聞え、下は海中の竜神も驚くだろうと思われた。（平家方の）新中納言知盛《とももり》卿は、船の屋形に立ち出でて、大声をあげて言われるには、「戦《いくさ》は今日が最後だ、者ども少しも退く気持があってはならぬ。インド・中国にも、日本わが国にもまたとない名将・勇士だといっても、運が尽きてしまってはどうにもいたしかたがない。けれどもなんといっても名こそ惜しいぞ。東国の者どもに弱気を見られないようにしろ。いつのために命を惜しむというのか。これだけが心に思うことだ」と言われると、飛騨《ひだ》三郎左衛門景経《ざえもんかげつね》が御前に控えていたが、「この御ことばを承れ、侍《さぶらい》ども」と命令を下した。

上総悪七兵衛景清《かずさのあくしちびょうえかげきよ》が進み出て申すには、「関東武者は、馬上でこそ偉そうな口はききますが、船軍《ふないくさ》についてはいつ訓練をしておりましょう。魚が木に登ったようなもので何もできますまい。一人ひとりつかまえて海につけましょう」と申した。越中次郎兵衛盛嗣《えっちゅうのじろうびょうえもりつぎ》が申すには、「どうせ組むのなら大将軍の源九郎《げんくろう》（義経）にお組みなされ。九郎は色白く背の低い男だが、前歯が特に出ていてはっきりわかるそうだぞ。ただし直垂《ひたたれ》と鎧《よろい》をいつも着替えるそうだから、すぐには見分けにくいということだ」と申した。上総悪七兵衛が申すには、「心は勇猛であっても、その小冠者《こかんじゃ》め、どれほどのことがあろう。片《かた》脇《わき》にはさんで海へ入れようものを」と申した。

新中納言はこのように命令なさって、大臣殿《おおいどの》（宗盛《むねもり》）の御前に参って、「今日は侍どもが元気よく見えます。ただしかし阿波民部重能《あわのみんぶしげよし》は心変りしたと思われます。頭《こうべ》をはねたいものです」と申されたので、大臣殿は、「はっきりした証拠もなくて、どうして首を斬ることができよう。あれほど忠実に奉公した者だのに。重能参るように」と召したところ、重能は木蘭地《むくらんじ》（黒みを帯びた黄赤色）の直垂の上に洗革《あらいがわ》で縅《おど》した鎧を着て、御前につつしんで控えた。

「どうだ、重能は心変りしたのか。今日は元気がないように見えるぞ。四国の者どもに合戦を立派にやれと命令してくれ。おじけづいたな」と言われると、「なんでおじけづくことがありましょう」といって、御前を退出する。新中納言は、ああ、あいつの首を打ち落したいものだと思われて、太刀《たち》の柄《つか》を砕けるほどしっかり握りしめて、大臣殿の方をしきりに御覧になったが、お許しがないので、しかたがない。


さる程に源平の陣のあはひ、海のおもて卅余町《さんじふよちやう》をぞへだてたる。門司《もじ》、赤間《あかま》、壇《だん》の浦《うら》はたぎりておつる塩なれば、源氏の舟は塩にむかうて心ならずおしおとさる。平家の舟は塩におうてぞ出できたる。おきは塩のはやければ、みぎはについて、梶原敵《かぢはらかたき》の舟のゆきちがふ処に熊手をうちかけて、親子《おやこ》主従《しゆうじゆう》十四五人乗りうつり、打物《うちもの》ぬいて艫舳《ともへ》にさむ〴〵にないでまはる。分どりあまたして、其日《そのひ》の高名《かうみやう》の一《いち》の筆にぞつきにける。

すでに源平両方《げんぺいりやうばう》陣をあはせて時《とき》をつくる。上《かみ》は梵天《ぼんでん》までもきこえ、下《しも》は海竜神《かいりゆうじん》もおどろくらんとぞおぼえける。新中納言知盛卿《しんぢゆうなごんとももりのきやう》、舟の屋形《やかた》にたちいで、大音声《だいおんじやう》をあげて宣《のたま》ひけるは、「いくさはけふぞかぎり、者どもすこしもしりぞく心あるべからず。天竺《てんぢく》、震旦《しんだん》にも日本我朝《につぽんわがてう》にもならびなき名将勇士《めいしやうゆうし》といへども、運命つきぬれば力及ばず。されども名こそ惜しけれ。東国《とうごく》の者共《ものども》によわげ見ゆな。いつのために命をば惜しむべき。これのみぞ思ふ事」と宣へば、飛驒三郎左衛門景経《ひだのさぶらうざゑもんかげつね》御《おん》まへに候ひけるが、「これ承れ、侍《さぶらひ》ども」とぞ下知《げぢ》しける。

上総悪七兵衛《かづさのあくしちびやうゑ》すすみ出《い》でて申しけるは、「坂東武者《ばんどうむしや》は馬のうへでこそ口はきき候とも、舟軍《ふないくさ》にはいつ調練《てうれん》し候べき。魚《うを》の木にのぼッたるでこそ候はんずれ。一々にとッて海につけ候はん」とぞ申したる。越中次郎兵衛《ゑつちゆうのじらうびやうゑ》申しけるは、「同じくは大将軍の源九郎《げんくらう》にくん給《だま》へ。九郎は色白うせいちいさきが、むかばのことにさしいでてしるかんなるぞ。ただし直垂《ひたたれ》と鎧《よろひ》を常に着かふなれば、きッと見わけがたかんなり」とぞ申しける。上総悪七兵衛申しけるは、「心こそたけくとも、その小冠者《こくわんじや》何程の事かあるべき。片《かた》脇《わき》にはさんで海へいれなん物を」とぞ申したる。

新中納言はか様《やう》に下知《げぢ》し給ひ、大臣殿《おほいとの》の御《おん》まへに参ッて、「けふは侍《さぶらひ》どもけしきよう見え候。ただし阿波民部重能《あはのみんぶしげよし》は心がはりしたるとおぼえ候。かうべをはね候《さうら》はばや」と申されければ、大臣殿、「見えたる事もなうて、いかが頸《くび》をばきるべき。さしも奉公の者であるものを。重能参れ」と召しければ、木蘭地《むくらんぢ》の直垂に洗革《あらひがは》の鎧着て、御《おん》まへに畏《かしこま》ッて候。「いかに、重能は心がはりしたるか。今日こそわるう見ゆれ。四国の者共にいくさようせよと下知せよかし。臆《おく》したるな」と宣へば、「なじかは臆し候べき」とて、御《おん》まへをまかりたつ。新中納言、あはれきやつが頸をうちおとさばやとおぼしめし、太刀《たち》の柄《つか》くだけよとにぎッて、大臣殿の御《おん》かたをしきりに見給ひけれども、御《おん》ゆるされなければ、力及ばず。

四 遠矢《とおや》

戦《いくさ》が始まる。平家方の山鹿兵藤次秀遠《やまがのひょうどうじひでとお》が活躍する。源氏方の和田小太郎義盛《よしもり》、平家方の新居紀四郎親清《にいのきしろうちかきよ》、源氏方の浅利与一《あさりよいち》らが遠矢を競う。

源平の武士は互いに命を惜しまず、大声をあげ、わめき叫んで攻め戦う。どちらが劣っているとも見えない。けれども平家の方には、十善《じゅうぜん》の帝王（前世で仏教の十善戒を保った功徳により帝王として生れた帝王）が三種の神器《じんぎ》を持っていらっしゃるから、源氏はどうだろうかと危うく思っていた時、しばらくは白雲かと思われて大空に漂うものがあったが、それは雲ではなかった、持主もない白旗が一流れ空から舞い下がって来て、源氏の船の舳先《へさき》に、旗竿《はたざお》に結ぶ緒が触れるほどに近づいて見えた。

判官《ほうがん》義経は、「これは八幡大菩薩《はちまんだいぼさつ》（源氏の守護神）がお現れになったのだ」と喜んで、手水《ちょうず》・うがいをして、これを拝み申し上げる。軍兵どももみなそのとおりにした。また源氏の方から、海豚《いるか》という魚が一、二千ほどぱくぱく口をあけて、平家の方へ向った。大臣殿《おおいどの》はこれを御覧になって、小博士（陰陽道の博士）の晴信《はれのぶ》を召して、「海豚はいつも多いが、今までこのようなことはない。どういうことだろうか、易で占って申せ」と仰せられたので、「この海豚が、口をあけ呼吸しながら戻って行きましたら、源氏は滅びましょう。ぱくぱくしながら通り過ぎましたら、味方のご軍勢は危のうございます」と申しも終らぬうちに、平家の船の下をすぐさまぱくぱくしながら通った。「世の中は今はこれまでです」と晴信は申した。

阿波民部重能《あわのみんぶしげよし》は、この三か年の間、平家によくよく忠義を尽し、度々の合戦に命を惜しまず防ぎ戦ったが、子息の田内左衛門《でんないざえもん》を生捕《いけど》りにされて、どうにもかなわないと思ったのか、たちまち心変りして、源氏に味方してしまった。平家の方では計略をめぐらして、身分のよい人を兵船に乗せ、下賤《げせん》な者どもを唐船に乗せて、源氏が大将の船かと思いそちらに心ひかれて唐船を攻めたら、中に取り囲んで討とうと準備されたけれども、阿波民部が裏切って敵に走ったからには、源氏は策略を知って、唐船には目もくれず、大将軍が姿をやつして乗っておられた兵船を攻めたのであった。新中納言（知盛）は、「心外なことだ。重能めを斬《き》って捨てるべきだったのに」と、何度となく後悔なさったが、どうしようもない。

そのうちに、四国・九州の軍兵どもが、みな平家を背いて源氏に付いた。今まで従属していた者どもも、君に向って弓を引き、主に対して太刀を抜き刃向う。あちらの岸に寄りつこうとすると、波が高くてできそうにない。こちらの水際に寄りつこうとすると、敵が陸で矢先を揃《そろ》えて待ち受けている。源氏と平家との天下を取ろうという争いは、今日が最後と見えた。

源平たがひに命を惜しまず、をめきさけんでせめたたかふ。いづれおとれりとも見えず。されども平家の方には、十善帝王《じふぜんていわう》、三種《さんじゆ》の神器《じんぎ》を帯《たい》してわたらせ給へば、源氏いかがあらんずらんとあぶなう思ひけるに、しばしは白雲《はくうん》かとおぼしくて、虚空《こくう》にただよひけるが、雲にてはなかりけり、主《ぬし》もなき白幡一流《しらはたひとながれ》舞ひさがッて、源氏の舟の舳《へ》に、棹付《さをづけ》の緒のさはる程にぞ見えたりける。

判官《はうぐわん》、「是《これ》は八幡大菩薩《はちまんだいぼさつ》の現じ給へるにこそ」とよろこンで、手水《てうづ》をうがひをして、これを拝し奉る。兵共《つはものども》みなかくのごとし。又源氏のかたよりいるかといふ魚《うを》一二千はうで、平家の方《かた》へむかひける。大臣殿《おほいとの》これを御覧じて、小博士《こはかせ》晴信《はれのぶ》を召して、「いるかは常におほけれども、いまだかやうの事なし。いかがあるべきとかんがへ申せ」と仰せられければ、「このいるか、はみかへり候はば、源氏ほろび候べし。はうでとほり候はば、みかたの御《おん》いくさあやふう候」と申しもはてねば、平家の舟の下《した》をすぐにはうでとほりけり。「世の中はいまはかう」とぞ申したる。

阿波民部《あはのみんぶ》重能《しげよし》は、この三が年《ねん》があひだ、平家によく〳〵忠をつくし、度々《どど》の合戦に命を惜しまずふせぎたたかひけるが、子息田内左衛門《でんないざゑもん》をいけどりにせられて、いかにもかなはじとや思ひけん、たちまちに心がはりして、源氏に同心してんげり。平家の方にははかりことに、よき人をば兵船《ひやうせん》に乗せ、雑人《ざふにん》どもをば唐船《たうせん》に乗せて、源氏心にくさに唐船をせめば、なかにとりこめてうたんと支度《したく》せられたりけれども、阿波民部が返忠《かへりちゆう》のうへは、唐船には目もかけず、大将軍のやつし乗り給へる兵船をぞせめたりける。新中納言《しんぢゆうなごん》、「やすからぬ。重能めをきッてすつべかりつる物を」と、千《ち》たび後悔せられけれどもかなはず。

さる程に、四国、鎮西《ちんぜい》の兵者《つはもの》共、みな平家をそむいて源氏につく。いままでしたがひついたりし者共も、君にむかッて弓をひき、主《しゆう》に対して太刀《たち》をぬく。かの岸につかんとすれば、浪《なみ》たかくしてかなひがたし。このみぎはに寄らんとすれば、敵《かたき》矢さきをそろへてまちかけたり。源平《げんぺい》の国あらそひ、けふをかぎりとぞ見えたりける。

五 先帝身投《せんていみなげ》

源氏の軍兵どもは、今や平家の船に次々に乗り移ったので、船頭・水夫どもは、射殺されたり斬《き》り殺されたりして、船を正しい方向に向け直すことができず、船底に倒れ伏していた。新中納言知盛《とももり》卿は、小船に乗って御座所《おましどころ》のある御船に参り、「世の中は今はこれまでと見えました。見苦しいような物などを、すべて海へお投げ入れください」といって、船の前後に走りまわり、掃いたり、拭《ふ》いたり、塵《ちり》を拾って、自分の手で掃除なさった。女房たちは、「中納言殿、戦いはどうですか、どうです」と口々にお尋ねになると、「珍しい東男《あずまおとこ》を御覧になることでしょうよ」といって、からからと笑われるので、「こんなにさしせまった今となって、なんという冗談ですか」といって、口々に大声でわめき叫ばれた。

二位殿《にいどの》（清盛の妻で、建礼門院《けんれいもんいん》の母）はこのありさまを御覧になって、日頃からかねて覚悟していられたことなので、濃いねずみ色の二枚重ねを頭にかぶり、練絹《ねりぎぬ》の袴《はかま》の股《もも》立《だち》を高くとって、神璽《しんじ》（三種の神器《じんぎ》の一つ、八坂瓊曲玉《やさかにのまがたま》）を脇にかかえ、宝剣（三種の神器の一つ、草薙の剣《くさなぎつるぎ》）を腰にさし、安徳天皇をお抱き申し上げて、「わが身は女であっても、敵の手にはかからないつもりです。天皇のお供に参るのです。君に対しお志を寄せ深くお思い申し上げていられる人々は、急いであとに続きなさい」といって、船ばたへ歩み出られた。

天皇は今年八歳になられたが、お年の頃よりはるかに大人びていらして、御顔かたちが端麗で、あたりも照り輝くほどである。御髪は黒くゆらゆらとして、お背中より下にまで垂れておられた。驚きあきれたご様子で、「尼ぜ、私をどちらへ連れて行こうとするのだ」と仰せられたので、二位の尼は幼い君にお向い申して、涙をこらえて申されるには、「主上はまだご存じないことでございますか。前世で十善の戒を守り行《おこな》ったお力によって、今生では天子とお生れになりましたが、悪い縁にひかれて、ご運はもう尽きておしまいになりました。まず東にお向いになって、伊勢大神宮にお暇《いとま》を申され、その後、西方浄土の仏菩薩方のお迎えにあずかろうとおぼしめして、西にお向いになって、お念仏をお唱えなさいませ。この国は粟散辺地《ぞくさんへんじ》（辺鄙《へんぴ》な地にある、粟粒《あわつぶ》を散らしたような小国、日本）といって、悲しいいやな所でございますから、極楽浄土といってすばらしい所へお連れ申し上げますよ」と泣きながら申されたので、幼帝は山鳩色《やまばと》の御衣に角髪《みずら》をお結いになって、御涙をはげしく流されながら、小さくかわいらしい御手を合せ、まず東を伏し拝み、伊勢大神宮にお暇を申され、その後、西にお向いになって、お念仏を唱えられたので、二位殿はすぐさまお抱き申し上げ、「波の下にも都がございますよ」とお慰め申し上げて、千尋《ちひろ》もある深い深い海底へお入りになる。

源氏の兵者共《つはものども》、すでに平家の舟に乗りうつりければ、水手梶取《すいしゆかんどり》ども、射ころされ、きりころされて、舟をなほすに及ばず、舟《ふな》そこにたはれふしにけり。新中納言知盛卿《しんぢゆうなごんとももりのきやう》、少舟《こぶね》に乗ッて御所《ごしよ》の御舟《おんふね》に参り、「世のなかは今はかうと見えて候《さうらふ》。見苦しからん物共、みな海へいれさせ給へ」とて、艫《とも》舳《へ》にはしりまはり、掃いたりのごうたり、塵拾《ちりひろ》ひ、手づから掃除《さうぢ》せられけり。女房達、「中納言殿、いくさはいかにやいかに」と口々に問ひ給へば、「めづらしきあづま男《をとこ》をこそ御覧ぜられ候はんずらめ」とて、から〳〵と

わらひ給へば、「なんでうのただいまのたはぶれぞや」とて、声々にをめきさけび給ひけり。

二位殿《にゐどの》はこの有様を御覧じて、日ごろおぼしめしまうけたる事なれば、にぶ色の二衣《ふたつぎぬ》うちかづき、練袴《ねりばかま》のそばたかくはさみ、神璽《しんし》をわきにはさみ、宝剣《ほうけん》を腰にさし、主上《しゆしやう》をいだき奉《たてま》ッて、「わが身は女なりとも、かたきの手にはかかるまじ。君の御供《おんとも》に参るなり。御心《おんこころ》ざし思ひ参らせ給はん人々は、いそぎつづき給へ」とて、ふなばたへあゆみ出でられけり。

主上今年《ことし》は八歳《はつさい》にならせ給へども、御《おん》としの程よりはるかにねびさせ給ひて、御《おん》かたちうつくしく、あたりもてりかかやくばかりなり。御《おん》ぐし黒うゆら〳〵として、御《おん》せなか過ぎさせ給へり。あきれたる御様《おんさま》にて、「尼《あま》ぜ、われをばいづちへ具してゆかむとするぞ」と仰せければ、いとけなき君にむかひ奉り、涙をおさへて申されけるは、「君はいまだしろしめされさぶらはずや。先世《ぜんぜ》の十善戒行《じふぜんかいぎやう》の御力《おんちから》によッて、いま万乗《ばんじよう》の主《あるじ》と生《むま》れさせ給へども、悪縁にひかれて、御運すでにつきさせ給ひぬ。まづ東《ひんがし》にむかはせ給ひて、伊勢大神宮に御暇《おんいとま》申させ給ひ、其後西方浄土《そののちさいはうじやうど》の来迎《らいかう》にあづからむとおぼしめし、西にむかはせ給ひて御念仏《おんねんぶつ》さぶらふべし。この国は粟《そく》散辺地《さんへんぢ》とて心憂《こころう》きさかひにてさぶらへば、極楽浄土《ごくらくじやうど》とてめでたき処《ところ》へ具し参らせさぶらふぞ」と泣く〳〵申させ給ひければ、山鳩色《やまばといろ》の御衣《ぎよい》にびんづら結《ゆ》はせ給ひて、御涙《おんなみだ》におぼれ、ちいさくうつくしき御手《おんて》をあはせ、まづ東をふしをがみ、伊勢大神宮に御暇申させ給ひ、其後西にむかはせ給ひて、御念仏《おんねんぶつ》ありしかば、二位殿やがていだき奉り、「浪《なみ》の下《した》にも都のさぶらふぞ」となぐさめ奉《たてま》ッて、千尋《ちいろ》の底へぞ入り給ふ。

六 能登殿最期《のとどののさいご》

女院《にょういん》（安徳天皇の母、建礼門院《けんれいもんいん》）はこの御ありさまを御覧になって、御焼石《おんやきいし》（体を温める温石《おんじゃく》）・御硯《おんすずり》を重しとして左右の御懐《ふところ》に入れて、海へ身をお投げになったのを、渡辺党（摂津国《せっつのくに》渡辺に住む嵯峨《さが》源氏の一党）の源五右馬允昵《げんごうまのじょうむつる》が、誰とは存じ上げなかったが、御髪を熊手《くまで》にかけて、お引き上げ申し上げる。女房たちが、「ああ情けない。それは女院でいらっしゃいますよ」と声々口々に申されたので、判官義経《ほうがんよしつね》に申して、急いで御座所になっている御船へお移し申し上げる。

大納言佐殿《だいなごんのすけどの》（重衡《しげひら》の妻）は、内侍所《ないしどころ》（三種の神器の一つ、八咫鏡《やたのかがみ》）の入った御唐櫃《からびつ》を持って、海へ入ろうとなさったが、袴《はかま》の裾《すそ》を船ばたに射つけられ、足にまつわりついてお倒れになったのを、軍兵どもがおとめ申し上げる。そうして武士どもが内侍所の入った唐櫃の鎖《じょう》をねじ切って、すんでのことに御蓋《おんふた》を開こうとすると、たちまち目がくらみ鼻血が垂れてくる。平大納言時忠《へいだいなごんときただ》は生捕りにされておられたが、「それは内侍所がいらっしゃるのだ。凡夫は拝見してはならぬことだ」と言われると、軍兵どもはみな離れ退いた。その後、判官は平大納言と相談して、もとのように紐《ひも》を結んでお納めした。

そのうちに、平中納言教盛《のりもり》、修理大夫経盛《しゅりのだいぶつねもり》の兄弟は鎧《よろい》の上に碇《いかり》を背負い、手に手を組んで、海へお入りになった。小松の新三位中将資盛《すけもり》、同少将有盛《ありもり》の兄弟とその従兄弟《いとこ》の左馬頭行盛《さまのかみゆきもり》の三人は手に手を組んで、一緒に海中にお沈みになった。人々はこのようになさったが、大臣殿《おおいどの》父子（宗盛《むねもり》と清宗《きよむね》）は海に入ろうとするご様子もなく、船ばたに出て、四方を見まわし、呆然《ぼうぜん》とした様子でおられたのを見て、侍《さぶらい》どもはあまりに情けないので、側を通り過ぎるようにして大臣殿を海へ突き入れ申した。子息の右衛門督《うえもんのかみ》清宗はこれを見て、すぐさま飛び込まれた。誰でもみな重い鎧の上に、重い物を背負ったり抱いたりして海に入るからこそ沈むのに、この人たち親子はそんなこともなさらぬうえに、なまじっかすぐれた泳ぎの達者でおられたから、沈んでおしまいにもならない。

大臣殿は、「右衛門督が沈んだら、私も沈もう、お助かりになったら、私も助かろう」と思っていられる。右衛門督も、「父が沈まれたら、私も沈もう。お助かりになったら、私も助かろう」と思って、互いに目を見かわして泳ぎまわっていられるうちに、伊勢三郎義盛《よしもり》が、小船をつつっと漕《こ》ぎ寄せ、まず右衛門督を熊手に引っかけて、引き上げ申し上げる。大臣殿はこれを見て、いよいよ沈みきりもなさらないので、同様に引き上げ捕え申した。

女院《にようゐん》はこの御有様《おんありさま》を御覧じて、御焼石《おんやきいし》、御硯《おんすずり》、左右《さう》の御《おん》ふところにいれて、海へいらせ給ひたりけるを、渡辺党《わたなべたう》に源五右馬允《げんごうまのじようむつるたれ》眤誰とは知り奉らねども、御《おん》ぐしを熊手《くまで》にかけてひきあげ奉る。女房達、「あなあさまし。あれは女院にてわたらせ給ふぞ」と、声々口々に申されければ、判官《はうぐわん》に申して、いそぎ御所《ごしよ》の御舟《おんふね》へわたし奉る。

大納言《だいなごん》の佐殿《すけどの》は、内侍所《ないしどころ》の御唐櫃《おんからうと》をもッて海へいらんとし給ひけるが、袴《はかま》の裾《すそ》をふなばたに射つけられ、けまとひて倒《たふ》れ給ひたりけるを、つはものどもとりとどめ奉る。さて武士ども内侍所の鎖《じやう》ねぢきッて、すでに御蓋《おんふた》をひらかんとすれば、たちまちに目くれ鼻血《はなぢ》たる。平大納言《へいだいなごん》いけどりにせられておはしけるが、「あれは内侍所のわたらせ給ふぞ。凡夫《ぼんぶ》は見奉らぬ事ぞ」と宣《のたま》へば、兵共《つはものども》みなのきにけり。其後《そののち》判官、平大納言に申しあはせて、もとのごとくからげをさめ奉る。

さる程に平中納言教盛《へいぢゆうなごんのりもり》、修理大夫経盛《しゆりのだいぶつねもり》兄弟、鎧《よろひ》のうへに碇《いかり》を負ひ、手をとりくんで、海へぞ入り給ひける。小松の新三位中将資盛《しんざんみのちゆうじやうすけもり》、同少将有盛《おなじきせうしやうありもり》、いとこの左馬頭行盛《さまのかみゆきもり》、手に手をとりくんで、一所《いつしよ》に沈み給ひけり。人々はか様《やう》にし給へども、大臣殿親子《おほいとのおやこ》は海に入らんずるけしきもおはせず、ふなばたに立ちいでて、四方《しはう》見めぐらし、あきれたる様《さま》にておはしけるを、侍《さぶらひ》どもあまりの心憂《こころう》さに、とほるやうにて大臣殿を海へつき入れ奉る。右衛門督《うゑもんのかみ》これを見て、やがてとび入り給ひけり。みな人は重き鎧《よろひ》のうへに、重き物を負うたりいだいたりして入ればこそ沈め、この人親子《おやこ》はさもし給はぬうへ、なまじひにくッきやうの水練《すいれん》にておはしければ、沈みもやり給はず。

大臣殿は、「右衛門督沈まば、われも沈まん、たすかり給はば、われもたすからむ」と思ひ給ふ。右衛門督も、「父《ちち》沈み給はば、われも沈まん。たすかり給はば、我もたすからん」と思ひて、たがひに目を見かはしておよぎありき給ふ程に、伊勢三郎義盛、小舟をつッとこぎ寄せ、まづ右衛門督を熊手にかけて、ひきあげ奉る。大臣殿是《これ》を見て、いよ〳〵沈みもやり給はねば、同じうとり奉《たてま》ッてンげり。（略）

おおかた能登守教経《のとのかみのりつね》の矢の正面に立ちまわる者はなかった。用意した矢のありったけ全部射尽して、今日を最後と思われたのだろう、赤地の錦《にしき》の直垂《ひたたれ》の上に唐綾縅《からあやおどし》の鎧《よろい》を着て、いかもの作りの（いかめしく見えるように作った）大太刀を抜き、白木の柄《え》の大長刀《おおなぎなた》の鞘《さや》をはずして、左右に持って振りまわして行かれると、面と向う者はない。多数の者どもが討たれてしまった。

新中納言知盛《とももり》が使者を出して、「能登殿、あまりに罪作りなことをなさるな。そんなことをしたとて、それほどたいした敵でもあるまいに」と言われたので、「それでは大将軍に組めというんだな」と心得て、刀の柄を短めに持って、源氏の船に次々に乗り移り、大声で叫んで攻め戦った。判官《ほうがん》義経を見知っておられないので、武具の立派な武者を判官かと思い目がけて、駆けまわる。判官も自分をねらうのだと前もって心得て、正面に立つようにはしたけれども、あれこれかけ違って、能登殿にはお組みにならない。けれどもどうしたのか、判官の船にうまくぶつかって乗り込み、やあと判官を目がけて飛びかかると、判官はかなわぬと思われたのだろうか、長刀《なぎなた》を脇にはさみ、二丈（約六メートル）ばかり離れていた味方の船に、ゆらりと飛び乗られた。

能登殿は早業では劣っておられたのだろうか、すぐさま続いてもお飛びにならない。今はもうこれまでだと思われたので、太刀・長刀を海へ投げ入れ、甲《かぶと》もぬいでお捨てになった。鎧の草摺《くさずり》を放り出し、胴だけ着けて、ざんばら髪になり、大手をひろげて立っておられた。総じて威風堂々として他を寄せつけぬ様子に見えた。恐ろしいなどということばではとても言い尽せないほどである。

能登殿は大声をあげて、「我こそはと思う者どもは、寄って教経に組んで生捕りにしろ。鎌倉へ下って、頼朝に会って、何か一言言おうと思うのだ。さあ寄って来い、寄って来い」と言われるが、近寄る者は一人もなかった。
ところで土佐国《とさのくに》の住人で、安芸郷《あきのごう》（高知県安芸市）を支配していた安芸大領実康《さねやす》の子に、安芸太郎実光《さねみつ》といって、三十人力をもった大力の剛《ごう》の者がいた。自分に少しも負けないくらいの郎等《ろうどう》が一人おり、実光の弟の次郎も普通以上の強剛《きょうごう》の者である。その安芸太郎が能登殿のご様子を見て申すには、「どんなに勇猛でいらっしゃっても、我ら三人が取り付いたら、たとえ背丈十丈の鬼でも、どうして従えられないことがあろうか」といって、主従三人が小船に乗って、能登殿の船の横に並べ、「えいっ」と言って乗り移り、甲の錣《しころ》を斜めにうつむけ、太刀を抜いていっせいに討ってかかった。

能登殿はちっともお騒ぎにならず、まっ先に進んだ安芸太郎の郎等を、裾《すそ》と裾とを触れ合せながら、海へどうと蹴《け》込《こ》んでしまわれる。続いて近寄る安芸太郎をつかまえて、左手の脇にはさみ、弟の次郎を右手の脇にはさみ、ぐっと一しめはさみこみ、「さあ、貴様ら、それなら貴様らは死出の山の供をしろ」といって、生年二十六で海へつっとお入りになる。

――凡《およ》そ能登守教経《のとのかみのりつね》の矢さきにまはる者こそなかりけれ。矢だねのある程射つくして、今日《けふ》を最後とや思はれけむ、赤地《あかぢ》の錦《にしき》の直垂《ひたたれ》に唐綾威《からあやをどし》の鎧《よろひ》着て、いかものづくりの大太刀《おほだち》ぬき、しら柄《え》の大長刀《おほなぎなた》の鞘《さや》をはづし、左右《さう》にもッてなぎまはり給ふに、おもてをあはする者ぞなき。おほくの者どもうたれにけり。

新中納言《しんぢゆうなごん》使者をたてて、「能登殿《のとどの》、いたう罪なつくり給ひそ、さりとてよきかたきか」と宣《のたま》ひければ、さては大将軍《たいしやうぐん》にくめごさんなれと心えて、打物《うちもの》くきみじかにとッて、源氏の舟に乗りうつり乗りうつり、をめきさけんでせめたたかふ。判官《はうぐわん》を見知り給はねば、物具《もののぐ》のよき武者をば判官かとめをかけて、はせまはる。判官もさきに心えて、おもてにたつ様《やう》にはしけれども、とかくちがひて能登殿にはくまれず。されどもいかがしたりけむ、判官の舟に乗りあたッて、あはやと目をかけてとんでかかるに、判官かなはじとや思はれけん、長刀脇《なぎなたわき》にかいはさみ、みかたの舟の二丈ばかりのいたりけるに、ゆらりととび乗り給ひぬ。

能登殿ははやわざやおとられたりけん、やがてつづいてもとび給はず。いまはかうと思はれければ、太刀、長刀《なぎなた》海へ投げいれ、甲《かぶと》もぬいですてられけり。鎧《よろひ》の草摺《くさずり》かなぐりすて、胴《どう》ばかり着て大童《おほわらは》になり、大手《おほで》をひろげてたたれたり。凡《およ》そあたりをはらッてぞ見えたりける。おそろしなンどもおろかなり。

能登殿大音声《だいおんじやう》をあげて、「われと思はん者どもは、寄ッて教経にくんでいけどりにせよ。鎌倉へくだッて、頼朝《よりとも》にあうて、物一詞《ひとことば》いはんと思ふぞ。寄れや寄れ」と宣《のたま》へども、寄る者一人《いちにん》もなかりけり。

ここに土佐国《とさのくに》の住人、安芸郷《あきのがう》を知行しける安芸大領実康《あきのだいりやうさねやす》が子に、安芸《あきの》太郎実光《たらうさねみつ》とて、卅人《さんじふにん》が力《ちから》もッたる大力《だいぢから》の剛《かう》の者あり。われにちッともおとらぬ郎等一人《いちにん》、おととの次郎も普通にはすぐれたるしたたか者なり。安芸の太郎、能登殿を見奉《たてま》ッて申しけるは、「いかに猛《たけ》うましますとも、我等三人とりついたらんに、たとひたけ十丈の鬼なりとも、などかしたがへざるべき」とて、主従《しゆうじゆう》三人少舟《こぶね》に乗ッて、能登殿の舟におしならべ、「ゑい」といひて乗りうつり、甲の錣《しころ》をかたぶけ、太刀をぬいて一面《いちめん》にうッてかかる。

能登殿ちッともさわぎ給はず、まッさきにすすんだる安芸太郎が郎等を、裾《すそ》をあはせて、海へどうどけいれ給ふ。つづいて寄る安芸太郎を、弓手《ゆんで》の脇にとッてはさみ、弟の次郎をば馬手《めて》の脇にかいはさみ、一《ひと》しめしめて、「いざうれ、さらばおのれら死途《しで》の山のともせよ」とて、生年廿六にて海へつッとぞいり給ふ。

七 内侍所都入《ないしどころのみやこいり》

新中納言知盛《とももり》は、「見届けねばならぬことは見終った。今は自害しよう」といって、乳母子《めのとご》の伊賀平内左衛門家長《いがのへいないざえもんいえなが》を召して、「どうだ、約束は違《たが》えまいな」と言われると、「もちろんのことです」と、新中納言に鎧《よろい》二領をお着せ申し上げ、自分も鎧二領を着て、手を取り組んで海へ入ったのであった。これを見て、侍《さぶらい》ども二十余人が主君に遅れずお供しようと、手に手を取り組んで、一緒に海に沈んだ。そういう中で、越中次郎兵衛盛嗣《えっちゅうのじろうびょうえもりつぎ》、上総五郎兵衛忠光《かずさごろうびょうえただみつ》、悪七兵衛景清《あくしちびょうえかげきよ》、飛騨《ひだ》四郎兵衛は、どうしてのがれたのだろうか、そこもまた逃げ落ちてしまった。

海上には平氏の赤旗や赤印を投げ捨て、放り出してあったので、竜田川《たつたがわ》（奈良県生駒郡を流れる川）の紅葉《もみじ》の葉を嵐《あらし》が吹き散らしたようである。水際に打ち寄せる白波も、薄紅《うすくれない》になってしまった。主人もいないがらんとした船は、潮に引かれ、風の吹くままに、どこを目ざすともなく、揺られて行くのは悲しく思われた。

新中納言《しんぢゆうなごん》、「見るべき程の事は見つ。いまは自害せん」とて、めのと子の伊賀平内左衛門家長《いがのへいないざゑもんいへなが》を召して、「いかに、約束はたがふまじきか」と宣《のたま》へば、「子細にや及び候」と、中納言に鎧《よろひ》二領着せ奉り、我身《わがみ》も鎧二領着て、手をとりくッで海へぞ入りにける。是《これ》を見て、侍共《さぶらひども》廿余人おくれ奉らじと、手に手をとりくんで、一所《いつしよ》に沈みけり。其中《そのなか》に越中次郎兵衛《ゑつちゆうのじらうびやうゑ》、上総五郎兵衛《かづさのごらうびやうゑ》、悪七兵衛《あくしちびやうゑ》、飛驒四郎兵衛《ひだのしらうびやうゑ》はなにとしてかのがれたりけん、そこをも又落ちにけり。

海上《かいしやう》には赤旗、赤印《あかじるし》、投げすてかなぐりすてたりければ、竜田河《たつたがは》の紅葉《もみぢ》葉《ば》を嵐の吹きちらしたるがごとし。みぎはに寄する白浪《しらなみ》も薄紅《うすぐれなゐ》にぞなりにける。主《ぬし》もなきむなしき舟は、塩にひかれ、風にしたがッて、いづくをさすともなくゆられゆくこそ悲しけれ。（略）

四月二十五日、内侍所《ないしどころ》（八咫鏡《やたのかがみ》）、神璽《しんじ》（八坂瓊曲玉《やさかにのまがたま》）を納めた御箱が鳥羽《とば》（山城国鳥羽。離宮があった）にお着きになると知らせがあったので、内裏からお迎えに参られる人々は、公家で勘解由小路《かでのこうじ》中納言経房《つねふさ》卿、高倉宰相中将泰通《やすみち》、権右中弁兼忠《かねただ》、左衛《さえ》門権佐親雅《もんのごんのすけちかまさ》、榎並《えなみ》中将公時《きんとき》、但馬《たじま》少将範能《のりよし》、武士では伊豆蔵人大夫頼兼《いずのくらんどのたいふよりかね》、石川判官代義兼《よしかね》、左衛門尉《さえもんのじょう》有綱《ありつな》ということであった。その夜の午前零時頃に、内侍所と神璽の御箱が太政官《だいじょうかん》の正庁にお入りになる。宝剣はなくなってしまった。神璽は海上に浮んでいたのを、片岡太郎経春《つねはる》がお取り上げ申したのだという噂《うわさ》であった。

同《おなじき》廿五日、内侍所《ないしどころ》、璽《しるし》の御箱《おんぱこ》、鳥羽《とば》につかせ給ふときこえしかば、内裏《だいり》より御《おん》むかへに参らせ給ふ人々、勘解由小路中納言経房卿《かでのこうぢのちゆうなごんつねふさのきやう》、高倉宰相中将泰通《たかくらのさいしやうのちゆうじやうやすみち》、権右中弁兼忠《ごんのうちゆうべんかねただ》、左衛門権佐親雅《さゑもんのごんのすけちかまさ》、榎並中将公時《えなみのちゆうじやうきんとき》、但馬少将範能《たじまのせうしやうのりよし》、武士には伊豆蔵人大夫頼兼《いづのくらんどのたいふよりかね》、石川判官代義兼《いしかはのはんぐわんだいよしかね》、左衛門尉《さゑもんのじよう》有綱《ありつな》とぞきこえし。其夜《そのよ》の子剋《ねのこく》に、内侍所、璽の御箱、太政官の庁《だいじやうぐわんちやう》へいらせ給ふ。宝剣はうせにけり。神璽《しんし》は海上《かいしやう》にうかびたりけるを、片岡太郎経《かたをかのたらうつね》

——春《はる》がとりあげ奉《たてま》ッたりけるとぞきこえし。

八 腰越《こしごえ》

都に凱旋《がいせん》した義経を、人々は熱狂的に迎える。宗盛《むねもり》父子や時忠《ときただ》ら、平家の捕虜たちは都大路を引き回される。頼朝は義経のふるまいや人気を不快に思う。そうとは知らぬ義経は、宗盛父子を伴って鎌倉へと向う。

梶原平三景時《かじわらへいぞうかげとき》が義経より先まわりして鎌倉殿（頼朝）に申すには、「日本国は今は残る所なくすべて君（頼朝）にお従い申しています。ただし御弟の九郎大夫判官《くろうたいふのほうがん》殿こそは、最後の御敵と存ぜられます。そのわけは、一事をもって万事が察せられますが、こんなことがありました。判官殿が、『一谷《いちのたに》を、私が上の山から坂落しに急襲しなければ、東西の木戸口はなかなか破れなかった。生捕《いけど》りも死捕《しにど》りも義経にこそ見せるべきだのに、物の役にも立たれない蒲殿《かばどの》（範頼《のりより》）の方へお目にかけるということがあるか。生捕りの本三位《ほんざんみ》中将重衡《しげひら》殿をこちらへくださらないというのなら、義経が参って頂戴《ちょうだい》しよう』といって、すんでのことに戦いが起きようとしたのを、景時が土肥《とい》次郎実平《さねひら》と心を合せ、三位中将殿を土肥次郎に預けて、その後、静まられたのでした」と語り申したので、鎌倉殿はうなずいて、「今日、九郎が鎌倉へ入るそうだから、めいめい用心なされ」と仰せられたので、大名《だいみょう》・小名《しょうみょう》は馳《は》せ集まって、間もなく数千騎になってしまった。金洗沢《かねあらいざわ》（鎌倉市七里ガ浜）に関を設けて、大臣殿《おおいどの》（宗盛）父子を受け取り申して、判官は腰越（鎌倉の西の入口）へ追い返された。鎌倉殿は警護の騎馬武者を七重八重に取りまかせておき、自分はその中におられたままで、「九郎はすばしっこい男だから、この畳の下からでも這《は》い出て来かねない者だ。ただし頼朝はそんなことはされないぞ」と言われた。

判官が思われるには、「去年の正月、木曾義仲《きそよしなか》を追討して以来、一谷、壇浦《だんのうら》に至るまで、命を捨てて平家を攻め落し、内侍所《ないしどころ》（八咫鏡《やたのかがみ》）、神璽《しんじ》（八坂瓊曲玉《やさかにのまがたま》）の御箱を無事朝廷にご返納申し上げ、大将軍（宗盛）父子を生捕りにして、召し連れてここまで下って来たからには、たとえどんなに気に入らない不都合なことがあったとしても、一度はどうして対面しないことがあろうか。普通なら九州の惣追捕使《そうついぶし》にでも任ぜられ、山陰・山陽・南海道のどれでも預けて、一方の固めともされるだろうと思っていたのに、わずかに伊予国《いよのくに》一国だけを支配するようにと仰せられ、鎌倉へさえも入れられないとは残念だ。いったいこれは何事だ。日本国を鎮めたのは、義仲・義経の働きではないか。言ってみれば、同じ父の子で、先に生れるのを兄とし、後に生れるのを弟とするだけのことだ。天下を治めようとすれば誰にでも治められるはずだ。そのうえ今度お目にかかることさえもできないで、私を追い払い都へ上せられるのは、まったく恨めしい次第だ。どう謝ったらよいかわからない」とつぶやかれておられたが、なんともしかたがない。

梶原《かぢはら》さきだッて鎌倉殿に申しけるは、「日本国《につぽんごく》は今はのこる所なうしたがひ奉り候。ただし御弟九郎大夫判官殿《おんおとどくらうたいふのはうぐわんどの》こそ、つひの御敵《おんかたき》とは見えさせ給ひ候へ。そのゆゑは、一《いち》をもッて万《ばん》を察《さつ》すとて、『一の谷をうへの山よりおとさずは、東西の木戸口《きどぐち》やぶれがたし。いけどりも死にどりも義経にこそ見すべきに、物のようにもあひ給はぬ蒲殿《かばどの》の方へ見参《げんざん》に入るべき様やある。本三位中将殿《ほんざんみのちゆうじやうどの》こなたへたばじと候はば、義経参ッて給はるべし』とて、すでにいくさいでき候はんとし候ひしを、景時《かげとき》が土肥《とひ》に心をあはせて、三位中将殿を土肥次郎《とひのじらう》に預けて後こそしづまり給ひて候ひしか」とかたり申しければ、鎌倉殿うちうなづいて、「今日《けふ》九郎が鎌倉へいるなるに、お

の〱用意し給へ」と仰せられければ、大名小名《だいみやうせうみやう》はせあつまッて、ほどなく数《す》千騎《せんぎ》になりにけり。

金洗沢《かねあらひざは》に関すゑて、大臣殿《おほいとの》父子《ふし》うけとり奉《たてま》ッて、判官をば腰越《こしごえ》へおッかへさる。鎌倉殿は随兵《ずいびやう》七重《ななへ》八重《やへ》にすゑおいて、我身はそのなかにおはしましながら、「九郎はすすどき男《をのこ》なれば、この畳《たたみ》の下《した》よりもはひ出でんずる者なり。ただし頼朝《よりとも》はせらるまじ」とぞ宣《のたま》ひける。

判官思はれけるは、「こぞの正月木曾義仲《きそよしなか》を追討せしよりこのかた、一の谷、壇の浦にいたるまで、命をすてて平家をせめおとし、内侍所《ないしどころ》、璽《しるし》の御箱《おんぱこ》、事ゆゑなくかへしいれ奉り、大将軍《たいしやうぐん》父子《ふし》いけどりにして、具してこれまでくだりたらんには、たとひいかなるふしぎありとも、一度はなどか対面なかるべき。凡《およ》そは九国《くこく》の惣追捕使《そうづいふくし》にもなされ、山陰《せんおん》、山陽《せんやう》、南海道、いづれにても預け、一方のかためともなされんずるとこそ思ひつるに、わづかに伊予国《いよのくに》ばかりを知行《ちぎやう》すべきよし仰せられて、鎌倉へだにも入れられぬこそ本意《ほい》なけれ。さればこは何事ぞ。日本国をしづむる事、義仲、義経がしわざにあらずや。たとへば同じ父が子で、先に生《むま》るるを兄とし、後に生《むま》るるを弟《おとと》とするばかりなり。誰《たれ》か天下を知らんに知らざるべき。あまッさへ今度見参《げんざん》をだにもとげずして、おひのぼせらるるこそ遺恨《ゐこん》の次第なれ。謝《じや》するところを知らず」とつぶやかれけれども、力《ちから》なし。

九 重衡被斬《しげひらのきられ》

義経《よしつね》は頼朝《よりとも》に拒絶される理由もわからず、詫《わ》び状を送るが、対面はかなわない。宗盛《むねもり》父子を再び京に連れていき、近江《おうみ》で斬首《ざんしゅ》する。一方、重衡にも処刑の日が近づく。奈良へ護送される途中、重衡は妻との対面を願い出て、最後の別れを交わす。

北の方が御簾《みす》の際《きわ》近く寄って、「これはまあ、夢かしら現実のことかしら。こちらへお入りください」と言われたお声を聞かれるにつけ、早くも先立つものは涙である。大《だい》納言佐殿《なごんのすけどの》（北の方のこと）は目もくらみ正気もすっかり失って、しばらくは何も言われない。

三位中 将《さんみのちゅうじょう》重衡は御簾の中に顔をさし入れて泣く泣く言われるには、「昨年の春、一《いち》谷《のたに》で死ぬべきだった身だが、あまりに重い罪の報いなのだろうか、生きたまま捕えられて、大通りを引き回され、京都・鎌倉に恥をさらすのさえ残念に思うのに、しまいには奈良の大衆《だいしゅ》の手に渡されて、斬《き》られることになって、奈良に参ります。なんとかして今一度あなたのお姿を拝見したいと思っていたので、こうして会った今は、少しも思い残すことはない。出家して、形見に髪でも差し上げたいと思うが、それも許されないのでしかたがない」といって、額の髪を少し引き分けて、口の届く所を食い切って、「これを形見に御覧なさい」といって差し上げられる。

北の方御簾《みす》のきはちかく寄ッて、「いかに、夢かやうつつか。これへ入り給へ」と宣《のたま》ひける御声《おんこゑ》を聞き給ふに、いつしか先立つ物は涙なり。大納言佐殿《だいなごんのすけどの》、目もくれ心もきえはてて、しばしは物も宣はず。

三位中将《さんみのちゆうじやう》、御簾うちかづいて泣く〳〵宣ひけるは、「こぞの春、一の谷でいかにもなるべかりし身の、せめての罪のむくひにや、いきながらとらはれて、大路《おほち》をわたされ、京、鎌倉、恥をさらすだに口惜しきに、はては奈良の大衆《だいしゅ》の手へわたされて、きらるべしとてまかり候《さうらふ》。いかにもして今一度御《おん》すがたを見奉らばやと思ひつるに、今は露ばかりも思ひおく事なし。

出家して、形見《かたみ》にかみをも奉らばやと思へども、ゆるされなければ力及ばず」とて、額《ひたひ》のかみをすこしひきわけて、口のおよぶ所をくひきッて、「これを形見に御覧ぜよ」とて奉り給ふ。（略）

「縁があったら、後世《ごせ》ではきっと同じ所に生れてお目にかかろう。極楽の池の同じ蓮《はす》の葉の上に生れるようにとお祈りなさい。もう日も傾いた。奈良へもまだ遠いのです。武士が待っているのに待たせておくのも思いやりがないことだ」といって出て行かれるので、北の方は中将の袖《そで》に取りついて、「ねえ、ねえ、もうしばらく」といってお引きとめになると、中将は、「私の心中をただご推量ください。けれども、結局死からのがれきることのできる身でもない。また生れてくる次の世でお目にかかろう」といって出られたが、ほんとうにこの世で互いに会うことはこれが最後と思われたので、もう一度立ち帰りたいと思われたが、心が弱くてはいけないと、思い切って出て行かれた。

北の方が御簾《みす》の際《きわ》近くに転び臥《ふ》し、大声で叫ばれるお声が、門の外まではるかに聞えてきたので、三位中将は馬をいっこうお急がせにならない。涙のために目先もまっ暗になり行く先も見えないので、なまじっかお会いしなければよかったなと、今はかえって後悔しておられた。大納言佐殿は、そのますぐ後から走り追いついてでもいらっしゃりたく思われたが、そうもやはりできかねるので、着物を引きかぶって臥しておられた。

「契《ちぎり》あらば後世《のちのよ》にてはかならず生《むま》れあひ奉らん。一《ひと》つ蓮《はちす》にといのり給へ。日もたけぬ。奈良へもとほう候。武士のまつも心なし」とて出で給へば、北の方袖《そで》にすがッて、「いかにやいかに、しばし」とてひきとどめ給ふに、中将、「心のうちをばただおしはかり給ふべし。されどもつひにのがれはつべき身にもあらず。又こん世にてこそ見奉らめ」とて出《い》で給へども、まことに此世《このよ》にてあひみん事はこれぞかぎりと思はれければ、今一度たちかへりたくおぼしけれども、心よわくてはかなはじと、思ひきッてぞ出でられける。

北の方御簾《みす》のきはちかくふしまろび、をめきさけび給ふ御声《おんこゑ》の門《かど》の外《ほか》まではるかにきこえければ、駒《こま》をもさらにはやめ給はず。涙にくれてゆくさきも見えねば、なかなかなりける見参《げんざん》かなと、今はくやしうぞ思はれける。

——大納言佐殿《だいなごんのすけどの》やがてはしりついてもおはしぬべくはおぼしけれども、それもさすがなれば、ひきかづいてぞふし給ふ。

南都《なんと》（興福寺・東大寺）の大衆《だいしゅ》は、重衡《しげひら》の身柄を受け取って協議した。「いったいこの重衡卿は大罪を犯した悪人であるうえに、三千もの五刑にもおさまらない、大変な罪（東大寺、興福寺などの焼き討ち）を犯しており、その悪因によって悪果を感じ受ける道理は、至極当然のことだ。仏法の敵の逆臣であるから、東大寺・興福寺の外側の大垣を引き回して鋸《のこぎり》で斬《き》るべきか、それとも掘首《ほりくび》（生き埋めにして首を斬る）にすべきか」と協議した。老僧どもが申されるには、「それも僧徒の法として穏やかでない。ただ守護の武士にお渡しになって、木津《きづ》（京都府相楽郡木津町）の辺で斬らせるべきだ」といって、重衡を武士の手へ返した。武士はこれを受け取って、木津川の川端で斬ろうとしたが、その際、数千人の大衆などがつめかけ、見物する人は幾人という数もわからないほどであった。

南都《なんと》の大衆《だいしゅ》うけとッて僉議《せんぎ》す。「抑《そもそも》此重衡卿《このしげひらのきやう》は、大犯《だいぼん》の悪人たるうへ、三千五刑《けい》のうちにもれ、修因感果《しゅいんかんくわ》の道理《だうり》極上《ごくじやう》せり。仏敵法敵《ぶってきほふてき》の逆臣《げきしん》なれば、東大寺《とうだいじ》興福寺《こうぶくじ》の大垣《おほがき》をめぐらして、鋸《のこぎり》にてやきるべき、堀頸《ほりくび》にやすべき」と僉議《せんぎ》す。老僧どもの申されけるは、「それも僧徒《そうと》の法に穏便《をんびん》ならず。ただ守護《しゅご》の武士にたうで、木津《こつ》の辺《へん》にてきらすべし」とて、武士の手へぞかへしける。武士これをうけとッて、木津河《こつがは》のはたにてきらんとするに、数《す》千人《せんにん》の大衆見る人、いくらといふかずを知らず。（略）

処刑直前に、長年重衡《しげひら》に仕えた木工右馬允《むくうまのじょう》知時《ともとき》が駆けつけ、重衡の求めに応じて一体の阿弥陀如来を探しだし、その御手に紐《ひも》をかけ、その端を重衡に持たせた。

中将はこの紐をお持ちして、仏に向い奉って申されるには、「聞き伝えるところによると、提婆達多《だいばだった》（釈迦のいとこ）が三逆を作り、八万の教法を蔵したすべての経典を滅したが、その提婆も最後には仏から天王如来《てんおうにょらい》となることを認められた。その作った罪業はまことに深かったが、仏教にめぐり会った逆縁が尽きないで、かえって悟りを開く原因となったのである。今重衡が大罪を犯したことは、まったく私の考えで発起したのではない、ただ世間に従うという道理を考えただけである。命を保ち生きる者は、誰が天皇の命令を軽んじよう、この世に生れてきた者で、誰が父の命令を背こう。王命といい、父命といい、どちらにしても、辞退することはできない。事の善悪は仏がお見通しである。いったいに犯した罪の報いがたちどころに生じ、私の運命も今が最後となった。後悔すること限りなく、どんなに悲しんでも悲しみきれない。ただしかしながら、仏の世界は慈悲を第一として、衆生を救い出して涅槃《ねはん》にわたらせる機縁は、種々に分れている。『唯円教意《ゆいえんぎようい》、逆即是順《ぎやくそくぜじゆん》』、この文句は深く心に刻みつけられて忘れられない。一念弥陀仏《いちねんみだぶつ》、即滅無量罪《そくめつむりようざい》、どうぞ願わくは、逆縁をもって順縁とし、只今《ただいま》の最後の念仏によって、九品《くほん》の浄土に生れられるように」といって、声高く念仏を十回唱えながら、首を前にのばして、お斬《き》らせになった。

これをひかへ奉り、仏にむかひ奉《たてま》ッて申されけるは、「つたへきく、調達《でうだつ》が三逆《ぎやく》をつくり、八万蔵《ざう》の聖教《しやうげう》をほろぼしたりしも、遂《つひ》には天王如来《てんわうによらい》の記別《きべつ》にあづかり、所作《しよさ》の罪業《ざいごふ》まことにふかしといへども、聖教に値遇《ちぐ》せし逆縁《ぎやくえん》くちずして、かへッて得道《とくだう》の因となる。いま重衡が逆罪《ぎやくざい》ををかす事、まッたく愚意《ぐい》の発起《ほつき》にあらず、只《ただ》世に随《したが》ふ理《ことわり》を存ずる計《ばかり》なり。命をたもつ者、誰《たれ》か王命を蔑如《べつじよ》する。生《しやう》をうくる者、誰か父の命《めい》をそむかん。かれといひ、これといひ、辞《じ》するにところなし。理非仏陀《りひぶつだ》の照覧《せうらん》にあり。抑《そもそも》罪報たちどころにむくひ、運命只今をかぎりとす。後悔千万《こうくわいせんばん》、かなしんでもあまりあり。ただし三宝《さんぼう》の境界《きやうがい》は慈悲《じひ》を心として、済度《さいど》の良縁《りやうえん》まち〳〵なり。『唯円教意《ゆいゑんげうい》、逆即是順《ぎやくそくぜじゆん》』、此文肝《このもんきも》に銘《めい》ず。一念弥陀仏《いちねんみだぶつ》、即滅無量罪《そくめつむりやうざい》、願はくは逆縁をもッて順縁《じゆんえん》とし、只今の最後の念仏によッて、九品託生《くほんたくしやう》をとぐべし」とて、高声《かうしやう》に十念となへつつ、頸《くび》をのべてぞきらせられける。

平家物語の風景 ⑧

壇浦《だんのうら》

祇園精舎《ぎおんしょうじゃ》の鐘の声、諸行無常の響きあり――。プロローグの声が、ふたたびエピローグとして聞えてくるような、壇浦、平家の末期《まつご》。すべてを見届けて新中納言平知盛《とももり》が入水すると、残兵もざぶり、また、ざぶり。ただ平家軍の赤い旗が紅葉のように波間に浮かび、主なき舟がゆらりゆらり――たけき者も遂にはほろびぬ――。

屋島から逃れた平家は一か月ほど瀬戸内海を転々とさまよい、本州の果て、壇浦にたどり着いた。体勢を整えた源氏軍は四国から義経、九州からは範頼《のりより》が攻め、もう平家に退路はなかった。壇浦のある関門海峡は、本州の突端(下関)に九州の突端(門司《もじ》)が最短約六〇〇《メートル》にまで近づく「関」であり、古来、潮の流れが早い。まさに平家が押さえていた瀬戸内海の果てる地であり、ここで平家は滅びるのである。主戦地となった関門大橋の近くには「みもすそ川公園」が整備され、二位《にい》の尼《あま》と安徳天皇の入水《じゅすい》を伝える石碑が残る。ここからは「日本の音風景百選」にも選ばれた潮騒と汽笛の音を楽しめるが、かつての剣戟《けんげき》の音、怒声、すすり泣く女たちの声を想像すると、悲痛な歴史がたちあがってこよう。近くには安徳天皇を祀《まつ》った赤間《あかま》神宮がある。ここは耳なし芳一の住んだ所としても知られるが、平家一門の武将を祀《まつ》る「七盛塚《ななもりづか》」にもまた、哀れをそそられる。壇浦の水泡となった男たちが、七つの墓標となってゆらりとたたずみ、今も青い海を見つめているように見える。

巻第十二

あらすじ

元暦《げんりやく》二年（一一八五）七月九日、突然京を大地震が襲った。人々は平家の人々の怨霊と恐れた。九月、時忠《ときただ》を始め、平家一門の捕虜がそれぞれ配流の地に赴く。一方、義経と頼朝の亀裂は次第に深まり、頼朝は義経追討を決意し、土佐房昌俊《とさぼうしょうしゅん》を刺客《しかく》に派遣する。昌俊は夜襲をするが失敗し、処刑される。身の危険を感じた義経は、十一月三日に京を出て、大物《だいもつ》の浦《うら》から舟を出すが嵐に遇い、住吉に吹き戻される。以後、吉野から平泉へと、苦難の日々が始まる。

七日、都には北条時政《ときまさ》が入り、義経等の追討の院宣《いんぜん》を求める。苛烈《かれつ》な平家残党探索が行われ、遂に平家嫡々、維盛《これもり》子息の十二歳の六代御前《ろくだいごぜん》も捕われる。乳母の女房が、頼朝の信頼厚い高雄《たかお》の文覚《もんがく》上人を訪ね、六代の助命を乞う。文覚は六代の気品あふれる様子に感じ入り、鎌倉に助命嘆願に走る。しかし文覚は戻らず、北条は六代を連れて鎌倉に出発する。駿河国千本《するがのくにせんぼん》の松原《まつばら》での処刑寸前に、文覚の弟子が頼朝からの赦免状を持って現れ、六代は救われる。六代は都に戻り、母や乳母と大覚寺《だいかくじ》で再会する。

頼朝の叔父の行家《ゆきいえ》、義憲《よしのり》も粛清《しゅくせい》される。平家一門の残党も次々と非業の死を遂げる。

六代は出家して修行の日々を送り、熊野《くまの》参詣《さんけい》をして亡父維盛を偲ぶ。しかし建久《けんきゅう》十年（一一九九）正月の頼朝の没後、文覚が後鳥羽天皇の退位を謀《はか》って流罪になると、六代は文覚の庇護《ひご》を失い、捕らわれて鎌倉の近くの田越川《たごえがわ》で処刑された。それをもって平家の子孫は断絶した。

一 判官都落《ほうがんのみやこおち》

生き残った平家の人々は、それぞれ流刑の地に散っていった。一方、義経と頼朝の亀裂はしだいに深まっていった。ついに頼朝は義経追討を決意し、刺客を派遣するが失敗する。頼朝は次の討手に範頼《のりより》を命じるが、忠誠を疑われた範頼は結局、処刑されてしまう。その後、北条時政《ほうじょうときまさ》を大将とする討伐軍が上京すると聞いた義経は……。

元暦《げんりゃく》二年（一一八五）十一月二日、九郎大夫判官《くろうたいふのほうがん》義経は、院の御所へ参って、大蔵卿《おおくらのきょう》泰経朝臣《やすつねのあそん》を通して奏聞するには、「義経が院の御ために奉公の忠義を尽したことは、事改めて初めて申し上げるまでもありません。それなのに、頼朝は郎等《ろうどう》たちの讒言《ざんげん》によって、義経を討とうといたしますので、しばらく九州の方へ下りたいと存じます。ああ何とかして院の庁の御下文《くだしぶみ》を一通下していただきとう存じます」と申されたので、法皇は、「このことを頼朝が聞き伝えたなら、どうであろうか」と、諸卿にご相談になったところ、「義経が都におりまして、関東の大軍が乱入しますならば、京都の秩序が乱れ混乱が絶えないに相違ありません。義経が遠国に下ってしまいますならば、しばらくその恐れはないでしょう」とおのおの声を揃《そろ》えて申されたので、緒方三郎《おがたのさぶろう》をはじめとして、臼杵《うすき》・戸次《へつぎ》・松浦党《まつらとう》など、すべて九州の者は、義経を大将として、その命令に従うように、という院の庁の御下文を義経はいただいたので、その兵五百余騎、翌三日の午前六時頃に、京都に少しの災禍も起さず、なんの波風も立てずに下ってしまった。

摂津国《つのくに》源氏、太田太郎頼基《おおたのたろうよりもと》は、「自分の門の前を通しながら、矢の一つも射かけないでいられようか」といって、川原津《かわらづ》という所で義経の軍に追いついて攻め戦う。判官は五百余騎、太田太郎は六十余騎であったので、中に取り囲み、「皆殺しにしろ、逃すな」といって、さんざんに攻められたので、太田太郎は自身は傷つき、家子《いえのこ》・郎等《ろうどう》が多く討たれ、馬の腹を射られて引き退く。

判官は多くの首を斬《き》り、それを晒《さら》し首にして、軍神《いくさがみ》に祭り、門出《かどで》に幸先がよいと喜んで、大物《だいもつ》の浦（兵庫県尼崎市の海岸）から船に乗って下られたが、ちょうどその時、西風がはげしく吹き、住吉《すみよし》の浦（大阪市住吉区の海岸）に打ち上げられて、吉野《よしの》（奈良県吉野郡吉野町）の奥に隠れた。そこで吉野法師に攻められて、奈良へ逃げる。奈良法師に攻められて、また都に帰り入り、北国《ほっこく》を通って、最後に奥州へ下られた。都から連れて行った女房たち十余人を、住吉の浦に捨て置いたので、松の下、砂の上に、袴《はかま》を踏み乱し、袖《そで》を片敷いて泣き臥《ふ》していたのを、住吉の神官どもがかわいそうに思って、みな京へ送った。

およそ判官の頼っておられた、叔父の信太《しだ》三郎先生《せんじょう》義憲《よしのり》、十郎蔵人行家《ゆきいえ》、緒方三郎維義《これよし》の船どもは、浦々島々に打ち寄せられて、互いにその行方もわからない。突然に西の風が吹いたことも、平家の怨霊《おんりょう》のせいと思われた。

同年十一月七日に、鎌倉の源二位《げんにい》頼朝卿の代官として、北条四郎時政が六万余騎を引き連れて都に入る。伊予守《いよのかみ》源義経、備前守《びぜんのかみ》同行家《ゆきいえ》、信太三郎先生同義憲を追討すべきことを奏聞したので、すぐに院宣《いんぜん》を下された。去る二日には義経が申請したとおりに、頼朝に背くようにという院の庁の御下文を作成なさり、同月八日には頼朝卿の申し状によって、義経追討の院宣を下される。朝《あした》に変り夕《ゆうべ》にまた変るという、世間の定めなさこそまことに悲しく哀れである。

同《おなじき》十一月二日《ふつかのひ》、九郎大夫判官《くらうたいふのはうぐわん》、院御所《ゐんのごしょ》へ参ッて、大蔵卿泰経朝臣《おほくらのきやうやすつねのあつそん》をもッて奏聞《そうもん》しけるは、「義経君《よしつねきみ》の御為《おんため》に奉公の忠を致す事、ことあたらしう初めて申し上ぐるにおよび候はず。しかるを頼朝《よりとも》、郎等共《らうどうども》が讒言《ざんげん》によッ

て、義経をうたんと仕り候間《さうらふあひだ》、しばらく鎮西の方《かた》へ罷下《まかりくだ》らばやと存じ候。哀院庁《あはれゐんのちやう》の御下文《おんくだしぶみ》を一通《つう》下し預り候はばや」と申されければ、法皇、「此《この》条《でう》頼朝がかへりきかん事、いかがあるべからん」とて、諸卿に仰せ合せられければ、「義経都に候ひて、関東の大勢《おほぜい》乱れ入り候はば、京都の狼籍《らうぜき》たえ候べからず。遠国《をんごく》へ下り候ひなば、暫《しばら》く其恐《そのおそれ》あらじ」とおの〱一同に申されければ、緒方三郎《をかたのさぶらう》をはじめて臼杵《うすき》、戸次《へつぎ》、松浦党《まつらたう》、惣じて鎮西の者、義経を大将として、其下知《げぢ》にしたがふべきよし、庁《ちやう》の御下文《おんくだしぶみ》を給はッてンげれば、其勢五百余騎、あくる三日卯剋《うのこく》に、京都にいささかのわづらひもなさず、浪風《なみかぜ》もたてずして下りにけり。

摂津《つの》国源氏《くにげんじ》、太田太郎頼基《おほだのたらうよりもと》、「わが門の前をとほしながら、矢一つ射かけであるべきか」とて、川原津《かはらづ》といふ所におッついてせめたたかふ。判官は五百余騎、太田太郎は六十余騎にてありければ、なかにとりこめ、「あますな、もらすな」とて、散々に攻め給へば、太田太郎我身《わがみ》手負ひ、家子《いへのこ》郎等《らうどう》おほくうたせ、馬の腹射させて引退《ひきしりぞ》く。判官頸共《くびども》きりかけて、戦神《いくさがみ》にまつり、「門出《かどで》よし」と悦《よろこ》ンで、大物《だいもつ》の浦より船に乗ッて下られけるが、折節《をりふし》西の風はげしくふき、住吉《すみよし》の浦にうちあげられて、吉野《よしの》の奥にぞこもりける。吉野法師《よしのぼふし》にせめられて、奈良へおつ。奈良法師《ならぼふし》に攻められて、又都へ帰り入り、北国《ほつこく》にかかッて、終《つひ》に奥《おく》へぞ下られける。都より相具したりける女房達《にようばうたち》十余人、住吉の浦に捨て置きたりければ、松の下、まさごの上《うへ》に、袴《はかま》ふみしだき、袖《そで》をかたしいて、泣きふしたりけるを、住吉の神官共《じんぐわんども》憐《あはれ》んで、みな京へぞ送りける。

凡《およ》そ判官のたのまれたりける伯父《をぢ》信太三郎先生義憲《しだのさぶらうせんじやうよしのり》、十郎蔵人行家《じふらうくらんどゆきいへ》、緒方三郎維義《をかたのさぶらうこれよし》が船共、浦々島々に打寄《うちよ》せられて、互《たがひ》にその行《ゆく》へを知らず。忽《たちま》ちに西の風ふきける事も、平家の怨霊《をんりやう》のゆゑとぞおぼえける。

同《おなじき》十一月七日《なぬかのひ》、鎌倉の源二位《げんにゐ》頼朝卿《よりとものきやう》の代官として、北条四郎時政《ほうでうのしらうときまさ》、六万余騎を相具して都へ入る。伊予守源義経《いよのかみみなもとのよしつね》、備前守同《びぜんのかみおなじく》行家、信太三郎先生同義憲追討《ついたう》すべきよし奏聞しければ、やがて院宣をくだされけり。去二日《さんぬるふつかのひ》は義経が申しうくる旨にまかせて、頼朝をそむくべきよし、庁《ちやう》の御下文《おんくだしぶみ》をなされ、同八日《おなじきやうかのひ》は頼朝卿の申状《まうしじやう》によッて、義経追討の院宣を下さる。朝《あした》にかはり夕《ゆふべ》に変ずる、世間《せけん》の不定《ふぢやう》こそ哀れなれ。

十二 六代《ろくだい》被斬《きられ》

粛清と平家残党狩りが行われた。平家嫡流、維盛《これもり》の子の六代も捕えられて処刑されることとなったが、文覚《もんがく》上人の助命嘆願により助かる。

そうするうちに、六代御前《ろくだいごぜん》はようやく十四、五歳にもなられると、容貌《ようぼう》・姿がますます美しく、付近もぱっと明るくなるほどである。母上はこれを御覧になって、「ああ、世が世であるならば、今頃は近衛府《このえふ》の役人であるだろうに」と言われたのは、度を越した言である。

鎌倉殿（頼朝）はいつも気がかりにお思いになって、高雄《たかお》の聖《ひじり》（文覚上人）のもとへついでのある時はいつも、「それで維盛卿の子息（六代）はどうですか。昔頼朝の人相を占われたように、朝敵をも滅し、会稽《かいけい》の恥をすすぐような人物ですか」と尋ね申されたので、聖のご返事には、「これはとんでもない意気地なしでありますぞ。ご安心なさいますように」と申されたけれども、鎌倉殿はなおもご得心のゆかない様子で、「謀反を起したら、すぐに味方しそうな聖の御房だ。ただし頼朝の生きている間は、誰が源氏を倒せよう。子孫の時代の末々はどうなるかわからないが」と言われたのは恐ろしいことであった。母上はこれを聞かれて、「どうしても出家しなければ助かるまい。早く早く出家なさい」と言われたので、六代御前は十六歳と申した文治五年（一一八九）の春の頃に、美しい髪を肩のまわりで鋏《はさみ》で切り下ろし、柿の渋で染めた衣や袴《はかま》に笈《おい》などをこしらえ、聖にお別れを申して修行に出られた。

さる程に六代御前《ろくだいごぜん》は、やう〳〵十四五にもなり給へば、みめ、かたちいよ〳〵うつくしく、あたりもてりかかやくばかりなり。母うへ是を御覧じて、「あはれ世の世にてあらましかば、当時は近衛司《こんゑづかさ》にてあらんずるものを」と、宣《のたま》ひけるこそあまりの事なれ。

鎌倉殿常《つね》はおぼつかなげにおぼして、高雄《たかを》の聖《ひじり》のもとへ便宜《びんぎ》ごとに、「さても維盛卿《これもりのきやう》の子息は何《なに》と候《さうらふ》やらむ。昔頼朝《よりとも》を相《さう》し給ひしやうに、朝《てう》の怨敵《をんでき》をもほろぼし、会稽《くわいけい》の恥《はぢ》をも雪《きよ》むべき仁《じん》にて候か」と尋ね申されければ、聖の御返事《おんぺんじ》には、「是《これ》は底もなき不覚仁《ふかくじん》にて候ぞ。御心《おんこころ》やすうおぼしめし候へ」と申されけれども、鎌倉殿猶《なほ》も御心《おんこころ》ゆかずげにて、「謀反《むほん》おこさば、やがて方人《かたうど》せうずる聖の御房《おんばう》なり。但《ただ》し頼朝一期《いちご》の程は、誰《たれ》か傾くべき。子孫のすゑぞ知らぬ」と、宣《のたま》ひけるこそおそろしけれ。母うへ是を聞き給ひて、「いかにも叶《かな》ふまじ。はや〳〵出家し給へ」と仰せければ、六代御前十六と申しし文治《ぶんぢ》五年の春の比《ころ》、うつくしげなる髪を肩のまはりにはさみおろし、柿《かき》の衣《ころも》、袴《はかま》に笈《おひ》なゝどこしらへ、聖に暇《いとま》こうて修行に出《い》でられけり。（略）

残党狩りは続く。平忠房《ただふさ》が処刑され、宗実《むねざね》は絶食死した（ともに重盛《しげもり》の子）。

そうするうちに建久元年《けんきゅう》（一一九〇）十一月七日、鎌倉殿は上洛《じょうらく》して、同月九日に正《しょう》二位《にい》大納言になられる。同月十一日に大納言右大将を兼任なさった。間もなくこの二つの職を辞して、十二月四日に関東へ下向する。

建久三年（一一九二）三月十三日、後白河法皇がお亡くなりになった。御年六十六、瑜伽《ゆが》振鈴《しんれい》（密教の供養で振る鈴）の響きは、その夜限りで絶え、一乗暗誦《いちじょうあんじゅ》（法華経の暗唱）のお声は、その明け方で終った。

さる程に建久《けんきう》元年十一月七日《なぬかのひ》、鎌倉殿上洛《しやうらく》して、同《おなじき》九日《ここのかのひ》、正弐位《じやうにゐ》大納《だいな》言《ごん》になり給ふ。同《おなじき》十一日大納言右大将を兼じ給へり。やがて両職を辞して、十二月四日《よつかのひ》関東へ下向。

建久三年三月十三日、法皇崩御《ほうぎよ》なりにけり。御歳《おんとし》六十六、瑜伽《ゆが》振鈴《しんれい》の響《ひびき》は、其夜《そのよ》をかぎり、一乗暗誦《いちじようあんじゆ》の御《み》声《こゑ》は、其暁《そのあかつき》に終りぬ。（略）

さらに残党狩りは続く。建久《けんきゅう》六年（一一九五）、薩摩家資《さつまのいえすけ》が処刑され、翌七年、平知忠《ともただ》（知盛の子）は自害し、越中次郎兵衛盛嗣《えっちゅうのじろうびょうえもりつぎ》が処刑された。

その頃の天皇（後鳥羽天皇）は御遊《ぎょゆう》を第一となさって、政治は全く卿《きょう》の局《つぼね》（後鳥羽天皇の乳母）の思うままであったので、人の愁い、嘆きもやまない。呉王《ごおう》が剣客を好んだので、天下に傷を受ける者が絶えない。楚王《そおう》が細腰《さいよう》（やせ形の美人）を愛したので、宮中で飢えて死ぬ女が多かった（と中国の書にある）。上の者の好みに下の者は従うので、世の危ういことを悲しんで、心ある人々はみな嘆き合った。

ところで文覚《もんがく》はもとより恐ろしい聖《ひじり》であって、口出しすべきでないことに口出しをした。二の宮（高倉天皇の第二皇子、守貞《もりさだ》親王）はご学問をお怠りにならず、正しい道理を第一となさったので、なんとしてでもこの宮を位におつけしようと画策したけれども、前右大将頼朝卿のおられた間はできなかったが、建久十年（一一九九）正月十三日に頼朝卿が亡くなられたので、すぐさま謀反を起そうとしているうちに、あっという間にそれが漏れ伝わって、二条猪熊《いのくま》（京都市中京区）の宿所に検非違使庁《けびいしのちょう》の役人どもが派遣され、文覚を召し捕って、八十歳を過ぎた年齢で、隠岐国《おきのくに》（島根県隠岐諸島）へ流された。

文覚は京を出る際に、「これほど老年に臨んで、今日明日ともわからない身を、たとえ勅勘であるにしても、都の近辺にはお置きにならず、隠岐国までお流しになる、毬杖《ぎっちょ》冠者《うかじゃ》こそ腹が立ってがまんならぬ。最後には文覚の流される国へ迎え申そうものを」と申したのは恐ろしいことであった。この天皇（後鳥羽天皇）はあまりに毬杖（杖で毬を打つ遊び）の玉を愛されるので、文覚がこのように悪口を申したのである。そこで承《じょう》久《きゅう》に謀反を起されて（鎌倉幕府を倒そうとして後鳥羽院の起した承久の変）、国は多いのに、隠岐国へ遷《うつ》されたのは不思議である。その国でも文覚の亡霊があばれて、いつも院の御前に現れて御物語を申したということである。

そうするうちに六代御前は、三位禅師《さんみのぜんじ》といって、高雄《たかお》で一心に修行していられたのを、「そういう人の子である、そういう人（文覚）の弟子である。頭《かしら》は剃《そ》っていても、心は決して剃るまい」といって、鎌倉殿（源頼家《よりいえ》あるいは源実朝《さねとも》か）からしきりに申されたので、安判官資兼《あんほうがんすけかね》に仰せ付けて、召し捕って関東へ下された。駿河国《するがのくに》の住人岡辺権守泰《おかべごんのかみやす》綱《つな》に仰せ付けて、田越川《たごえがわ》で斬《き》られてしまった。十二の年から、三十を過ぎるまで生きられたのは、ひとえに長谷《はせ》の観音のご利生ということであった。それ以来、平家の子孫は永久に絶えたのであった。

其比《そのころ》の主上《しゆしやう》は御遊《ぎよいう》をむねとせさせ給ひて、政道《せいたう》は一向《いつかう》、卿《きやう》の局《つぼね》のままなりければ、人の愁《うれへ》、なげきもやまず。呉王《ごわう》剣客《けんかく》をこのんじかば、天下に疵《きず》を蒙《かうぶ》る者たえず。楚《そ》王《わう》細腰《さいえう》を愛せしかば、宮中《きゆうちゆう》に飢《う》ゑて死するをんなおほかりき。上《かみ》の好《このみ》に下《しも》は随《したが》ふ間、世のあやふき事をかなしんで、心ある人々は歎《なげ》きあへり。

ここに文覚《もんがく》もとよりおそろしき聖《ひじり》にて、いろふまじき事にいろひけり。二の宮は御学問《おんがくもん》おこたらせ給はず、正理《しやうり》を先とせさせ給ひしかば、いかにもして此宮《この》を位に即《つ》け奉らんとはからひけれども、前右大将頼朝卿《さきのうだいしやうよりともきやう》のおはせし程はかなはざりけるが、建久十年正月十三日、頼朝卿うせ給ひしかば、やがて謀反《むほん》をおこさんとしける程に、忽《たちま》ちにもれきこえて、二条猪《にでうゐの》熊《くま》の宿所に官人共《くわんにんども》つけられ、召しとッて、八十にあまッて後、隠岐国《おきのくに》へぞながされける。

　文覚京を出《い》づるとて、「是程老《これほどおい》の波《なみ》に望ンで、今日《けふ》あすとも知らぬ身を、たとひ勅勘《ちよくかん》なりとも、都のかたほとりにはおき給はで、隠岐国までながさるる、毬杖冠者《ぎつちやうくわじや》こそやすからね。つひには文覚がながさるる国へ、むかへ申さむずる物を」と申しけるこそおそろしけれ。このきみはあまりに毬杖の玉をあいせさせ給へば、文覚かやうに悪口《あくこう》申しけるなり。されば承久《しようきゆう》に御謀反《ごむほん》おこさせ給ひて、国こそおほけれ、隠岐国へうつされ給ひけるこそふしぎなれ。彼国《かのくに》にも文覚が亡霊《ばうれい》あれて、常は御物語《おんものがたり》申しけるとぞ聞えし。

　さる程に六代御前《ろくだいごぜん》は、三位禅師《さんみのぜんじ》とて、高雄《たかを》におこなひすましておはしけるを、「さる人の子なり、さる人の弟子なり。頭《かしら》をばそッたりとも、心をばよもそらじ」とて、鎌倉殿より頻《しき》りに申されければ、安判官資兼《あんはうぐわんすけかね》に仰せて、召《め》し捕《と》ッて関東へぞ下されける。駿河国住人岡辺権守泰綱《するがのくにのぢゆうにんをかべごんのかみやすつな》に仰せて、田越川《たごえがは》にて切られてンげり。十二の歳《とし》より、卅《さんじふ》にあまるまでたもちけるは、ひとへに長谷《はせ》の観音《くわんおん》の御利生《ごりしやう》とぞ聞えし。それよりしてこそ、平家の子孫は、ながくたえにけれ。

灌頂巻《かんじょうのまき》

❖あらすじ

×清盛
×時子（二位尼）
建礼門院徳子
後白河院
×高倉院
×安徳天皇
×死没者

平家一門と共に壇浦《だんのうら》で死ぬことが叶《かな》わなかった建礼門院《けんれいもんいん》徳子《とくこ》は都に戻され、東山《ひがしやま》の麓《ふもと》の吉田《よしだ》の荒れ果てた僧坊に入り、文治《ぶんじ》元年（一一八五）五月一日に出家する。しかし、七月に都を襲った大地震で御所がますます荒廃し、九月末に山深い大原《おおはら》の寂光院《じゃっこういん》に移る。そこで先帝と一門の菩提《ぼだい》を弔う日々を送る。

翌年四月に、突然後白河法皇（後白河院）が訪れる。ためらいながらも対面した女院《にょういん》（徳子）は、数奇な自分の半生を語る。それは、生きながら六道《ろくどう》を体験したという得がたいものであった。

宮中での何ら不満・不足のない華やかな生活（天上界）、都落ちという運命の中で、生者必滅《しょうじゃひつめつ》を知り、愛別離苦《あいべつりく》、怨憎会苦《おんぞうえく》を知った日々（人間界）、食べ物にも困る流浪の生活、四方を水に囲まれながら喉《のど》の渇《かわ》きを癒《いや》せない苦しさ（餓鬼《がき》道）、一谷《いちのたに》合戦以後の、目前で戦闘を見聞きする日々（修羅《しゅら》道）、壇浦で母二《に》位尼《いのあま》と子安徳《あんとく》帝を目の前で失い、残された人々の叫び声の響く世界（地獄道）、皆が龍宮城《りゅうぐうじょう》にいると知った夢（畜生《ちくしょう》道）。これらを語り終え、法皇が都に帰った後も、女院は先帝と一門の菩提を弔う。

女院はその後、静かに余生を送っていたが、やがて死期が訪れ、建久《けんきゅう》二年（一一九一）二月中旬、往生を遂げる。

一　大原《おおはら》御幸《ごこう》

文治《ぶんじ》元年（一一八五）九月、一門とともに壇浦《だんのうら》で死ぬことがかなわなかった建礼門院《けんれいもんいん》徳子《とくこ》は、大原の寂光院《じゃっこういん》（京都市左京区大原草生町）に移り、一門の菩提《ぼだい》を弔う日を送っていた。翌年四月、突然、後白河法皇が訪れた。

西の山の麓《ふもと》に一宇《いちう》の御堂《みどう》がある。すなわちこれが寂光院である。庭前の池や木立ちなどが古びて作りなしてあって、由緒ありげな趣のある所である。「屋根の瓦が破れては、霧が室内に立ち込め、絶え間なく香をたいているようであり、扉が崩れ落ちては、月の光が室内にさし込んで、常夜灯をつけているようだ」というのも、こういう所を申すのであろうか。庭の若草がいっせいに茂っており、青柳が風のために糸のような枝をなびかせ乱しており、池の浮草は波に漂い、錦を洗いさらしたのかと間違えられるほどだ。池の中島にある松にからみついた藤《ふじ》の花の紫に咲いた色も美しく、青葉にまじって咲く遅桜の花は、春初めて咲く花よりも珍しく思われる。池の岸の山吹が咲き乱れ、幾重にも重なる雲の絶え間から、鳴いて通る山郭公《やまほととぎす》の声が聞えるが、その一声も法皇の御幸を待ち顔に聞える。法皇はこれを御覧になって、次のようにお詠みになる。

池水にみぎはのさくら散りしきてなみの花こそさかりなりけれ

――池水の上に、汀《みぎわ》の桜の花が一面に散り敷いて、波に浮ぶ花がまさに盛りであることよ

古びた岩の切れ目から落ちてくる水の音までも、由緒ありげに趣の深い所である。緑の蔦葛《つたかずら》の垣をめぐらし、後ろには黒緑色の眉墨《まゆずみ》のような山が見え、絵に描いてもとうてい描き尽せないような景色である。

女院《にょういん》の御庵室《あんじつ》を法皇が御覧になると、軒には蔦や朝顔が這《は》いかかっており、萱草《かんぞう》に忍ぶ草が入りまじっていて、「しばしば一瓢《ぴょう》の飲物、一箪《たん》の食物も欠乏することのあった顔淵《がんえん》（次の原憲《げんけん》とともに孔子の門人で清貧で知られた）のあばら家の付近には、草がぼうぼうと生い茂っている。あかざが繁茂して原憲《げんけん》の家の前をおおい、雨がその家の戸口をしめらせている」ともいえそうな情景である。杉の皮の葺目《ふきめ》も粗くまばらで、時雨《しぐれ》も霜も草葉の上に置く露も、屋根から漏れて家の中にさし込む月の光に負けず劣らず漏れてきて、とてもそれを防げようとも見えなかった。

後ろは山、前は野辺で、わずかばかりの小笹《おざさ》の原に風が吹いてざわざわと音を立てて

おり、俗世間から隠遁している身の常として、悲しいことが多く、節の多い竹柱の粗末な家に住み、都の方からのたよりも間遠で、柴・竹を粗くまばらに結った垣根をめぐらしているが、その垣根を訪ねて来るものといっては、わずかに峰で木から木へ飛び伝わる猿の声や、身分の低い者が薪《たきぎ》を切る斧《おの》の音だけで、これらが訪れるほかは、まさきのかずらや青つづらが生い茂っているばかりで、訪ねて来る人もまれな所である。

西の山のふもとに、一宇《いちう》の御堂《みだう》あり。即《すなは》ち寂光院《じやくくわうゐん》是なり。ふるう作りなせる前水《せんすい》、木立《こだち》、よしある様《さま》の所なり。「甍《いらか》やぶれては霧不断《ふだん》の香《かう》をたき、枢《とぼそ》おちては月常住《じやうぢゆう》の灯《ともしび》をかかぐ」とも、かやうの所をや申すべき。庭の若草しげりあひ、青柳《あをやぎ》糸を乱《みだ》りつつ、池の蘋浪《うきくさなみ》にただよひ、錦《にしき》をさらすかとあやまたる。

中島の松にかかれる藤《ふぢ》なみの、うら紫《むらさき》にさける色、青葉まじりの遅桜《おそざくら》、初花《はつはな》よりもめづらしく、岸のやまぶき咲き乱れ、八重《やへ》たつ雲のたえまより、山郭公《やまほととぎす》の一声《ひとこゑ》も、君の御幸《みゆき》をまちがほなり。法皇是を叡覧《えいらん》あッて、かうぞおぼしめしつづけける。

池水にみぎはのさくら散りしきてなみの花こそさかりなりけれ

ふりにける岩のたえ間よりおちくる水の音さへ、ゆゑびよしある所なり。緑蘿《りよくら》の墻《かき》、翠黛《すいたい》の山、画《ゑ》にかくとも筆もおよびがたし。

女院《にようゐん》の御《ご》庵室《あんじつ》を御覧ずれば、軒《のき》には蔦槿《つたあさがほ》はひかかり、信夫《しのぶ》まじりの忘《わすれ》草《ぐさ》、「瓢簞《へうたん》しば〳〵むなし、草顔淵《がんゑん》が巷《ちまた》にしげし。藜藋《れいでう》ふかく鎖《さ》せり、雨原憲《げんけん》が枢《とぼそ》をうるほす」ともいッつべし。杉の葺目《ふきめ》もまばらにて、時雨《しぐれ》も霜もおく露も、もる月影にあらそひて、たまるべしとも見えざりけり。うしろは山、前は野辺《のべ》、いざさ小笹《をざさ》に風さわぎ、世にたたぬ身のならひとて、うきふししげき竹柱《たけばしら》、都の方《かた》のことづては、まどほに結《ゆ》へるませがきや、わづかに事とふ物とては、峰に木《こ》づたふ猿《さる》の声、賤《しづ》が爪木《つまぎ》の斧《をの》の音、これらが音信《おとづれ》ならでは、正木《まさき》のかづら青つづら、くる人まれなる所なり。

（略）

そのうちに上の山から、濃い墨染《すみぞめ》の衣を着た尼が二人、岩の険しいがけ道を伝い伝い

して、下り悩んでいられた。法皇がこれを御覧になって、「あれはどういう者だ」とお尋ねになると、老尼（阿波内侍《あわのないし》）。女院に従う尼女房）は涙をこらえて申すには、「花籠《はなかご》を肘《ひじ》にかけ、岩つつじを取りそえて持っておられるのは、女院《にょういん》でいらっしゃいます。柴木《しばき》に蕨《わらび》を折りそえて持っておりますのは、鳥飼《とりかい》中納言伊実《これざね》の娘で、五条大納言邦綱《くにつな》卿の養女となり、先帝の御乳母《めのと》として仕えた大納言佐《だいなごんのすけ》（重衡《しげひら》の妻）です」と申しも終らぬうちに泣いた。法皇もまことに哀れなことに思われて、御涙をおさえることがおできにならない。

女院は、「いくら世を捨てた身だといっても、今こんなありさまをお目にかけるのは、まったく恥ずかしいことよ。消えてなくなりたい」とお思いになるが、なんともしかたがない。毎夜毎夜、仏前に供える閼伽《あか》の水を汲《く》む袂《たもと》も水に濡《ぬ》れしおれるうえに、早朝起きて山路を分け行くものだから、袖《そで》の上に山路の露もしっとりとかかって、露と涙で濡れた袖を絞りかね、悲しみをこらえかねられたのであろう、山へもお帰りにならず、御庵室へもお入りにならないで、呆然《ぼうぜん》として立っていらっしゃるところに、内侍の尼が参って、花籠を女院から頂戴《ちょうだい》した。

さる程に上の山より、こき墨染《すみぞめ》の衣《ころも》着たる尼二《あまに》人《にん》、岩のかけぢをつたひつつ、おりわづらひ給ひけり。法皇是《ほふわうこれ》を御覧じて、「あれは何者ぞ」と御《おん》尋《たづ》ねあれば、老尼《らうに》涙をおさへて申しけるは、「花がたみひぢにかけ、岩つつじとり具してもたせ給ひたるは、女院《にようゐん》にてわたらせ給ひさぶらふなり。爪木《つまぎ》に蕨《わらび》折り具してさぶらふは、鳥飼《とりかひ》の中納言伊実《ちゆうなごんこれざね》の娘《むすめ》、五条大納言邦《ごでうのだいなごんくに》綱卿《つなのきやう》の養子《やうじ》、先帝《せんてい》の御《おん》めのと、大納言佐《だいなごんのすけ》」と申しもあへず泣きけり。法皇もよにあはれげにおぼしめして、御涙《おんなみだ》せきあへさせ給はず。

女院は、「さこそ世を捨つる御身《おんみ》といひながら、いまかかる御有様《おんありさま》を見え参らせむずらん恥づかしさよ。消えもうせばや」とおぼしめせどもかひぞなき。宵々《よひよひ》ごとのあかの水、結ぶたもともしをるるに、暁《あかつき》おきの袖《そで》の上、山路《やまぢ》の露もしげくして、しぼりやかねさせ給ひけん、山へもかへらせ給はず、御庵室《ごあんじつ》へもいらせ給はず、御涙《おんなみだ》にむせばせ給ひ、あきれてたたせましましたる処《ところ》に、内侍《ないし》の尼《あま》参りつつ、花がたみをば給はりけり。

二 六《ろく》道《どう》之《の》沙《さ》汰《た》

後白河院に対面した女院《にょういん》は、我が子安徳帝への思い口にし、生きながら六道を体験したと語りはじめる。

「私は平相国《へいしょうこく》（太政大臣清盛）の娘として、天子の国母《こくも》となったので、天下はすべて思いのままでした。年賀の礼を行う春の始めから、さまざまな色の衣に着替える四月・十月の衣替え、仏名会《ぶつみょうえ》の行われる年末まで、一年中、摂政関白以下の大臣・公卿《くぎょう》に大切にかしずかれたありさまは、六欲天《ろくよくてん》・四禅天《しぜんてん》の天上で、八万の天部《てんぶ》に取り囲まれかしずかれているように、文武百官のすべてのうちで敬い仰がぬ者はいたでしょうか（天上界）。

「我《われ》平相国《へいしやうこく》の娘として、天子の国母《こくも》となりしかば、一天四海《いってんしかい》みなたなごころのままなり。拝礼《はいらい》の春の始《はじめ》より、色々の衣《ころも》がへ、仏名《ぶつみやう》の年の暮《くれ》、摂禄以下《せつろくいげ》の大臣公卿《だいじんくぎやう》にもてなされし有様、六欲四禅《ろくよくしぜん》の雲の上にて、八万の諸天《しょてん》に囲繞《ゐねう》せられさぶらふらむ様《やう》に、百官《ひやくくわん》悉《ことごと》くあふがぬ者やさぶら

──ひし。（略）

それなのに、寿永《じゆえい》の秋の初め、木曾義仲《よしなか》とかいう者を恐れて、一門の人々が住みなれた都を空のかなたに見やって、ゆかりのある故郷（福原）を焼いて、焼野の原にし、昔は名前ばかり聞いていた須磨《すま》から明石《あかし》への海岸伝いに行くのは、なんといっても哀れに思われ、その後、昼は広々とした海の波を分けて袖《そで》を濡《ぬ》らし、夜は洲崎《すさき》の千鳥の鳴き声を聞きながら泣き明かし、浦々島々を通り、趣のある所を見ましたが、故郷のことは忘れません。こうして落ち着く所もなかったのは、天人の五衰《ごすい》、生者必滅《しようじやひつめつ》の悲しみのようなものだと思われたのでした。人間界のことは、愛別離苦《あいべつりく》・怨憎会苦《おんぞうえく》の苦しみなど、いずれもわが身に思い知らされたのです。四苦・八苦、一つとして残るものはありません。ところで筑前国太宰府《ちくぜんのくにだざいふ》という所で、緒方維義《おがたこれよし》とかいう者に九州の内も追い出され、山や野は広いけれども、立ち寄って休むべき所もない。

その年の秋の末にもなったので、昔は内裏の御殿の上で見た月を、今は遥かに遠い海の上で眺めて、日を送っておりましたうちに、十月の頃、清経《きよつね》中将が、『都の内を源氏のために攻め落とされ、九州を緒方維義《おがたこれよし》のために追い出される。網にかかった魚のようなものだ。どこへ行ったらのがれられようか。生きながらえることのできる身でもない』といって、海に沈みましたのが、悲しいことの始めでございました。（人間界）

波の上で日を暮し、船の内で夜を明かし、国々からの献上品もなかったので、御食事をととのえる人もない。たまたま御食事は差し上げようとしても、水がないので差し上げられない。大海に浮んでいて水はあるのだが、塩水なので飲むこともない。これもまた餓鬼道《がきどう》の苦と思われたのでした（餓鬼道）。

それから室山《むろやま》・水島など、所々の戦いに勝ったので、人々も少し元気がもどったように見えましたが、やがて一谷《いちのたに》という所で一門が多く滅びた後は、直衣《のうし》・束帯《そくたい》とは変って、鉄の鎧《よろい》・甲《かぶと》を身につけ、明けても暮れても毎日、戦いの鬨《とき》の声が絶えなかったのは、阿《あ》修羅《しゅら》王と帝釈天《たいしゃくてん》の闘争も、このようなものかと思われたことでした（修羅道）。

それに寿永《じゅえい》の秋のはじめ、木曾義仲《きそよしなか》とかやにおそれて、一門の人々、住みなれし都をば雲井のよそに顧《かへりみ》て、ふる里《さと》を焼野《やけの》の原《はら》とうちながめ、古《いにしへ》は名をのみ聞きし須磨《すま》より明石《あかし》の浦づたひ、さすが哀れに覚えて、昼は漫々《まんまん》たる浪路《なみぢ》をわけて袖《そで》をぬらし、夜《よる》は洲崎《すさき》の千鳥《ちどり》と共《とも》に泣きあかし、浦々《うらうら》島々《しまじま》よしある所を見しかども、ふるさとの事は忘れず。かくて寄る方なかりしは、五衰必滅《ごすいひつめつ》の悲しみとこそおぼえさぶらひしか。人間の事は、愛別《あいべつ》離苦《りく》、怨憎会苦《をんぞうゑく》、共《とも》に我身に知られてさぶらふ。四苦八苦《しくはつく》、一つとして残る所さぶらはず。さても筑前国太宰府《ちくぜんのくにださいふ》といふ所にて、維義《これよし》とかやに九国《くこく》のうちをも追ひ出《いだ》され、山野《さんや》広しといへども、立寄《たちよ》りやすむべき所もなし。同じ秋の末にもなりしかば、昔は九重《ここのへ》の雲の上にて見し月を、今は八重《やへ》の塩路《しほぢ》にながめつつ、あかし暮しさぶらひし程に、神無月《かみなづき》の比《ころ》ほひ、清経《きよつね》の中将《ちゆうじやう》が、『都のうちをば源氏がためにせめおとされ、鎮西《ちんぜい》をば維義がために追ひ出《いだ》さる。網にかかれる魚《うを》の如し。いづくへゆかばのがるべきかは。ながらへはつべき身にもあらず』とて、海に沈みさぶらひしぞ、心憂《こころう》き事のはじめにてさぶらひし。

　浪《なみ》の上にて日をくらし、船の内にて夜《よ》をあかし、貢物《みつきもの》もなかりしかば、供御《ぐご》を備ふる人もなし。たま〳〵供御はそなへんとすれども、水なければ参らず。大海《だいかい》にうかぶといへども、潮《うしほ》なればのむ事もなし。是《これ》又餓鬼道《がきだう》の苦《く》とこそおぼえさぶらひしか。かくて室山《むろやま》、水島《みづしま》、所々《ところどころ》のたたかひに勝ちしかば、人々すこし色なほッて見えさぶらひし程に、一の谷といふ所にて一門おほくほろびし後《のち》は、直衣《なほし》、束帯《そくたい》をひきかへて、くろがねをのべて身にまとひ、明けても暮れても、いくさよばひの声たえざりし事、修羅《しゆら》の闘諍《とうじやう》、帝釈《たいしやく》の諍《あらそひ》も、かくやとこそおぼえさぶらひしか。

一谷《いちのたに》を攻め落とされた後、親は子に先立たれ、妻は夫に別れ、沖に釣する船を敵の船かと肝をつぶし、遠方の松に群がる鷺《さぎ》を見て、源氏の白旗かと心をくだいたのでした。そうして門司《もじ》、赤間《あかま》の関《せき》で、戦《いくさ》は今日が最後と見えたので、その時二位《にい》の尼（清盛の妻で、建礼門院の母）が申し残したことがございました。『男が生き残るということは千、万に一つもむずかしい。また遠い親類・縁者はたとえたまたま生き残ったといっても、我々の後世《ごせ》の冥福《めいふく》を弔うということもありえないことです。昔から女は殺さないのが常だから、なんとしてでも生きながらえて、天皇の後世《ごせ》の御冥福もお弔い申し上げ、

我々の後生《ごしょう》も助けてくだされ』とくどくどと申しましたが、それを聞いて夢を見るような気持ちでおりましたうちに、風が急に吹き出し、空に浮かぶ雲が厚くたなびいて、兵士は心を乱し、天から与えられた運が尽きて、人の力では何ともできません。

もはや今は最期と見えたので、二位の尼が、先帝をお抱き申して、船ばたへ出た時、帝はどうしてよいかわからないご様子で、『尼ぜ、私をどちらへ連れて行こうとするのだ』と仰せられましたので、幼い君にお向い申して、涙をこらえて尼が申しましたのは、『君はまだご存じございませんか。前世で十善《じゅうぜん》の戒を守り行ったお力によって、今生で天子とはお生まれになりましたが、悪い縁にひかれて、ご運はもはや尽きておしまいになりました。まず東へお向いになって、伊勢大神宮にお暇《いとま》を申され、その後西方浄土の仏菩薩方のお迎えにあずかろうとお思いになり、西にお向いになって、御念仏をお唱えなさいませ。この国は辺鄙《へんぴ》な粟散辺土《ぞくさんへんど》といって、悲しいいやな所でございますから、極楽浄土といってすばらしい所へお連れ申し上げますよ』と、泣く泣く申しましたので、幼帝は山鳩色《やまばといろ》の御衣に角髪《みずら》をお結いになって、御涙をはげしく流されながら、小さくかわいらしい御手を合せ、まず東を伏し拝み、伊勢大神宮にお暇を申され、その後西にお向いになって、御念仏を唱えられたので、二位の尼がすぐさまお抱き申し上げて、海に沈んだご様子に、目もまっ暗になり、正気もなくなってしまって、その時の先帝の御面影は忘れようとしても忘れられず、悲しみをこらえようとしても、こらえることができません。あの時残った人々のわめき叫んだ声は、叫喚地獄《きょうかんじごく》・大叫喚地獄の炎の底で苦しむ罪人の声も、これ以上ではあるまいと思われたことでした（地獄道）。

そうして武士どもに捕えられて、上京しました時、播磨国明石《はりまのくにあかし》の浦に着いて、少しうとうとした夢の中で、昔の内裏《だいり》よりずっと立派な所に、先帝をはじめとして、一門の公《く》卿《ぎょう》・殿上人《てんじょうびと》がみな格別に礼儀を正して控えていたのを見て、都を出てから、こんな所はまだ見なかったので、『ここはどこです』と尋ねましたところ、二位の尼らしい人が、『竜宮城《りゅうぐうじょう》』と答えました時、『すばらしい所ですね。ここには苦はないのですか』と尋ねましたら、『竜宮城の苦は竜畜経《りゅうちくきょう》の中に見えております。苦をなくすためによくよく後《ご》世《せ》を弔ってください』と申すと思うと、夢が覚めました（畜生道）。

その後は、いっそう経を読み、念仏を唱えて、亡くなった人たちのご菩提《ぼだい》をお弔い申し上げています。これはみな六道と同じだと思われます」。（略）

――さても門司《もじ》、赤間《あかま》の関《せき》にて、いくさはけふを限《かぎり》と見えしかば、二位《にゐ》の尼《あま》申しおく事さぶらひき。『男《をとこ》のいきのこらむ事は、千万《せんばん》が一つもありがたし。設《たと》ひ又遠きゆかりは、おのづからいき残りたりといふとも、我等《われら》が後世《ごせ》をとぶらはん事もありがたし。昔より女はころさぬならひなれば、いかにもしてながらへて、主上《しゆしやう》の後世《ごせ》をもとぶらひ参らせ、我等が後生《ごしやう》をもたすけ給へ』と、かきくどき申しさぶらひしが、夢の心地《ここち》しておぼえさぶらひしほどに、風にはかにふき、浮雲《うきくも》あつくたなびいて、兵《つはもの》心をまどはし、天運《てんうん》つきて、人の力におよびがたし。

既《すで》に今はかうと見えしかば、二位の尼、先帝をいだき奉ッて、ふたばたへ出《い》でし時、あきれたる御様《おんさま》にて、『尼ぜ、われをばいづちへ具してゆかむとするぞ』と仰せさぶらひしかば、いとけなき君にむかひ奉り、涙をおさへて申しさぶらひしは、『君はいまだしろしめされさぶらはずや。先世《ぜんぜ》の十善戒行《じふぜんかいぎやう》の御力《おんちから》によッて、今万乗《ばんじよう》の主《あるじ》とは生れさせ給へども、悪縁《あくえん》にひかれて、御運既《ごうんすで》につき給ひぬ。まづ東《ひんがし》にむかはせ給ひて、伊勢大神宮《いせだいじんぐう》に御暇《おんいとま》申させ給ひ、其後西方浄土《そののちさいはうじやうど》の来迎《らいかう》にあづからんとおぼしめし、西にむかはせ給ひて、御念仏侍《おんねんぶつさぶら》ふべし。此国《このくに》は粟散辺土《そくさんへんど》とて、心憂《こころう》き堺《さかひ》にてさぶらへば、極楽浄土《ごくらくじやうど》とてめでたき所へ具し参らせ侍ふぞ』と、泣く〳〵申しさぶらひしかば、山鳩色《やまばといろ》の御衣《ぎよい》にびンづらいはせ給ひて、御涙《おんなみだ》におぼれ、ちいさううつくしい御手《おんて》をあはせ、まづ東をふしをがみ、伊勢大神宮に御暇《おんいとま》申させ給ひ、其後西にむかはせ給ひて、御念仏《おんねんぶつ》ありしかば、二位の尼やがていだき奉ッて、海に沈みし御面影《おんおもかげ》、目もくれ心も消えはてて、忘れんとすれども忘られず、忍ばんとすれどもしのばれず。残りとどまる人々のをめきさけびし声、叫喚大叫喚《けうくわんだいけうくわん》のほのほの底の罪人《ざいにん》も、これには過ぎじとこそおぼえさぶらひしか。

さて武士共《もののふども》にとらはれて、のぼりさぶらひし時、播磨国明石浦《はりまのくにあかしのうら》についてちッとうちまどろみてさぶらひし夢に、昔の内裏《だいり》にははるかにまさりたる所に、先帝《せんてい》をはじめ奉ッて、一門の公卿殿上人《くぎやうてんじやうびと》、みなゆゆしげなる礼儀《れいぎ》にて侍《さぶら》ひしを、都を出でて後、かかる所はいまだ見ざりつるに、『是《これ》はいづくぞ』と問ひ侍《さぶら》ひしかば、弐位《にゐ》の尼と覚えて、『竜宮城《りゆうぐうじやう》』と答へ侍《さぶら》ひし時、『めでたかりける所かな。是には苦はなきか』と問ひさぶらひしかば、『竜《りゆ》畜経《うちくきやう》のなかに見えて侍ふ。よく〳〵後世をとぶらひ給へ』と、申すと覚えて夢さめぬ。

其後《そののち》はいよいよ経をよみ念仏して、彼御菩提《かのごぼだい》をとぶらひ奉る。是皆《これみな》六道にたがはじとこそおぼえ侍《さぶら》へ」。（略）

三 女院死去《にょういんしきょ》

女院《にょういん》の話に皆、涙を流す。日も暮れ、院は涙をこらえて御所へ帰った。

こうして年月を過しておられるうちに、女院はご病気にかかられたので、中央の阿弥《あみ》陀《だ》如来《にょらい》の御手にかけた五色の糸をお持ちになって、「南無西方極楽世界の教主阿弥陀如来、必ず極楽浄土へお引き取りください」といって、御念仏を唱えられたので、大納言《だいなごんの》佐《すけ》の局《つぼね》と阿波内侍《あわのないし》は女院の左右に付き添って、今が最期という悲しさに、声も惜しまず泣き叫んだ。御念仏を申される声が次第にお弱りになったところ、西に紫の雲がたなびいて、なんとも言いようのないすばらしい香りが室内にみち、音楽が空の方で聞える。御寿命は限りのあることなので、建久《けんきゅう》二年（一一九一）二月の中旬にご生涯がとうとう終られた。

大納言佐と阿波内侍は、女院が中宮の御位の時から片時もお離れしないで、お側に付き添っておられたので、ご臨終の御時、別れの悲しみに取り乱したが、それでもなんとも悲しみの晴らしようがなく思われた。

この女房たちは昔の縁者もすっかり亡くなってしまって、寄るべもない身であるが、命日命日の御仏事を営まれるのは、感慨深く哀れなことであった。そしてこれらの人々は、竜女《りゅうにょ》が悟りを開いたという先例（竜女が説教を聞いて悟りを開き、女人の身で仏果を得た話。『法華経』提婆品《だいばぼん》にある）にならい、韋提希夫人《いだいけぶにん》が釈迦の説教を聞いて往生した（我が子のために牢獄に入られた王妃が、釈迦の説教を聞いて悟りを開いた話。『観無量寿経』にある）ように、みな往生したいというかねての望みを遂げたということであった。

かくて年月《としつき》をすごさせ給ふ程に、女院御心地《にようゐんおんここち》例《れい》ならずわたらせ給ひしかば、中尊《ちゆうぞん》の御手《みて》の五色《ごしき》の糸をひかへつつ、「南無西方極楽世界教主弥陀如来《なむさいはうごくらくせかいけうしゆみだによらい》、かならず引摂《いんぜふ》し給へ」とて、御念仏《おんねんぶつ》ありしかば、大納言佐《だいなごんのすけ》の局《つぼね》、阿波《あはの》内侍《ないし》左右《さう》に候ひて、今をかぎりのかなしさに、声も惜しまず泣きさけぶ。

御念仏の声やうやうよわらせましましければ、西に紫雲《しうん》たなびき、異香室《いきやうしつ》にみち、音楽《おんがく》そらにきこゆ。かぎりある御事《おんこと》なれば、建久《けんきう》二年きさらぎの中旬《ちゅうじゅん》に、一期《いちご》遂《つひ》に終らせ給ひぬ。

后宮《きさいのみや》の御位《おんくらゐ》より、かた時もはなれ参らせずして候はれ給ひしかば、御《ご》臨終《りんじゅう》の御時《おんとき》、別路《わかれぢ》にまよひしも、やるかたなくぞおぼえける。

此《この》女房達は、昔の草のゆかりもかれはてて、寄るかたもなき身なれども、折々《をりをり》の御仏事《おんぶつじ》、営み給ふぞあはれなる。遂に彼人々《かのひとびと》は、竜女《りゅうにょ》が正覚《しやうがく》の跡をおひ、韋提希夫人《ゐだいけぶにん》の如《ごと》くに、みな往生《わうじやう》の素懐《そくわい》をとげけるとぞきこえし。

解　説

『徒然草《つれづれぐさ》』の明かす平家物語誕生秘話

一四世紀前半、鎌倉時代の末ごろ、兼好《けんこう》法師は『徒然草』を書き綴《つづ》った。その中に平家物語の成立に関する伝承がある。後鳥羽院《ごとばいん》の御代《みよ》（一二世紀末〜一三世紀初頭）の、信濃《しなの》の国の国司を務めたことのある、学識豊かな行長《ゆきなが》という人物が作者だと記す。

「この行長入道、平家物語《へいけのものがたり》を作りて、生仏《しやうぶつ》（平家語りの始祖か）といひける盲目《まうもく》に教へて語らせけり。さて、山門《さんもん》（比叡山延暦寺《ひえいざんえんりやくじ》）のことを、ことにゆゆしく書けり。九《く》郎判官《らうはうぐわん》（源義経）の事は、くはしく知りて書きのせたり。蒲冠者《かばのくわんじや》（源範頼《のりより》）の事は、よく知らざりけるにや、多くのことどもを記《しる》しもらせり。武士の事、弓馬のわざは、生仏、東国の者にて、武士に問ひ聞きて書かせけり。かの生仏が生まれつきの声を、今の琵琶法師《びはほふし》は学びたるなり」（二二六段）

平家物語の成立（一三世紀半ば）から百年が経とうとしている時期の証言である。信《しん》憑性《ぴようせい》に欠ける点もある。しかし、『徒然草』以前に平家物語の作者や成立事情について書かれた資料はいまだ発掘されていない。最古の貴重な資料である。兼好という人は、皆が知っていることを改めて書きはしない。どこからか仕入れた、とっておきの情報を披露したのだろうか。

　引用した本文の前には、作者の行長は後鳥羽院の時代の人で、学識が深かったが学問を捨てて遁世《とんせい》し、慈鎮和尚《じちんかしょう》（慈円《じえん》）の庇護《ひご》を受けたとある。ただ、信濃前司行長《しなののぜんじゆきなが》は実在しない。代りに下野前司《しもつけのぜんじ》行長は実在した。その父行隆《ゆきたか》は実務官僚として平家全盛時代に朝廷に精勤していた。朝廷の事情に通じ、平家物語にも登場する。また、比叡山延暦寺で天台座主《てんだいざす》（延暦寺の最高位）に四度までなった慈円は、保元《ほうげん》の乱（一一五六）以降の戦乱の犠牲者など、特に平家の死者を自坊で供養している。承久《じょうきゅう》の乱（一二二一）直前には、後鳥羽院を諫《いさ》めようと、『愚管抄《ぐかんしょう》』を書いて日本の歴史を振り返り、当時の危機的状況を見つめている。そうした慈円のもとで行長が庇護されたとしたら、平家物語の作者として必要な条件のいくつか――都の知識人である、朝廷の情報や宗教界（とくに比叡山）の情報に詳しい、歴史に関心が深い、等々――は肯《うなず》ける。平家物語に見える唱導的な表現や作品を貫く仏教的主題は、作者が寺院環境に近しいものであるとすれば納得できる。

　しかし、これらから抜け落ちていることもある。それは、合戦や武芸などの武的側面の記述である。それについても生仏の助力によると明かされ、遺漏がない。都人がなぜ東国武士のことを書けるのか、兼好も疑問に思っていたように思われる。

生仏が平家語りの祖として採り上げられているが、琵琶を伴奏楽器として歌や物語を演誦する琵琶法師は、平安時代から存在していた。源平合戦に関する話も断片的に語っていたかもしれないが、平家物語と出合って大きく飛躍した。平家物語と琵琶法師との結びつきを示す古い資料（『普通唱導集《ふつうしょうどうしゅう》』。一三〇〇年前後の成立か）に、「平治《へいぢ》・保元・平家の物語、何ぞ皆暗《そら》んじて滞《とどこほ》りなし、音声・気色・容儀の体骨、共に是《これ》麗しくて興あり」とある。ほかにも京都・奈良・鎌倉などの諸所で、琵琶法師の存在が確認されている。兼好の時代には、平家物語を語る琵琶法師が、巷《ちまた》にあふれていたようである。

比叡山のことを「ゆゆしく」書き、義経と範頼の記事量に差があることは、今の平家物語と共通する。『徒然草』の他の段にも、平家物語の内容・言葉などを基にしたかと思われる部分が何箇所か見える。兼好が親しんだ『平家物語』は、現在私たちが目にする『平家物語』とあまり変らないようだ。しかし、不思議なことに、語られた平家物語と、書かれた平家物語との違いが見えてこない。盲目の琵琶法師が滞りなく語り通す長編の物語が、何巻にもわたって積み上げられた作品と同一であること、このことに兼好は疑問も抱かず、同質のものとして受け入れていたのだろうか。想像を逞《たくま》しくすれば、語ることと書くことの距離を無理なく埋めてくれる説に出合った故《ゆえ》に納得し、書き留めたとも思われる。あまりにも破綻《はたん》なく記されているが故に、こうした穿《うが》った見方もしてみたくなる。

兼好の親しんだ平家物語までの道のり

作者の解明とまではいかなくとも、平家物語がどのようにできたのか、はじめの形がどうなのかを、もう少し知る手だてはないだろうか。『徒然草』によれば、後鳥羽院時代以降に成立したことになる。現在の平家物語の展開は、承久の乱（一二二一）まで視野に入れている。それからすれば、承久の乱以後に現在の形が書かれたことは推測される。

平家物語に関する最も古い資料は、「治承《ぢしよう》物語六巻〈平家と号す〉」を書写したという記事である（『兵範記《ひようはんき》』紙背文書《しはいもんじよ》。仁治元年〈一二四〇〉）。「治承」とは一一七七〜一一八一年の年号で、治承二年には安徳天皇が誕生している。治承五年に清盛が没するまで、一門が最も栄華を誇った期間である。その時代の物語で「平家」と号するなら、現在の平家物語と一致はしなくとも、何らかの関わりはあると考えてよかろう。

一方、「平家物語」という名称は「平家物語《へいけものがたりあはせて》合 八帖《でふ》〈本《もと》六帖、後《のち》二帖〉」を貸し出したという記事（『普賢延命抄《ふげんえんめいしよう》』紙背文書。正元元年〈一二五九〉）が最も古い。八帖という数、また「本六帖、後二帖」という構成は現在の平家物語とは異なるが、とにかく「平家物語」という作品名の初出である。ただし、先の「治承物語」との関係は不明である。

一三世紀半ばには何らかの平家物語が存在し、それが貸し借りされ、書写されていたこと、書写されることによって平家物語が広まっていった様子をうかがうことができる。ただし、「治承」の物語なら、義経も範頼《のりより》もまだ活躍していないだろう。琵琶法師が語ることとの接点もわからない。どうも兼好が知っている平家物語とは必ずしも同じではなさそうだ。むしろ、兼好の紹介した話は、あくまでも兼好の知っている平家物語、つまり鎌倉時代末期の平家物語の形に即したものと考えたほうがよさそうである。

さまざまな平家物語

先に、兼好が親しんでいた平家物語は、現在の平家物語に近いと書いた。しかし、じつは現在ある平家物語は多種多様である。その中でどの形に近いものに、兼好は接していたのだろうか。

現在、一般的に平家物語として紹介されるものは、十二巻（平清盛の嫡流で生き残っていた六代御前《ろくだいごぜん》が最後に処刑され、歴史ドラマとしての幕を閉じるまで）に、灌頂巻《かんじょうのまき》（清盛の娘で安徳天皇の母となり、壇浦《だんのうら》で生き残った建礼門院徳子《けんれいもんいんとくこ》が、都に戻った後、出家して天皇と一門の菩提《ぼだい》を祈る日々を送り、徳子自身が往生するまでを綴《つづ》った巻）を付けた形態（語り本系・一方系《いちかたけい》）である。その中で代表的な覚一本《かくいちぼん》は、応安《おうあん》四年（一三七一）に時の著名な琵琶法師、覚一検校《かくいちけんぎょう》が制定した本である。自分の死後に作品の一部にでも問題が起った時に備えて正しい本文を固定させ、権威付けたのである。しかし、覚一がこの時点で、あるいはそれまでに、どれほど本文を整理し、変化させていたのかはわからない。また、琵琶法師は盲目である。実際にこの本を読んで、平家の語りを習うことはないはずである。この系統の本が琵琶法師と関わっていることは十分に想定できるが、盲目の琵琶法師が語ることと、晴眼者の本文への関与との関係について、まだ解明されていないことも多い。

また一方系と似ているが、灌頂巻のない形態（語り本系・八坂《やさか》系等）もある。灌頂巻に相当する記事は巻十一・巻十二の中に編年的に順次入り込んでいるので、総量としてはあまり変わらないし、形態的には灌頂巻のない形の方が本来的である。が、この系統の中で八坂系としてまとめられる一群は、一方系のような本文の固定化を指向する動きがなかったためか、本文がかなり動いている。類似した伝本を見比べても、一本一本の本文の内容・表現・用字法なども異なっている。このような本文の激しい動きを琵琶法師の語りと連動させて考えることもあったが、現在では、知識人が本文を書写し改編していく机上での操作の結果、多様な本文が生まれてきたという方向から考えられている。

厄介なことに、これらの系統の内部で、あるいは系統を超えて、さまざまな本が部分的に混態したり、巻ごとにあるいは巻の途中から異なる種類の本が取り合わされたり、また独自の記事を挿入したり省略したりと、さまざまな交流の跡が見える。

一方で、記事量の非常に多い本のグループもある（読み本系）。十二巻仕立てのものもあるが、二十巻、四十八巻仕立てとなっているものもある。これらは表記方法、記事の量や配列、巻の区切り方など、一本ごとにそれぞれ独自であるが、それでいて共通する性質もある。例えば、語り本系にはない、頼朝の挙兵譚《たん》や東国武士の活躍が非常に詳細に具体的に、また大量に載っているのである。歴史的な記事の記載も多い。その中でも一番膨《ふく》れ上がっている『源平盛衰記《げんぺいじょうすいき》』四十八巻は、名称からして「平家」とは異なっている。江戸時代には歴史書として扱われ、語り本系の平家物語とは別本と認識されることすらあった。しかも、読み本系諸本の中でも相互に影響関係があるようだし、更には読み本系と語り本系の間にも複雑な影響関係が見受けられる。

以上のことや、一三世紀の状況を見ると、平家物語は成立してから程なく変貌《へんぼう》が始まり、次々と変容を重ねながら、さまざまな本文を生産していったと想像される。時に多くの逸話や歴史資料を外部から取り込んだり、逆に刈り込んだり、記事の並べ替えや書き換えなどを行っていった。しかも、類似した、しかし異なる本文を持った平家物語同士が幾重にも接触し、影響を与えながら、新たな平家物語を生産している。もちろん、いつも意識的な改編がなされるとは限らない。別の本と付き合せて、あまりにも異なる部分のみを機械的に書き込む場合もあろう。紛失した巻を補う時に別種の本を用いることもあろう。そのような場合も含め、さまざまに変容しつづけた中の、ほんの一部が現存しているだけなのである。

現存本の中で比較的古い形が多く残存していると考えられているのが延慶《えんぎょう》二～三年（一三〇九～一〇）に書写されたと本奥書に記されている本である。ただし、現存本は応永《おうえい》二六～二七年（一四一九～二〇）の書写になる。また鎌倉時代末頃には『源平盛衰記』に類似した本が巻子《かんす》本《ぼん》で作られていたらしく、断簡《だんかん》がかなり残っている。『源平闘諍録《とうじょうろく》』という読み本系の一本は建武《けんむ》四年（一三三七）と文和《ぶんな》四年（一三五五）の二種の奥書が書かれている。一方で、琵琶法師は諸所で平家物語を語っている。覚一本は応安《おうあん》四年（一三七一）成立であった。覚一がどれほど手を加えたのかはわからないが、ある程度の形はそれ以前に出来上がっていたと思われる。すると、兼好の時代、兼好の周辺には、すでにさまざまな種類の平家物語が出来上がっていたと考えてよかろう。

しかし、多くの種類が生まれたと言っても、序章は同じであり、展開の基本的な枠組みも変わらない。その点では、『徒然草』の示す平家物語の形はどの諸本にも当てはまりそうである。成立の直後から琵琶法師が語っていたのなら、語り本系の形を想定したいところだが、じつは現在の語り本系の背後には読み本系の本文が透かし見える。兼好の親しんだ平家物語の具体相もわからないままである。

動態としての平家物語

結局、平家物語の成立事情は何も解明できていないことを言いつのるのみになってしまったが、その一方で、平家物語の別の特性にも触れることとなった。それは、種々の嗜好・興味・教養、社会的要請などによって、伸縮自在に作品に手を加えていくこと、つまり読者と作品との双方向的性格、或いは改編意欲の持続と改編意識の柔軟さである。

この傾向は他の古典の物語作品にも見られることではあるが、平家物語の場合は極端である。しかし、繰返しになるが、どれほど多様な本文があり、時には「平家物語」という名前まで変更されたとしても、平家物語の骨格は崩れない。平家滅亡の物語という一定の枠の中で、様々な要求に応じて、多様な本が生まれつづけたのである。成立事情の不透明さと相まって、変容の過程までがミステリアスでドラマティックな作品なのである。

しかしながら、多くの諸本の中で最も美しく整理され、また、表現の磨き込まれた本としては、覚一本の系統が評価されている。本書はその系統の本に拠《よ》っているが、残念ながら抜粋である。その美しさを十分に堪能するためには、全巻を通してお読みになることをお薦めする。

（櫻井陽子）

平家物語章段一覧

・『平家物語』の全章段の目録を巻別に掲載した。
・採録（一部採録も含む）した章段の目録は太字で示した。

巻第一　**祇園精舎**《ぎおんしょうじゃ》　**殿上闇討**《てんじょうのやみうち》　**鱸**《すずき》　禿髪《かぶろ》　**吾身栄花**《わがみのえいが》　祇王《ぎおう》　二代后《にだいのきさき》　額打論《がくうちろん》
清水寺炎上《きよみずでらえんしょう》　東宮立《とうぐうだち》　殿下乗合《てんがののりあい》　鹿谷《ししのたに》　俊寛沙汰《しゅんかんのさた》　鵜川軍《うがわいくさ》　願立《がんだて》　御輿振《みこしぶり》
内裏炎上《だいりえんしょう》

巻第二　座主流《ざすながし》　一行阿闍梨之沙汰《いちぎょうあじゃりのさた》　西光被斬《さいこうがきられ》　小教訓《こぎょうくん》　少将乞請《しょうしょうこいうけ》　教訓状《きょうくんじょう》
烽火之沙汰《ほうかのさた》　大納言流罪《だいなごんるざい》　阿古屋之松《あこやのまつ》　**大納言死去**《だいなごんのしきょ》　徳大寺厳島詣《とくだいじのいつくしまもうで》
山門滅亡《さんもんめつぼう》　堂衆合戦《どうじゅかっせん》　山門滅亡《さんもんめつぼう》　善光寺炎上《ぜんこうじえんしょう》　康頼祝言《やすよりのっと》　卒塔婆流《そとばながし》　蘇武《そぶ》

巻第三　赦文《ゆるしぶみ》　足摺《あしずり》　御産《ごさん》　公卿揃《くぎょうぞろえ》　大塔建立《だいとうこんりゅう》　頼豪《らいごう》　少将都帰《しょうしょうみやこがえり》　有王《ありおう》
僧都死去《そうずしきょ》　飈《つじかぜ》　医師問答《いしもんどう》　無文《むもん》　灯炉之沙汰《とうろのさた》　金渡《かねわたし》　法印問答《ほういんもんどう》　大臣流罪《だいじんるざい》
行隆之沙汰《ゆきたかのさた》　法皇被流《ほうおうながされ》　城南之離宮《せいなんのりきゅう》

巻第四　厳島御幸《いつくしまごこう》　還御《かんぎょ》　源氏揃《げんじぞろえ》　鼬之沙汰《いたちのさた》　信連《のぶつら》　競《きおう》　山門牒状《さんもんへのちょうじょう》　南都牒状《なんとちょうじょう》
永僉議《ながのせんぎ》　大衆揃《だいしゅぞろえ》　橋合戦《はしがっせん》　宮御最期《みやのごさいご》　若宮出家《わかみやしゅつけ》　通乗之沙汰《とうじょうのさた》　鵼《ぬえ》
三井寺炎上《みいでらえんしょう》

巻第五　**都遷**《みやこうつり》　月見《つきみ》　物怪之沙汰《もつけのさた》　早馬《はやうま》　朝敵揃《ちょうてきぞろえ》　咸陽宮《かんようきゅう》　文覚荒行《もんがくのあらぎょう》　勧進帳《かんじんちょう》
文覚被流《もんがくながされ》　福原院宣《ふくはらいんぜん》　富士川《ふじがわ》　五節之沙汰《ごせつのさた》　都帰《みやこがえり》　奈良炎上《ならえんしょう》

巻第六　新院崩御《しんいんほうぎょ》　紅葉《こうよう》　葵前《あおいのまえ》　小督《こごう》　廻文《めぐらしぶみ》　飛脚到来《ひきゃくとうらい》　入道死去《にゅうどうしきょ》　築島《つきしま》
慈心房《じしんぼう》　祇園女御《ぎおんにょうご》　嗄声《しわがれごえ》　横田河原合戦《よこたがわらのかっせん》

巻第七　清水冠者《しみずのかんじゃ》　北国下向《ほっこくげこう》　竹生島詣《ちくぶしまもうで》　火打合戦《ひうちがっせん》　願書《がんじょ》　倶梨迦羅落《くりからおとし》　篠原合戦《しのはらがっせん》
実盛《さねもり》　玄昉《げんぼう》　木曾山門牒状《きそさんもんちょうじょう》　返牒《へんちょう》　平家山門連署《へいけさんもんへのれんじょ》　主上都落《しゅしょうのみやこおち》　維盛都落《これもりのみやこおち》
聖主臨幸《せいしゅりんこう》　忠度都落《ただのりのみやこおち》　経正都落《つねまさのみやこおち》　青山之沙汰《せいざんのさた》　一門都落《いちもんのみやこおち》　福原落《ふくはらおち》

巻第八　山門御幸《さんもんごこう》　名虎《なとら》　緒環《おだまき》　太宰府落《だざいふおち》　征夷将軍院宣《せいいしょうぐんのいんぜん》　猫間《ねこま》　水島合戦《みずしまがっせん》
瀬尾最期《せのおさいご》　室山《むろやま》　鼓判官《つづみほうがん》　法住寺合戦《ほうじゅうじかっせん》

巻第九　生《いけ》ずきの沙汰《さた》　宇治川先陣《うじがわのせんじん》　河原合戦《かわらがっせん》　木曾最期《きそのさいご》　樋口被討罰《ひぐちのきられ》　六ケ度軍《ろくかどのいくさ》
三草勢揃《みくさせいぞろえ》　三草合戦《みくさがっせん》　老馬《ろうば》　一二之懸《いちにのかけ》　二度之懸《にどのかけ》　坂落《さかおとし》　越中前司最期《えっちゅうのせんじさいご》
忠度最期《ただのりさいご》　重衡生捕《しげひらいけどり》　敦盛最期《あつもりのさいご》　知章最期《ともあきらさいご》　落足《おちあし》　小宰相身投《こざいしょうみなげ》

巻第十　首渡《くびわたし》　内裏女房《だいりにょうぼう》　八島院宣《やしまいんぜん》　請文《うけぶみ》　戒文《かいもん》　海道下《かいどうくだり》　千手前《せんじゅのまえ》　横笛《よこぶえ》
高野巻《こうやのまき》　維盛出家《これもりのしゅっけ》　熊野参詣《くまのさんけい》　維盛入水《これもりのじゅすい》　三日平氏《みっかへいじ》　藤戸《ふじと》　大嘗会之沙汰《だいじょうえのさた》

巻第十一　逆櫓《さかろ》　勝浦 付 大坂越《かつうらつけたりおおざかごえ》　嗣信最期《つぎのぶさいご》　那須与一《なすのよいち》　弓流《ゆみながし》　志度合戦《しどかっせん》
鶏合 壇浦合戦《とりあわせだんのうらかっせん》　遠矢《とおや》　先帝身投《せんていみなげ》　能登殿最期《のとどのさいご》　内侍所都入《ないしどころのみやこいり》　剣《けん》　一門大路渡《いちもんおおちわたし》
鏡《かがみ》　文之沙汰《ふみのさた》　副将被斬《ふくしょうきられ》　腰越《こしごえ》　大臣殿被斬《おおいとのきられ》　重衡被斬《しげひらのきられ》

巻第十二　大地震《だいじしん》　紺掻之沙汰《こんかきのさた》　平大納言被流《へいだいなごんのながされ》　土佐房被斬《とさぼうきられ》　判官都落《ほうがんのみやこおち》　吉田大納言沙汰《よしだだいなごんのさた》
六代《ろくだい》　泊瀬六代《はせろくだい》　六代被斬《ろくだいきられ》

灌頂巻　女院出家《にょういんしゅっけ》　大原入《おおはらいり》　大原御幸《おおはらごこう》　六道之沙汰《ろくどうのさた》　女院死去《にょういんしきょ》

平氏系図

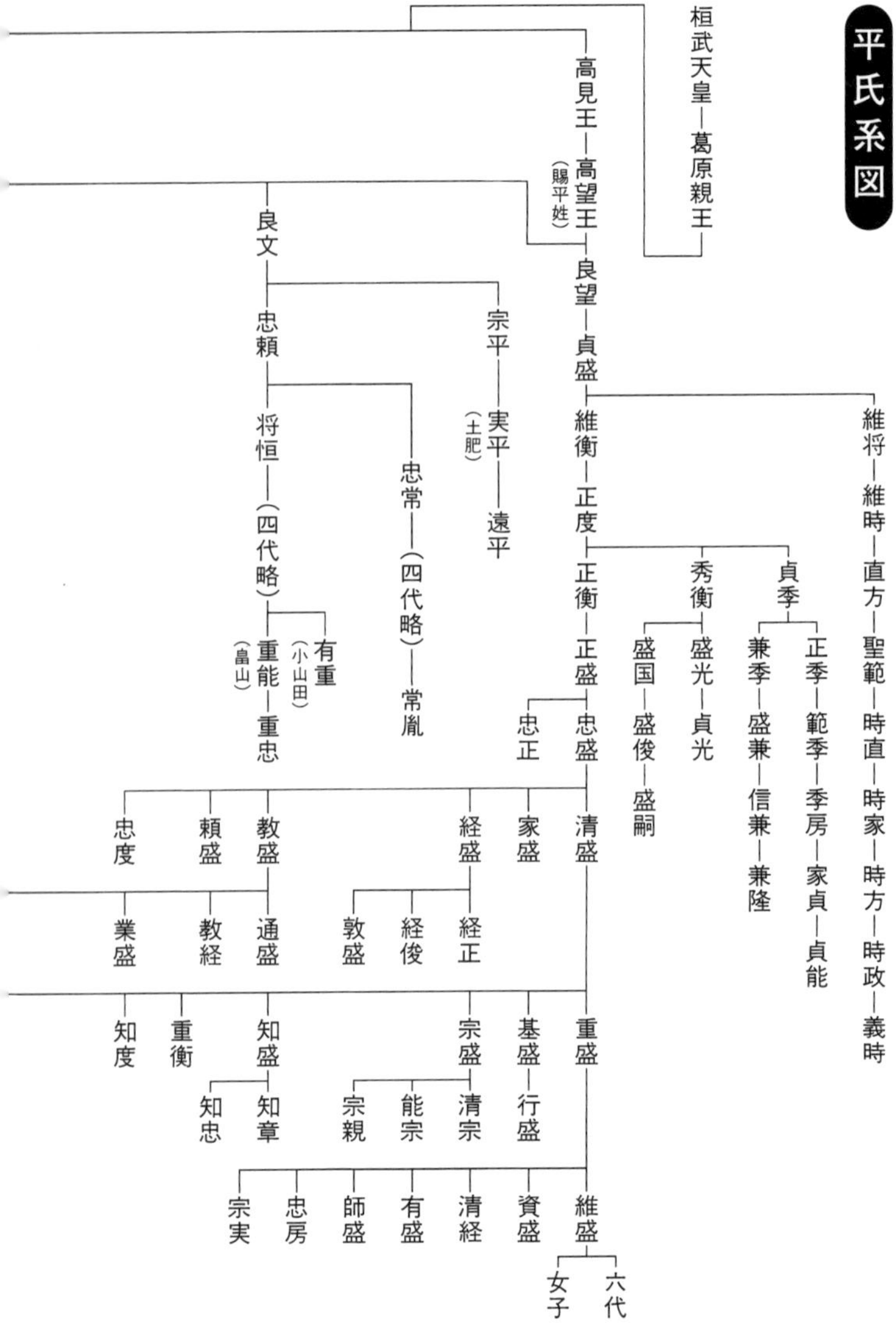

桓武天皇—葛原親王
高見王—高望王（賜平姓）—良望—貞盛
維将—維時—直方—聖範—時直—時家—時方—時政—義時
維衡—正度
貞季
正季—範季—季房—家貞—貞能
兼季—盛兼—信兼—兼隆
秀衡
盛光—貞光
盛国—盛俊—盛嗣
正衡—正盛
忠盛
忠正
清盛
家盛
経盛
経正
経俊
敦盛
教盛
通盛
教経
業盛
頼盛
忠度
重盛
維盛
六代
女子
資盛
清経
有盛
師盛
忠房
宗実
基盛—行盛
宗盛
清宗
能宗
宗親
知盛
知章
知忠
重衡
知度
良文
宗平—実平（土肥）—遠平
忠頼
忠常—（四代略）—常胤
将恒—（四代略）
有重（小山田）
重能（畠山）—重忠

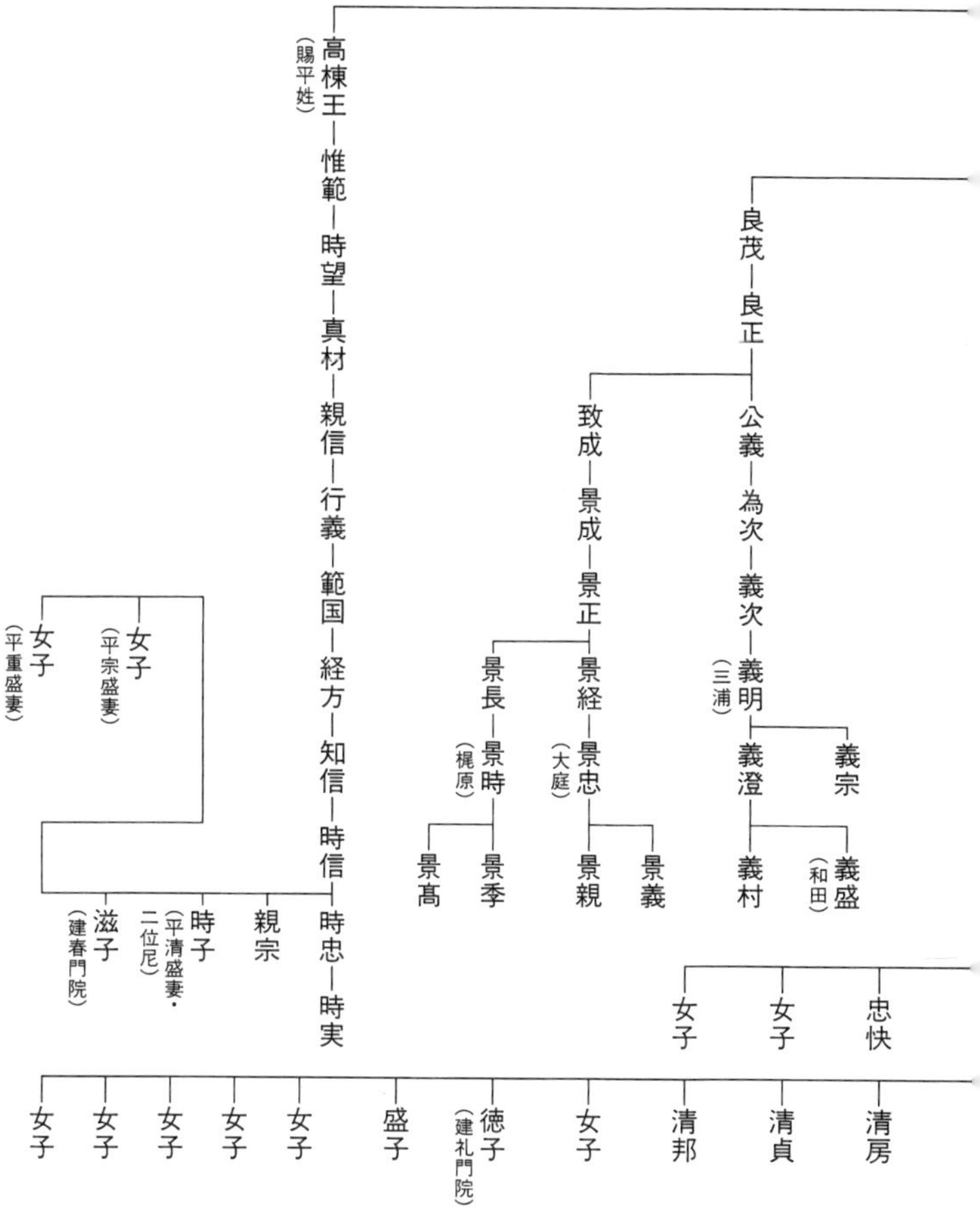
高棟王（賜平姓）
惟範
時望
真材
親信
行義
範国
経方
知信
時信
時忠
時実
親宗
時子（平清盛妻・二位尼）
滋子（建春門院）
女子（平宗盛妻）
女子（平重盛妻）
良茂
良正
公義
為次
義次
義明（三浦）
義澄
義宗
義村
義盛（和田）
致成
景成
景正
景経
景忠（大庭）
景親
景義
景長
景時（梶原）
景季
景高
忠快
女子
女子
清房
清貞
清邦
女子
徳子（建礼門院）
盛子
女子
女子
女子
女子
女子

源氏系図

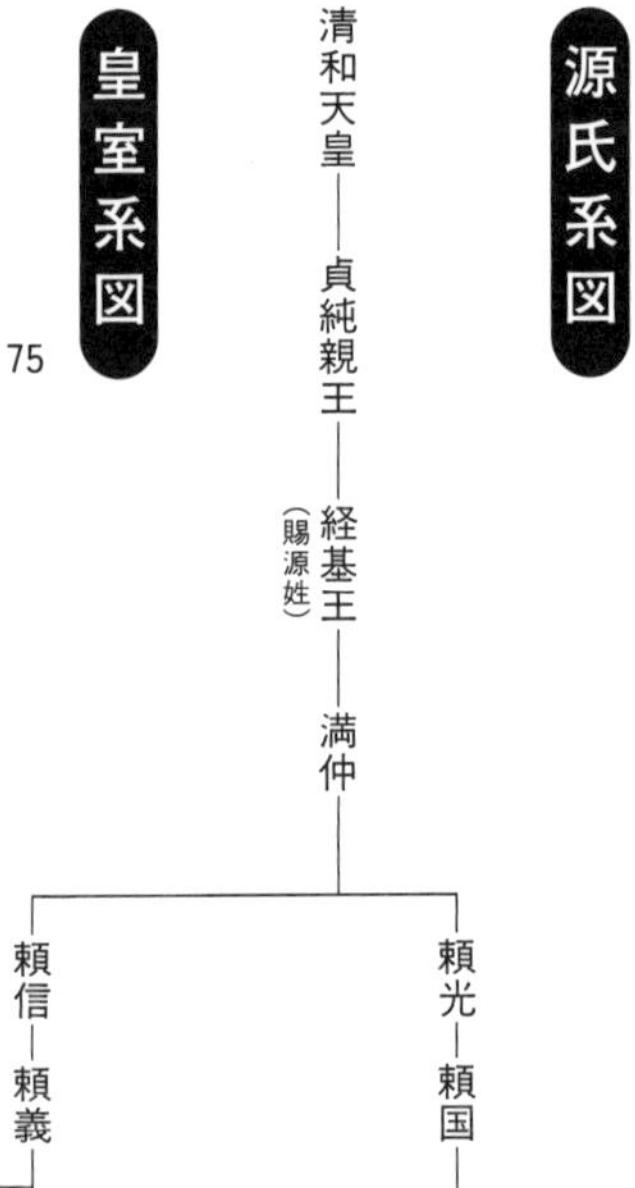

清和天皇
貞純親王
経基王（賜源姓）
満仲
頼光
頼国
頼信
頼義

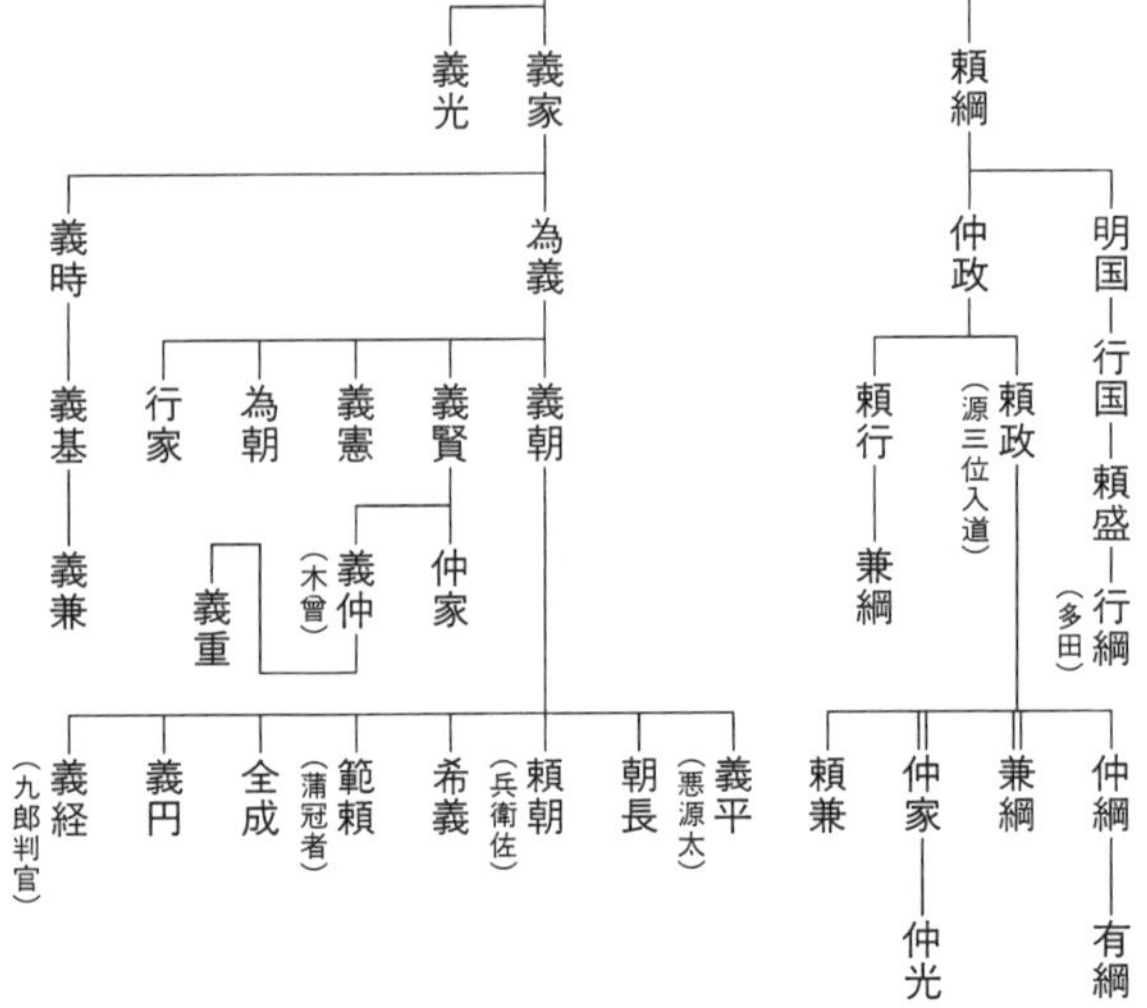

頼綱
明国
行国
頼盛
行綱（多田）
仲政
頼政（源三位入道）
頼行
兼綱
仲綱
有綱
兼綱
仲家
仲光
頼兼
義家
義光
為義
義時
義基
義兼
義朝
義賢
義憲
為朝
行家
仲家
義仲（木曾）
義重
義平（悪源太）
朝長
頼朝（兵衛佐）
希義
範頼（蒲冠者）
全成
義円
義経（九郎判官）

皇室系図

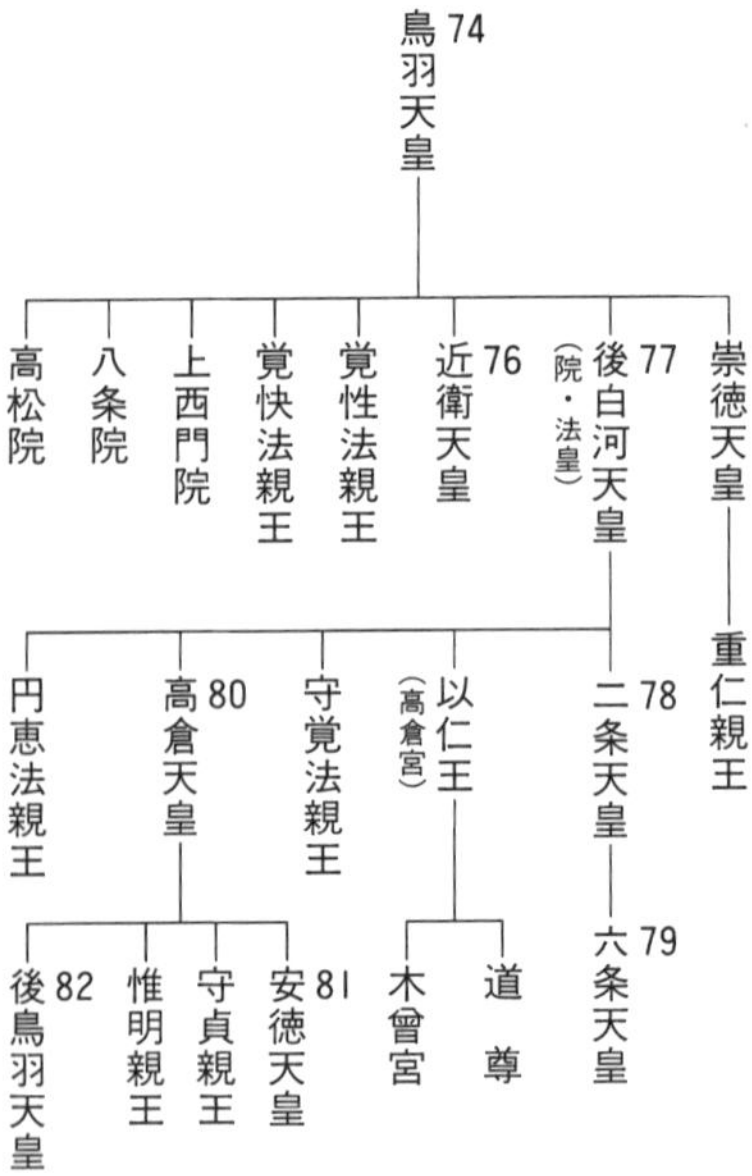

鳥羽天皇 74
崇徳天皇 75
重仁親王
後白河天皇 77（院・法皇）
近衛天皇 76
覚性法親王
覚快法親王
上西門院
八条院
高松院
二条天皇 78
六条天皇 79
以仁王（高倉宮）
道尊
木曾宮
守覚法親王
高倉天皇 80
円恵法親王
安徳天皇 81
守貞親王
惟明親王
後鳥羽天皇 82

※‖は養子。
※数字は天皇の即位順。

合戦では捕虜になり、鎌倉に護送。帰洛の途次に処刑された。

【以仁王】 もちひとおう（1151～80）――65, 70

後白河天皇と藤原成子《せいし》の子。三条宮、高倉宮。自領没収事件や皇位継承問題から平氏を恨み、治承四年(1180)に平氏討伐を企てるが、敗死した。

【文覚】 もんがく（1139～1203）――89, 278

上西門院《じょうさいもんいん》に仕える武士であったが出家し、神護《じんご》寺復興に奔走するが、その強引さから後白河法皇の怒りをかい、伊豆に流罪、帰洛後に神護寺復興を実現。正治元年(1199)に佐渡に流罪、その後対馬《つしま》流罪の途中で没する。

【義経〔源〕】 よしつね〔みなもと〕（1159～89）――67, 163, 181, 216, 255, 269

源義朝の子。母は常盤《ときわ》。九郎判官《くろうのほうがん》。鞍馬《くらま》山の童《わらわ》を経て奥州藤原氏の庇護《ひご》を得た後、富士川の合戦後に兄頼朝の陣に加わる。その後、木曾義仲《きそよしなか》との合戦や平氏追討の一谷、屋島、壇浦の合戦にことごとく勝利する。頼朝との不和から反旗を翻すが、没落して吉野から奥州に逃れ、衣川《ころもがわ》の館にいたところを藤原泰衡《やすひら》に攻められて自害した。

【義仲〔源〕】 よしなか〔みなもと〕（1154～84）――67, 117, 149, 167

木曾《きそ》義仲。従五位下左馬頭《さまのかみ》。父源義賢《よしかた》が源義平《よしひら》(義朝嫡男)に武蔵国で討たれたため、信州の木曾で成長。治承四年(1180)に挙兵して平氏方の城《じょう》氏を破り、越中の倶梨迦羅《くりから》峠で平氏を破って上洛。京周辺を支配し、征東大将軍に任じられたが、源頼朝が派遣した軍に大敗して討死した。

【頼朝〔源〕】 よりとも〔みなもと〕（1147～99）――67, 86, 147, 199, 255, 274

源義朝の子。平治の乱(1159)で初陣し右兵衛権佐《うひょうえのごんのすけ》となるが敗れ、伊豆に配流される。治承四年(1180)以仁王《もちひとおう》の令旨《りょうじ》によって挙兵する。石橋山の合戦では敗れるものの、次第に勢力を広げ、寿永二年(1183)には東国の支配権が朝廷から認められた。木曾義仲、平氏を滅ぼし、建久三年(1192)征夷大将軍に任じられた。鎌倉幕府の基礎を築いた。

【頼政〔源〕】 よりまさ〔みなもと〕（1104～80）――65, 71

源仲政《なかまさ》の子。従三位。平治の乱(1159)で平清盛に与《くみ》したことから殿上人《てんじょうびと》となり、やがて公卿になった。治承四年(1180)、以仁王とともに平氏打倒をめざしたが、宇治平等院の合戦に敗れ自害した。

にも仕え、得長寿院《とくちょうじゅいん》造営の功によって長承元年(1132)に内昇殿《うちのしょうでん》を許され、平氏一門発展の基礎をつくった。歌人としても活躍した。

【経盛〔平〕】つねもり〔たいら〕(1124〜85) ——244
平忠盛の子。正三位参議。平清盛の異母弟で、清盛の没後は弟の教盛《のりもり》とともに平氏一門を支えるが、壇浦の合戦で入水。歌人としても活躍した。

【時子〔平〕】ときこ〔たいら〕(1126〜85) ——112, 240
平時信の娘。平清盛の妻。二位の尼。宗盛《むねもり》、知盛《とももり》、重衡《しげひら》、徳子《とくこ》など、平氏の主流を担った人々の母。壇浦の合戦で安徳天皇を抱いて入水した。

【時政〔北条〕】ときまさ〔ほうじょう〕(1138〜1215) ——86, 271
北条時方の子。伊豆に配流された源頼朝を娘政子の婿に迎え、治承四年(1180)の挙兵に従う。文治元年(1185)上洛し、守護・地頭の設置を認めさせる。頼朝没後は頼家《よりいえ》・実朝《さねとも》将軍を補佐し、鎌倉幕府を主導した。

【徳子〔平〕】とくこ〔たいら〕(1155〜1213) ——81, 127, 243, 283
建礼門院《けんれいもんいん》。平清盛と時子の娘。承安元年(1171)高倉天皇に入内《じゅだい》、治承二年(1178)安徳天皇を産む。平家の都落ちに安徳天皇とともに同行し、壇浦の合戦で入水するが助かり、都に戻り剃髪して大原に移り住む。

【知盛〔平〕】とももり〔たいら〕(1152〜85) ——70, 231, 247
平清盛と時子の子。従二位《じゅにい》権中納言。清盛の没後、同母兄宗盛《むねもり》とともに平氏一門を支えたが、壇浦の合戦で入水。

【直実〔熊谷〕】なおざね〔くまがい〕(1138?〜1207?) ——190
熊谷直貞の子。武蔵の熊谷郷に本拠を置く武士。石橋山《いしばしやま》の合戦では源頼朝に敵対するが、のちには従う。一谷の合戦では平敦盛を討ち取る。

【教経〔平〕】のりつね〔たいら〕(1160?〜1185) ——247
平教盛《のりもり》の子。能登守《のとのかみ》。源氏との戦いで活躍するが、壇浦の合戦で入水。

【範頼〔源〕】のりより〔みなもと〕(?〜1193) ——155, 210
源義朝《よしとも》の子。母は池田宿の遊女。蒲冠者《かばのかんじゃ》。兄頼朝の挙兵に参じ、弟の義経とともに頼朝の代官として平氏追討にあたったが、のちに頼朝に疑われ暗殺される。

【宗盛〔平〕】むねもり〔たいら〕(1147〜85) ——60, 127,244
平清盛と時子の子。従一位内大臣。清盛没後は一門の総帥となる。壇浦の

【西光】さいこう（？～1177）――37
俗名藤原師光《もろみつ》。信西《しんぜい》の乳母子《めのとご》。後白河院近臣。平治の乱で信西の死に際して出家。治承元年(1177)に息子の起した延暦寺《えんりゃくじ》との抗争にかかわる。鹿谷《ししのたに》の謀議に加担し、平氏側の尋問を受けて、即日斬首された。

【滋子〔平〕】しげこ〔たいら〕（1142～76）――26
建春門院《けんしゅんもんいん》。平時信の娘で時子の妹。後白河院の寵を受けて、応保元年(1161)高倉天皇を産む。仁安二年(1167)に女御宣旨《にょうごせんじ》、翌年皇太后になる。

【重衡〔平〕】しげひら〔たいら〕（1157～85）――54, 70, 99, 199, 259
平清盛と時子の子。本三位《ほんざんみの》中将。源氏追討に活躍し、治承四年(1180)には南都攻撃の総大将となり大仏殿などを炎上させる。一谷《いちのたに》の合戦では捕虜になり鎌倉へ送られる。その後、奈良へ護送されて処刑された。

【重盛〔平〕】しげもり〔たいら〕（1138～79）――26, 56
平清盛の嫡男。従二位《じゅにい》内大臣。後白河院の近臣として父清盛を抑制する。また、清盛の後継として政界に重きを置いた。

【俊寛】しゅんかん（生没年未詳）――28, 47
源雅俊の孫、仁和寺木寺《にんなじきでら》の法印寛雅の子。後白河院の近習僧。鹿谷《ししのたに》の謀議では山荘を提供し(『愚管抄』では静賢の別荘)、鬼界が島に流罪となり、同地で没した。

【俊成〔藤原〕】しゅんぜい〔ふじわら〕（1114～1204）――130
藤原俊忠の子、定家の父。三位。歌人。当時の歌壇の重鎮で平家の歌人とも交流があった。『千載和歌集』の撰者。

【高倉天皇】たかくらてんのう（1161～81）――81, 105
後白河天皇と建春門院滋子の皇子。安徳天皇の父。仁安三年(1168)に即位し、治承四年(1180)に退位。「文王」と賞賛されるが、実父の後白河院と義父平清盛の板挟みになって苦悩の人生を送った。

【忠度〔平〕】ただのり〔たいら〕（1144～84）――70, 94, 130, 185
平忠盛の子。正四位下薩摩守。源氏追討で活躍するが、一谷の合戦で討死する。歌人としても有名で『忠度集』を残している。

【忠盛〔平〕】ただもり〔たいら〕（1096～1153）――16
平正盛《まさもり》の子。平清盛の父。正四位上。白河院の北面の武士となる。鳥羽院

平家物語主要人物一覧

【敦盛〔平〕】 あつもり〔たいら〕（1168？～84）――――190

平経盛《つねもり》の子。従五位下。無官の大夫《たいふ》。一谷《いちのたに》の合戦で、海に馬を乗り入れ逃れようとしたところを、熊谷直実に討たれた。

【安徳天皇】 あんとくてんのう（1178～85）――――54, 81, 129, 137, 240

高倉《たかくら》天皇と建礼門院徳子《けんれいもんいんとくこ》（平清盛の娘）の第一皇子。治承《じしょう》四年（1180）に即位。平氏の都落ちに同行し、壇浦《だんのうら》の合戦でわずか八歳で入水《じゅすい》した。

【景時〔梶原〕】 かげとき〔かじわら〕（？～1200）――――199, 216, 255

相模国鎌倉郡梶原郷に本拠を置く武士。文筆や芸能に優れ、頼朝の側近として重用された。源平合戦では義経軍に属し、義経没落の一因をつくった。

【兼平〔今井〕】 かねひら〔いまい〕（1152？～84）――――155, 168

中原兼遠《かねとお》の子。今井四郎。木曾義仲《きそよしなか》の乳兄弟で腹心の武将。治承四年（1180）の義仲挙兵以来、行動をともにし、平氏と戦い、瀬田《せた》で自害。

【清盛〔平〕】 きよもり〔たいら〕（1118～81）――――21, 35, 55, 82, 110

平忠盛《ただもり》の子。白河《しらかわ》法皇の落胤《らくいん》との説も。保元《ほうげん》の乱（1156）、平治《へいじ》の乱（1159）で活躍し、永暦《えいりゃく》元年（1160）に正三位《しょうさんみ》となり、従一位太政大臣《じゅいちいだいじょうだいじん》にまで至る。後白河院と協調関係を保ち、娘の徳子を高倉天皇の中宮とするなどしながら権力を伸ばすが、次第に周囲からの反発が強まる。治承三年（1179）には後白河院を幽閉して独裁政治を敷き、翌年には徳子の子、安徳天皇を即位させる。しかし、諸国の源氏が蜂起する中で熱病死する。

【後白河天皇】 ごしらかわてんのう（1127～92）――――28, 54, 81, 283

鳥羽《とば》天皇と待賢門院璋子《たいけんもんいんしょうし》の第四皇子。久寿《きゅうじゅ》二年（1155）即位。保元三年（1158）に退位し院政を執る。初めは平清盛と協調していたが、後には反目し、治承三年（1179）には院政を停止される。治承五年院政復活。

【維盛〔平〕】 これもり〔たいら〕（1157？～84？）――――94, 203

平重盛《しげもり》の嫡男。三位中将。源氏追討に出動するが、たびたび敗走。平家一門の都落ちにも同行するが、元暦《げんりゃく》元年（1184）に屋島を脱出し、高野山で出家し、熊野で入水したといわれる。

校訂・訳者紹介

市古貞次――いちこ・ていじ

一九一一年、山梨県生れ。東京大学卒。中世文学専攻。東京大学名誉教授。主著『中世小説の研究』『中世小説とその周辺』『日本文化総合年表』（共編）ほか。二〇〇四年逝去。

日本の古典をよむ⑬

平家物語

二〇〇七年七月一〇日　第一版第一刷発行

校訂・訳者　市古貞次

発行者　八巻孝夫

発行所　株式会社小学館

〒一〇一-八〇〇一

東京都千代田区一ツ橋二-三-一

電話　編集　〇三-三二三〇-五一一八

販売　〇三-五二八一-三五五五

印刷所　凸版印刷株式会社

製本所　牧製本印刷株式会社

　ISBN978-4-09-362183-0